中国·广州

巫哲

——

作品

——

——

你以前害怕的时候只有一个人，

现在害怕的时候还有我。

——

福润便利
有间客栈
平安超市
烟
菜館

喵

目录

C o n t e n t s

——

你是解药，病了舔舔。

——

第一章 有事儿找三哥

P001 — P061

1

“废物！”

程恪坐在路边的台阶上，顶着北风，从兜里摸出一根烟叼着。

这是他离开家之前听到的最后一句话，应该是老爸……不，应该是全家人对他最后的评价。

废物。

程恪点了点头，觉得这个评价还是很中肯的。

在摆出低头、胳膊圈脸、扯外套遮脸以及转身背风等各种点烟姿势都没能把嘴里的烟点着之后，他把打火机扔到了路边的草丛里。

“该死。”程恪说。

连个烟都点不着的废物。

不过烟还是要点的，毕竟如他这般没用的废物，两年了也没能把烟戒掉，更不可能在这种时候顺势戒烟。

程恪看着打火机消失的那处草丛。

枯草有点密。

还种着不知名的灌木。

他想象了一下自己蹲那儿盲摸然后摸了一手莫名其妙的东西……

程恪往四周看了看，这会儿人倒是挺多，来来往往的人在被风卷起的黄叶里匆匆地走过。

他一直都很闲，体会不到这种走在路上连跟人对扫一眼的时间都没有的状态。

五分钟后，他终于跟一个刚扔了烟头的小伙子眼神交会了半秒。

“哥们儿，”程恪拦住了他，“借个火。”

“哦。”小伙子掏出了打火机。

啪。

嗒。

啪。

嗒。

小伙子专注地一下下按着打火机，程恪安静地叼着烟，屏住呼吸等待。

就在他感觉自己马上就要憋过去了的时候，打火机的“脑袋”咔的一声飞了出去。

程恪抬眼看着小伙子。

“不……好意思啊，”小伙子非常尴尬，“我刚点烟还是好的呢。”

“辛苦了，”程恪点了点头，捯了两口气，“谢谢。”

小伙子快步离去，程恪把烟放回了兜里。

他顺便在兜里捞了两把，确定自己兜里除了这盒烟没有第二样东西了。

手机，钱包，全都跟着那声“废物”一块儿留在了家里。

那个大概再也不会回去的地方。

他走回草丛边站着，隔着枯草和灌木杈子往里头看了一会儿，并没有看到之前扔进去的打火机，只看到了两团纸巾。

他转身往旁边的一个小超市走了过去。

程恪的烟瘾并不大，但人就是这么奇怪，烟和打火机都在手边，他兴许一天也不见得碰一次，可一旦自己想抽的时候抽不成，就跟犯了什么病似的不能忍。

“晚上好。”收银台的小姑娘打了个招呼。

“晚上好。”程恪走过去，从收银台上放着的两排打火机里抽了一个出来。

在小姑娘还没反应过来问他是不是要买的时候，他已经完成了点烟以及把打火机放回原处再推门走出去的一系列动作。

行云流水。

程恪这辈子脸皮最厚的一次操作就这么顺利完成了。

坐在街边的铁椅子上抽完一根烟，程恪站了起来，透过屁股一直凉到后腰的寒意让他叹了口气。

他看了一眼手表，九点多。

他没有戴表的习惯，这块积家是程怿上月送他的，他挺意外，想着也许这是他们兄弟俩关系缓和的开端，就一直戴着了。

只是没想到会有更意外的事在等着他，一个月之后他就被老爸亲自赶出了家门。

而他之前的想法，应该只是个尴尬的误会。

这里头有程怿多大的功劳，到底有多大一口锅扣在了他身上，他没去细想，也不打算再想，他甚至没有问一句怎么回事。

就像老爸说的——

你已经没用到连一句为什么都不知道从何问起了吗？！

啊。

是的。

生意上的事他没兴趣，非逼着他跟程怿一块儿干，他感觉自己在程怿跟前跟个打杂的没什么区别，也就是废物了这么多年想让老爸脸色好看些而已。

他还真不知道从何问起，只是觉得意外。

相比这件事到底是怎么了，现在全身上下什么也没有，该去哪儿待着才是更迫切需要知道答案的问题。

程恪顺着路往前走，这会儿刘天成应该在店里，离这儿不算特别远，溜达着过去也就……一小时吧。

走了一阵儿，风大了起来，街上的人变得稀少，路两边的灯红酒绿开始了。

身后传来一声短促的喇叭响。

程恪没回头，继续走，一辆红色的跑车从他身边开过，在他前头两三米的地方停下了。

是程怿的迈巴赫。

这车他这阵儿总开，快把司机都开失业了，所以他非常熟悉这车，不用听发动机响，也不用看车牌，闻闻尾气就知道，一股子憋屈味儿。

副驾的车窗放了下来，程怿探出半张脸："去哪儿？"

"天堂。"程恪回答，接着往前走。

"我送你？"程怿说。

"别太有自信了，"程恪停下了，"没准儿您是往下走呢？"

"无所谓，"程怿笑了笑，从车窗里递出一个钱包来，"给，你落家里了。"

程恪没说话，伸手把钱包接了过来。

只有钱包，没有手机。

"你手机在屋里，我没进去。"程怿说。

"哦，"程恪扫了他一眼，"那我钱包是自个儿从屋里溜达出来的吧？"

"钱包是从你放客厅的那件外套口袋里拿的，"程怿说，"你还要拿什么跟我说一声，爸不在家的时候我陪你回去拿。"

这话说得挺体贴的，程恪想冷笑，但勾了勾嘴角没能笑出来。

"找个招待所先住下吧，"程怿看着他，嘴边依然带着笑，眼神却有些冷，"你那几个没出息的酒肉朋友，这会儿没谁敢收留你了。"

程恪还是没说话，看着他。

"自己从头开始，"程怿说，"别什么都想靠家里。"

程恪继续沉默，这回是真说不出来什么玩意儿了，家里除了老爸，有谁是"从头开始"的？他无法理解程怿一本正经冲他说出这句话的立场。

"开车。"程怿跟司机说了一句，关上了车窗。

程恪说不上来自己这会儿到底什么心情，看着车开走的方向愣了好半天才低头打开了钱包。

身份证。

程恪皱了皱眉。

除此之外再没有类似形状的东西存在了，他的各种白吃白喝会员卡、银行卡、信用卡全都没在。

程恪又翻了翻夹层。

之前程怿让他找个招待所的时候他只觉得是程怿在损他，现在看到夹层里的钱时，他才反应过来。

程怿是在说实话。

一百块。

住招待所估计都得是偏远地段的大通铺。

而且，他钱包里平时没现金，这一百块是程怿专门放进去的。

程恪把这张红色的票子捏了出来，能清楚地看到自己的手指在发抖，大概是气的。

他还能感觉到自己之前所有茫然的情绪在看到这张百元大钞时开始一点点汇集，从指尖开始，慢慢往全身蔓延。

这种怒火，在他被亲弟弟算计，被亲爹赶出家门，被告知朋友都不会收留他，甚至在想抽烟而打火机失踪时，都没有出现过。

现在却被这种带着胜利姿态不依不饶的羞辱迅速地点着了。

程恪咬着牙声音很低地骂了一句，把手里的东西狠狠地砸进了旁边的垃圾桶里。

他每次往垃圾桶里扔东西，只要距离超过一米，基本都得扔第二回，现在离着两三米的距离，钱包却准确地飞进了垃圾桶里。

只有那张百元大钞飘落在了地上。

程恪走过去把钱捡起来攥了一把再次狠狠地扔了进去，甩得胳膊都有点儿疼。

然后他转身大步顺着路走了。

一直走到了路口，看到前方绿色的行人过街指示灯时，程恪才停了下来。

他本来的计划是先去刘天成那儿，但现在应该是去不成了。

程怿的话他是信的，能下手把他整出家门，那顺手再把他的后路断了，对程怿来说，也不是什么大不了的事儿。

他没有什么特别真心的朋友，都是些吃喝玩乐认识的人，这样的关系也大多建立在不断地吃喝玩乐之上，像他这种不乐意玩的，就算是这样的朋友都处不结实。

所以，他现在应该就如程怿所愿，没地方可去了。

所以……

程恪对着路对面已经变红的灯看了半天，最后叹了口气，转身顺着路往回走。

今天晚上总得有个地方待着，明天再想办法。

一百块好歹能应个小急了。

钱得捡回来。

垃圾桶是绿色的大方桶。

两个，并排放着。

之前都打开的盖子这会儿已经被不知道哪儿来的优秀市民盖上了。

桶身很华丽地映出街对面酒吧的霓虹灯，显得非常与众不同，印在上头的白色小人看着都跟在打碟似的。

程恪站了好一会儿都没动。

一是有人经过。

二是他从来没想过有一天自己会去掏垃圾，内心满地打滚挣扎得非常厉害。

三是他忘了自己到底把钱包和钱扔进哪个桶里了，是都扔一个桶里了，还是分开扔进了两个桶里。

最后他随便挑了左边的那一个，走过去用指尖小心地挑着掀开了盖子，往里瞅了一眼。

垃圾桶没装满，也看不清都有什么，外表看着挺干净的一个垃圾桶，凑近了却味儿重得不行。

程恪抬了抬左手，放下，又抬了抬右手，再放下。

这两个动作重复了一遍之后，他停了下来，感觉自己呼吸有些不畅，眼眶也胀得难受，甚至能清晰地数出太阳穴上那根血管跳动的次数。

本来已经因为要掏垃圾桶而被分散的怒火，就在这一瞬间如同炸了一般直接蹿上了头顶。

程恪退了一步，猛地一脚踹在了垃圾桶上。

“咚”的一声听着非常解气，桶里的垃圾也很配合，稀里哗啦都铺了出来。

破包装袋，废报纸，滴着汤的快餐盒，带着肉的烤串儿扦子……程恪正想凝神聚气远距离观察一下有没有钱包和那张百元大钞，一堆乱七八糟的垃圾里突然有什么东西拱了一下，他的汗毛顿时全立了起来。

耗子、蜘蛛、蛇，他最怕的三样东西。

耗子？

没等他满怀恶心地退开，桶那边一片黑暗里突然蹦出来一个影子，程恪甚至没看清那是个什么，脸上就已经重重地挨了一拳。

哦。

是个人。

从垃圾那头直接腾空跃起砸过来的这一拳挺重，完全没有防备的程恪起码三秒钟没回过神来。

从小到大，除去在道馆训练，这是他第一次在没有护具的状态下被人直接一拳砸在脸上，还是当街。

“你有病吗？！”程恪转过头看清这人之后吼了一句，这是他脑子里的第一反应，碰上了个神经病。

“你是不是有病？”这人几乎跟他同时吼出了声。

程恪脸上的疼痛这会儿刚开始苏醒，他差点儿以为太痛了自己幻听了：“啊？”

“谁让你踢了？”这人瞪着他。

“我踢……”程恪终于清醒过来，已经开了小差的怒火立马回到了胸腔里，“我难道踢着你家亲戚了？不好意思啊！”

那人没说话，直接抬腿对着他就踹了过来。

力量很足的一脚推踢，不过一看就是自学成才的野路子，在程恪有防备的情况下，这一脚轻松避开了，顺手一个左冲抡在了那人下巴上。

那人晃了晃，在原地停下了。

还行，桩子很稳。

程恪迅速地借着霓虹灯闪绿光的瞬间上下打量着眼前这个人。

个儿挺高，戴着顶滑雪帽，帽檐拉得很低，因为灯光一会儿绿、一会儿红、一会儿黄，看不清长什么样，就能看到他左侧太阳穴下有一道刀疤延伸到耳际。

就冲这道疤，这人就不是什么好玩意儿。

程恪把这人从有病那拨里拎出来放到了流氓那拨里。

但想想，他还是觉得应该放回去。

毕竟现在的天气，不少人羽绒服都穿上了，这人身上只穿了一件短袖T恤。

看着就冷，程恪差点儿都不忍心揍他了。

但这位刀疤非常忍心，都不等程恪从头到脚这一眼扫完，一侧身腿就踹了过来。程恪没躲，这一脚踢得挺高，他用胳膊架着把这人的腿往旁边一推，再对着大腿根儿一个手刀劈了上去。

刀疤吼了一声。

程恪皱了皱眉，这人还行，居然没倒。

刀疤再一次想要踢过来的时候，程恪指着他："没完了是吧？这是你家垃圾桶啊？"

"你一个掏垃圾的还管谁家的垃圾桶？"刀疤也指着他，"要不你说说吧，谁家的你不翻啊？"

程恪本来一肚子火无处安置，这句话顿时让他炸开了锅，冲着刀疤扑了过去。

刀疤也很干脆地一拳抡了过来。

接下去的斗殴就没了章法，哪怕程恪脑子里知道自己每一个技术动作都跑偏了，但基于撒气这种情绪，他出手的时候还是乱七八糟。

而他这时也发现，自己还是小看了这个刀疤，野路子是没错，但是出手狠，力量足，锁、拧、劈，以他的眼光来看，没一个动作是标准的，但也没一个动作是落空的。

程恪不知道是被哪个动作点燃了斗志，用出了跟刀疤不相上下的招式，瞬间他俩就从还算潇洒的比拼拳脚功夫变成了摔跤。

一直到身后传来了连续的喇叭声，程恪才猛地回过神。

他现在已经无所谓有没有路人围观，也无所谓会不会有警察过来，他唯一有所谓的……是不能让程怿看到。

他猛地一把推开了刀疤，回过头看了一眼。

他心里先是绷紧了，看清了之后才又松了下来，是辆白色的揽胜。

接着又一阵不是滋味儿，自己居然两个小时之内就混成了这样？

车上跳下来一个人，拎着根不知道是铁棍还是木棍的东西指着他就过来了："你找死吧！"

程恪看着他。

"废什么话？"刀疤在旁边冷着声音说了一句，"我衣服呢？"

"哦。"拎着棍子的人又瞪了程恪两眼，回手从车窗里抓了件外套出来扔给了刀疤，"这是怎么回事？我叫几个人……"

"去把猫掏出来。"刀疤打断了他的话，转头往垃圾桶那边看了一眼，随即骂了一句脏话。

程恪跟着也看了一眼，顿时一阵恶心，麻利儿地把自己外套扒了下来，疯狂地抖着。

那个踢翻的垃圾桶，不知道什么时候已经身首分离，都被压变形了。

程恪已经不想去回忆打个架怎么还能滚到垃圾桶上去了，只觉得一阵阵犯恶心，感觉自己浑身都是味儿。

"咪咪？"刀疤倒是不讲究，手往地上一撑，趴下去就偏着个脑袋冲垃圾桶里瞅，"喵喵？咪——咪——喵——"

程恪抹了抹嘴角，震惊地看着他。

"咪……"拎棍子那个也趴了下去想跟着叫，刚开了个头就被刀疤打断了。

"去掏。"刀疤说。

他点了点头，一点儿没犹豫地凑过去连手带胳膊地伸进了翻倒在地并且已经变形了的垃圾桶里。

然后他一阵摸索。

在程恪感觉胃里翻江倒海的时候，他收回了胳膊，手掌里多了一只拳头大脏成了灰色的小猫。

程恪愣了两秒，转身准备离开。

这么一通折腾下来，他已经不知道自己滔天的怒火是打散了还是走神了，抑或是已经蒙了。

走出去没两步，他身后传来了刀疤的笑声："喂，你是在找这个吧？"

程恪回过头，顺着刀疤的手指往下，在一堆垃圾里看到了那张百元大钞。

他心里抽了抽，疼的。

最终他没说话，扭头继续往前走，走了几步之后，突然就觉得很累。

步子都快迈不动了的那种累。

那辆揽胜从他身边开过，往路口过去了，他盯着车屁股看了一会儿，转头又往回走。

这种时候不能逞强，虽然就算今天晚上身无分文，他也不至于死街上了，但顺手捡个一百块……

“回去。”江予夺脑袋靠在副驾车窗上，拿湿纸巾一边擦着猫身上脏成一团的毛一边说了一句。

“什么？”陈庆愣了愣，还是踩了一脚刹车，掉转了车头，“回去干吗？”

“看看那人。”江予夺说。

“不是，”陈庆看着他，“一个流浪汉你揍完了还回去看个啥啊？”

“你家流浪汉穿成那样啊？”江予夺伸手从后座扯了陈庆的外套过来把猫包上放到后座，“他手上戴着块积家你没看到？”

“积家？”陈庆茫然，“表啊？”

“嗯。”江予夺已经不想说话了。

“行，”陈庆点点头，“只要三哥开口，别的交给我，这就回去抢了。”

江予夺看着他。

“放心，”陈庆也看着他，“我带着家伙呢，一砸一撸就完事儿了，保证……”

“闭嘴。”江予夺说。

2

程恪看着打碟的小人儿，看了差不多有十秒，一咬牙，走了过去。

他弯腰正想捡钱的时候，身后有人喊了一声：“喂！”

程恪没回头，听到了发动机的动静，他就想一脑袋扎下去得了。

不知道是不是因为太专注，有车开过来还停下了他都没注意，而这个声音，实在让他尴尬到了极点。

这声音挺有磁性的，他听得出来，是刚才的那个刀疤。

“你还真是为这一百块啊？”刀疤的声音里带着愉悦，程恪要是回头看一眼，肯定能看到他脸上的笑容。

“捡吧，赶紧的，”刀疤说，“再磨叽一会儿该让别人捡走了。”

程恪直起腰，转过了身：“还是留给更需要的人吧。”

“嗯？”刀疤靠在车窗上看着他。

“去捡吧，”程恪说，“别白跑一趟。”

刀疤笑了起来，摸了根烟叼上，拿出打火机啪的一声点着了：“里头还有一个钱包，也是你的吧？”

程恪没说话。

“没把你当捡破烂的，”刀疤吐出细细的一缕烟，“有说话这工夫都捡完了。”

“给我。”程恪说。

“什么？”刀疤看着他。

“打火机。”程恪说。

刀疤愣了愣，把手里的打火机递了过来：“烧钱犯法，再说就那一张，烧着了也不气派。”

程恪拿了烟出来点上，顺手把打火机放进了自己兜里。

刀疤看着他的口袋。

“谢谢。”程恪冲他点了点头。

刀疤没说什么，在自己兜里摸了一会儿，又递了张卡片过来：“落难了吧这位少爷，这是我名片，有什么要帮忙的可以给我打电话。”

程恪站着没动。

刀疤又说：“我叫江予夺，叫我三哥就行。”

江予夺？三哥？

程恪还是站着没动。

“你这人有没有点儿眼色啊？这可是三哥！这片儿都是三哥的地盘！”开车的那位身体探了过来，指着他，“三哥都说这话了，你还装什么高冷啊！”

地盘？

程恪想起了之前跟这位三哥的单挑，一个能跟人打得在垃圾桶上翻滚的老大，还地盘？

掌管此处七七四十九个垃圾桶吗？其中有一个刚才还被老大亲自压扁了。

程恪忍不住抬眼认真地看了一下这个叫江予夺的三哥。

这会儿不戴帽子了，看着也就二十出头，一个普通帅哥而已，不过脸上隐约透着不明原因的狠劲，还是让人有点儿心生提防，有可能是因为那道刀疤的加持。

“拿着吧，”江予夺夹着卡片的手指冲他晃了晃，“凡事多留点儿退路总没错。”

程恪犹豫了两秒，从他手里拿过了那张卡片。

程恪正低头看的时候，江予夺关上了车窗，车开走了。

程恪看了一眼卡片，又猛地抬起头，往车开走的方向瞪了好半天。

这人不会真是个精神病吧？

他忍不住又低头看了看手里的卡片。

他收过无数名片，精致的、随意的、商务范儿的、精英范儿的、意识流范儿的……还是第一次收到香烟壳范儿的。

江予夺给他的“名片”，是一张用香烟壳裁出来的——不——确切说是撕出来的，一张硬壳纸。

上面用圆珠笔写着三个字：江予夺。

下面是一串手机号。

这档次！这规格！

看上去顶天了也就是个小卖部老板的随手记账工具，还三哥？还地盘？恐怕七七四十九个垃圾桶也就占了二成股份吧！

“三哥，”陈庆一边开车一边转头往江予夺脸上看，“你没事儿吧？又不抢东西，回去这一趟干吗呢？”

“说了看看。”江予夺说。

“……看什么啊？”陈庆很不解，想想又点了点头，“是在练习自己的判断力吧，我刚仔细看了一下，这人肯定不是捡破烂儿的，穿得挺讲究，长得也像个少……”

“看路。”江予夺打断了他的话。

“好。”陈庆转头凝视前方，江予夺想提醒他的时候，他已经顶着红灯开了过去。

“我给你二十块钱，”江予夺捏了捏眉心，“你去看看脑子行吗？”

“二十块钱看什么脑子？”陈庆说。

“就你这红灯停都不知道的脑子！”江予夺一巴掌甩在他后脑勺上，“十五块就够看了！”

“你什么意思？！”陈庆喊了一嗓子，“我没注意！”

江予夺又在他后脑勺上甩了一巴掌：“我还多给你五块吃早点！”

“没事儿，”陈庆想了想，“车是杨老鬼的，让他交去吧，他反正一天天的，违章违得都能开年卡了，估计记不清。”

江予夺叹了口气。

“直接回去吗？”陈庆问，“我送你回去顺便上你姐那儿打两圈牌。”

“嗯。”江予夺应了一声。

“猫呢？”陈庆又问，“这么小也不好吃，是不是得先养着？”

“我是怎么能跟你一块儿长大的？”江予夺看着他，“居然没让你夭折？”

“咱俩多铁啊，”陈庆笑了起来，“要不是那回你把我从河里捞上来，我肯定夭折了。”

江予夺没说话，转头看着窗外。

“刚那个少爷，”陈庆说，“你是不是想搭救一把，以后捞点儿好处？”

江予夺还是没说话。

“说对了吧，反正那样子，也不像是谁派来找你麻烦的，”陈庆也不需要他回应，自顾自地分析着，“不过你也没问问他叫什么，现在什么情况……要不我叫几个人跟着点儿？”

“你要不直接过去告诉他得了。”江予夺转头看他。

陈庆笑了起来：“行吧，我懂了，不能那么明显。”

程恪觉得自己对生活非常不了解，或者换个不那么给面子的说法，就是挺废物的。

比如身上暂时只有一百块钱和一张身份证的时候，应该怎么办。

除了坐在“麦当当”里发呆，他居然想不出第二个方案了。

不过还行，“麦当当”里这会儿人不多，几个带着行李的旅客，三五个趴在桌上刷题的学生，没有人说话，挺清净的，也暖和。

程恪看着自己面前放着的一杯咖啡，打了个哈欠。

困了。

他已经去洗过两次脸，第一次是把脸上被江予夺砸出的一道口子洗了洗，第二次是感觉被暖气烤得犯晕。

程恪摸了摸眼角，不小的一道口子，他不太怕疼，小时候跟程怿打架，被程怿用凳子砸破了脑袋，缝了好几针，他也忍下来了，没吭一声。

但神奇的是，一直到现在，他也没觉得脸上这道口子疼。

这就不是能不能忍疼的问题了，这可能是他被一拳砸出面瘫了。

程恪低头冲着咖啡笑了笑，趴到了桌上。

或者是有什么别的事，别的疼，盖掉了脸上这点儿微不足道的伤口带来的微不足道的疼。

这是程恪第一次在卧室以外的地方以这样的姿势睡觉，而且睡着了。

不光睡着了，还做了梦。

从遥远记忆里老爸的那句“恭敬、谨慎是‘恪’字的意思”开始，一直到用蓝色圆珠笔写的“江予夺”结束。

按说梦应该很长，要起个名字的话可以叫《我的小前半生》，但是中间有不少情节因为过度重复没有意义而被无情剪掉，所以感觉短短几个镜头就结束了。

程恪睁开眼睛的时候，忍不住感慨了一下，要不是这个梦，他还真没想到自己二十多年的人生居然如此无聊。

身边已经有不少人了，端着餐盘来来去去，程恪抬头的时候瞬间迎上了好几道不怎么满意的目光。

他看了一眼时间，这样的现状，这样的环境，这样的姿势，他居然也能睡到早上八点多，不知道算不算是一种异能。

他起身离开了桌子，去了趟厕所，洗了脸出来还是觉得整个人都没有清醒，有点儿恍惚，步子也飘，老有种还没完全从那个干瘪无趣的梦里醒来的错觉。

出了门也没个方向，对面有个小超市，他进去了，买了瓶漱口水重新进了“麦当当”。

其实在路边随便漱两口就行，但他还是想把自己跟流浪汉稍微区别一下。

再次出来的时候，他感觉清醒了不少。

程恪站在路边，突然又有了昨晚的那种茫然感，发了很久的愣。

他要去补办个银行卡，取钱，然后买个手机，再补个号……其实他银行卡里有多少钱他并不清楚，反正用的时候里头总是有钱的，但他的确没什么大的开销，也就吃个饭买两件衣服什么的。

程恪突然觉得心里有些没底，万一那里头就正好是吃个饭买两件衣服的钱呢?

不不不，应该不至于，他虽然是个废物，在全家人的眼里，他甚至不如程怿的一块小指甲盖，但他还是有进账的。

不至于……

程恪转身想往路口走，打算随便找个银行先问问怎么弄。

他还没迈出步子，肩膀就跟一个迎面走来的人狠狠撞在了一块儿。

“你瞎了吗？”那人骂了一句。

程恪的一句“对不起”被冲着他耳朵吼过来的这么一句堵回了嗓子眼儿里。

他没出声，也没看那人，直接往前走了。

换了昨天之前，就这句话这人都别想说全了。

他现在完全没有心情，没有心情犯狠，也没有心情认㞞，他只想赶紧把能做的事儿先做了，取钱，买手机，他现在迫切地需要……

右肩被人狠狠地从后面撞了一下。

一个手机。

程恪往前踉跄了两三步才停下来。

他回头看的时候才发现，后面站了四个人。

估计是宿醉未归，离着这么远都能闻到一股类似酒吧后门垃圾桶的味道。

程恪在肩上掸了两下，往回侧了侧身，做了个要走的姿势。

那几个人果然如他所料扑了上来，他收了姿势，右手回手一拳抡在了最前面那人的脸上，抡得那人往边儿上错出去好几步才站稳。

挺壮实的一个人，也挺扛揍，程恪一拳过去震得自己手腕都有些发酸。

他不是个爱惹麻烦的人，平时跟那些“没出息的酒肉朋友”成群活动，真有什么麻烦，也不需要他单独面对。

他不明白这两天是怎么了，烦躁的倒霉事如影随形，转个身都能踩着刺儿。

抡出去的这一拳，他基本就是撒气。

昨天跟江予夺的那一通滚地龙肉搏，他没怎么占着上风，脸上身上好几处伤，现在这一拳算是实打实地爽了。

但冲动撒气的后果还得自己承担，对方四个人里，有三个开始往兜里掏，掏出来的无论是什么，他都未必还能应付。

程恪在这 0.1 秒的时间里果断出手。

他转过身，拔腿就往路口跑。

这会儿上班的人挺多，几步之后逃跑路线就受阻了，他只能换了个方向，往人稍微少点儿的地方跑，毕竟逃跑不是他的长项，后面几个人也没有放弃的打算。

狂跑了一阵儿之后，程恪非常郁闷，自己还是低估了几个宿醉没太醒的人对这件小事穷追不舍的决心。

他们估计就是在这片儿混的，对地形相当熟，程恪拐了三个弯跑出一个小岔路口的时候，居然从前面包抄过来了两个人。

程恪气都有点儿不够用了，回头看了一眼才发现这四个人不知道什么时候居然兵分两路了。

程恪觉得自己其实是个特别容易放弃的人，任何细小的挫折都有可能让他突然泄气，所以眼下这种情况，他脑子里居然有那么一瞬间出现了“不跑了，实在干不过就让他们揍一顿”的想法。

好在他用眼角余光扫到了前方三米的地方两栋居民楼之间有一条通道。

最后一把，没跑掉就放弃吧。

程恪咬牙冲进了通道里。

通道那边还是两栋楼，还有一条同款的通道，他继续往前冲进去。

再跑出去的时候他愣住了。

这是几栋居民楼的后方，一个开放式的街心小花园，很平常很普通的场所，市民白天遛鸟锻炼，晚上跳广场舞的那种普通场所。

但现在不太普通。

正对着他的花坛边儿上，一大帮人或坐或站，一眼望过去至少二十多个，而中间叼着根烟坐在那儿的，是江予夺。

他这一冲出来，一帮人全都转过了头，齐刷刷地盯着他，他差不多能听到这些目光在齐声喊“我们都不是好人哦”。

唯一有所不同的是江予夺，他无论是表情还是眼神都很淡定，从一开始程恪就能看到他嘴角带着一抹笑。

这种尴尬的僵持之中，身后的追兵赶到。

跑在最前的那位一冲出来就飞身向前，程恪躲了一下，那人扑了个空。

一直坐着没动的江予夺这会儿终于抬起了胳膊，伸了个懒腰。

他身边的一群人就像是得到了号令，连蹦带蹿地全都冲了过来。

程恪顿时感觉自己前后左右上下都是人，甚至看不清从哪个方向过来的，但这种感觉很快就消失了，那四个和那一群，几秒钟时间里全都没影了。

现场只剩下了他和江予夺。

“这么巧。”江予夺把嘴上叼着的烟拿了下来，一脸微笑地看着他。

程恪觉得江予夺白天比晚上看起来要顺眼些，但他这张脸的确不太适合这种慈祥的微笑，怎么看都让人后脊梁发冷。

他清了清嗓子，扭头看着众人呼啦一下消失的方向，远远地能听到有人叫骂的声音，不知道是在对打还是在围殴。

“他们……”程恪指了指声音传来的方向。

“这片的刺儿头，”江予夺说，“你怎么惹着他们了？又翻垃圾桶打起来了吗？”

程恪看着他。

“要是没我，”江予夺把烟头在地上按灭了，“今儿你走不出这片儿了。”

“……谢谢啊。”程恪犹豫了一下道了声谢，虽然他无法判断那帮人刚才冲出去是因为接了江予夺的命令救他还是因为本来就跟那四个人有私仇。

“不是说了有麻烦可以找我吗？”江予夺说。

“哦。”程恪下意识地摸了摸兜，发现江予夺给他的那张烟壳儿没在兜里了。

“名片丢了？”江予夺问。

“你管那玩意儿叫什么？”程恪忍不住反问。

“没事儿，”江予夺从屁股下头扯出了一张坐扁了的烟壳纸，“我再给你一张。”

“不用了，”程恪赶紧摆手，“真的，不用了，谢谢。”

江予夺看着他眯缝了一下眼睛，脸上的表情有些变幻莫测。

“谢谢。”程恪退了两步，转身快步往大路那边走。

这人为什么如此热衷于给陌生人撕烟壳他并不想了解，他只知道江予夺一直挂在嘴角的笑容在他拒绝再次接受名片时消失了。

无论是不是真的掌管垃圾桶，这人也是伸个懒腰就有二十多个人扑出去的老大，关键是那二十多个人还都在，程恪不想再惹上什么麻烦。

取钱，买手机。

他都没想到自己有一天会对这两件事如此向往。

“叫人跟着那小子。”江予夺点了根烟，冲刚跑过来的陈庆说了一句。

“哪个小子？”陈庆问。

江予夺皱了皱眉。

“知道了，积家，”陈庆点点头，“我去跟吧，稳当点儿。”

江予夺没说话，陈庆很有信心地转身甩开膀子就走。

“右边儿。”江予夺叹了口气。

“嗯？”陈庆转头看他。

“往右边儿走的！”江予夺吼了一声，指着他，“给你三秒，三秒钟之后我就揍你个口吐白沫！”

“正好我车就停那边儿呢……”陈庆立马往右狂奔而去。

江予夺坐在花坛边把烟抽完了，起身离开了小花园。

每天的早点吃什么，是件很让人发愁的事儿，江予夺很喜欢街角听福酒楼的早茶，但是这会儿时间已经过了，而且他已经连续吃了半个月，实在没什么可吃的了。

“三哥！”有人在后头叫了他一声。

江予夺揣在兜里的手下意识地先握紧了刀才转过了头。

“吃早点了没？”一个叫瘦猴儿的小孩儿跑了过来，跑得相当飘，风大点儿就能跑出原地踏步的效果，“一块儿吃？”

“豆浆油条啊？”江予夺很嫌弃地瞅着他。

“那哪能啊，起码得是酱牛肉，”瘦猴儿说，“请三哥吃早点怎么能没有肉！”

江予夺跟着瘦猴儿进了旁边一家新开的早点铺子，看着瘦猴儿端过来的一堆吃食，皱着眉问了一句：“你又跟着谁晚上出活儿了？”

“没有！”瘦猴儿急了，“我不是听你的去网吧做服务员了嘛！昨天发工资了！我立马就想着来找你……”

“知道了，”江予夺拿起筷子，“别再端了，你这一个月工资都在这儿了吧？”

“不能，”瘦猴儿很愉快地拍了拍兜，“还有呢。”

吃了没两口，江予夺的手机响了，陈庆打过来的。

“过来吃早点吧。”江予夺接起电话。

“积家进了一家银行，”陈庆说，“跟大堂经理说了半天，是不是要取笔大款子啊？要不要叫俩人过来，等他出来……”

“你现在就去买俩包子先吃了。”江予夺说。

“啊？”陈庆愣了愣。

“总不吃早点毁智商。”江予夺挂掉了电话。

这个落难少爷的确有点儿问题，昨天干仗的时候，他已经把这位少爷身上所有的兜摸了个遍，除了半包烟，什么也没有。

就算捡了那一百块，也就是一百块加半包烟，他就这么去了银行？

江予夺皱了皱眉，很有问题。

3

吃完早点，江予夺强迫想装大款直接走人的瘦猴儿把没吃完的那些食物都打包了。

“我拎这一堆吃的……”瘦猴儿挺不情愿的，“我还想上街转转呢，要不三哥……”

“我不要，我减肥，”江予夺挥挥手，“要饭的啊，流浪猫啊狗啊耗子啊，见着了就给吧。”

“行吧，”瘦猴儿叹了口气，“那我走了啊三哥。”

“快滚。”江予夺说。

瘦猴儿拎着东西走了，江予夺准备过去看看刚才跟人干仗的那帮小屁孩儿什么情况，刚走出去几步，手机又响了。

陈庆是个挺好的人，就是脑子总转不过弯，还一直怀揣着一个“江湖制霸”的伟大梦想。江予夺掏出手机，有时候特别想揍他一顿，能省不少心。

“你先跟着他，一会儿我给你打电话。”江予夺接起电话说了一句。

“老三，你可以啊，”听筒里传出来的并不是陈庆的声音，“现在都支使上我了？”

江予夺把手机拿到眼前看了看，来电显示的名字是张大齐。

“什么事儿？”他问。

“别给我装，什么事儿你自己不知道？”张大齐破着个嗓子非常不爽。

“我失忆。”江予夺说。

“我告诉你老三！”张大齐吼了一嗓子，“你管好你那帮跟班儿的，别成天上我这儿找麻烦！我给你点儿脸你还真当自己是个什么东西了！”

“说多少回了，”江予夺有些不耐烦，“你的脸你自己收着不用给我，我用不上那么多脸。”

“你……”张大齐估计是准备开骂。

“大齐叔，你那个酒吧怎么说生意都还不错，”江予夺掐断了他即将开始的暴骂演讲，“就三千块钱能欠着俩月都不给结，还好意思跟我这儿吼呢？”

“关你屁事！你是他爹还是他妈啊？你开福利院的啊？”张大齐说，“我告诉你，你的人明天要再上我这儿坐着，我有一个是一个全给你打回去！”

“行，我让他们明天都不去，”江予夺摸了根烟出来点上，“明天我自己去。”

没等张大齐再说话，他把电话挂掉了。

“您得拿身份证到开户行去挂失补办才行。”大堂经理面带微笑地说。

“开户行？”程恪非常费力地思考了五秒钟，“我不知道是在哪个行开的户……”

“拿卡号可以查到的。”大堂经理说。

“我不知道卡号，”程恪很忧郁，“你拿我身份证不能查到卡号吗？”

“不能查的哦，”大堂经理说，“但肯定不是在我们这里开户的，您可以到常去的银行试一下。”

程恪张了张嘴，还想说点儿什么，但不知道还应该说什么，最后只说了句“谢谢”就转身离开了银行。

“或者您登录一下手机银行查查……”大堂经理在他身后说。

——我没有手机，有手机也没有手机银行。

程恪站在银行门口的一棵树底下，他觉得非常简单的事，到了他这儿，居然一开头就进行不下去了。

他需要一个手机，无论找谁，去哪儿，他起码得有个落脚的地方，再拿着身份证把家附近那几家银行转一圈，看看到底是在哪一家开的户……而他现在连打车的钱都不够了。

他摸了摸兜，把烟盒和打火机拿了出来，拿烟的时候，一张硬纸片贴着烟盒掉到了地上。

他把硬纸片捡起来就看到了上面圆珠笔写的字。

江予夺。

有事儿找三哥。

程恪盯着烟壳上的那串电话号码。

盯了挺长时间，感觉自己都能把号码背下来了，他才抬起头往四周看了看。

这个年代估计都没几个人还知道公用电话是个什么玩意儿了，在没有手机的情况下，程恪居然不知道拿着这个号码能干什么。

他收回目光的时候，离他没几步远的一棵树旁边，有个人影晃了一下。

程恪看了一眼，吃惊地发现那个因为跟他目光对上了而有些尴尬的人，是昨天晚上帮江予夺掏猫的司机。

“你！”程恪赶紧指着那个人。

那人脸上迅速换上了“真·路人”的表情，跟着他的手指转头往身后看着。

“就你，”程恪走到他跟前，“你是江予夺的司机吧？”

“护法。”那人立马对他进行了纠正。

“……哦，左还是右啊？”程恪问。

“总，总护法，”那人指了指自己，“上下左右全是我。”

“啊，”程恪看着他，这个神经病的风格看着跟江予夺的确是一个体系的，“有手机吗？借我用用。”

“有，”总护法很友好地拿出了手机，“打给谁？”

“不用打了，”程恪接过了他的手机，“你手机借我登录一下微信吧，我联系个朋友。”

“哦，”总护法应了一声，“我手机没有流量。”

“什么？”程恪吃惊地抬起头。

“要不我带你去找三哥吧，他手机有流量，”总护法一挥手，“走。”

“去哪儿？”程恪很警惕。

“找三哥啊，”总护法说，“他家就在这座大厦后头，这会儿他肯定在楼下晃呢。”

“不用，”程恪现在拒绝再进入任何非大街的地图，他点了一下手机上的拨号键，总护法五分钟之前刚给三哥打过电话，他直接拨了过去，“我打电话给他。”

“又干吗？”那边江予夺接起了电话。

“你好，”程恪说，“江予夺吗？”

“谁？”江予夺声音猛的一下冷了下去。

“我是程恪，”程恪突然有些尴尬，“就刚才……”

“我还是司机呢，”江予夺打断了他的话，“陈庆呢？”

程恪皱着眉，对话有点儿进行不下去了，于是他把手机递给了总护法：“他找陈庆。”

“我就是，”总护法点点头，拿过手机，“三哥，我在这儿呢，刚说话的那个是积家。”

程恪愣了愣，看着他。

“你……”江予夺咬了咬牙，陈庆要是在他跟前儿，这会儿他肯定一脚踹过去了，他吸了口气慢慢吐出来，让自己的语气尽量平静，“不要当着他的面叫他积家。”

“那我也不知道他叫什么啊。”陈庆小声说。

“他刚不是说了他叫‘乘客’吗？”江予夺还是没忍住吼了一嗓子，“把电话给他！”

“喂。”那边又传来了“乘客”的声音。

“你姓程是吧？”江予夺问。

“嗯，程恪，恪守的恪。”程恪回答。

“找我什么事儿？”江予夺又问。

“我……想借你手机用一下，”程恪说得有些艰难，“你总护法说他的手机没有流量。”

江予夺没说话。

借手机？

这是什么弱智的借口？

这人绝对有问题。

江予夺勾了勾嘴角：“我过去，你让陈庆带你到路口。”

“你能到这家建行门口来吗？”程恪问。

“不能。”江予夺挂掉了电话。

程恪跟在陈庆身后，往旁边路口走过去，突然觉得有点儿莫名其妙，站在路口越想越觉得有点儿不踏实。

他只是想找个手机随便联系几个朋友而已，不知道怎么弄得跟办假证的接头一样了。

他怎么想都觉得不那么对劲。

当江予夺带着两个人从旁边的胡同里转出来的时候，程恪心里猛地沉了一下，转身想走，但已经来不及了。

陈庆往他跟前一贴，拦住了他，没等他推开陈庆，身后江予夺带过来的两个人已经一左一右收拢了。

这种场面，程恪连紧张都紧张不起来了，脸上只有震惊和不可思议，他转头看着江予夺："怎么个意思？"

"跟我走，"江予夺看着他，"你要敢跑，我就敢当街把你捅了。"

"那你捅吧。"程恪说。

江予夺的手从兜里抽了出来，程恪看清江予夺手上拿着一把匕首的时候，这把匕首已经顺着他腰右侧的衣服扎了进去。

刀尖扎透了他的外套，又扎穿了里头的T恤，刀刃贴着他的腰划了过去。

江予夺把匕首抽出来的时候，程恪感觉到腰侧刺痛。

昨天打架的时候还真没注意这人是个左撇子。

程恪从小到大都没碰到过这种事儿，跟朋友出去玩，喝多了闹事也都是没个目标的一帮人胡殴，他虽然不惧，却很少跟人直接起冲突。

今天就这么面对面地，被人一刀捅穿了衣服，他突然觉得一切都很不真实。

这一刀如果不是江予夺捅歪了，那就是他对捅刀子这项技术掌握得相当熟练，看他的眼神，程恪倾向于后者。

"走吧，"江予夺说，"不跟我嘚瑟什么事儿都没有。"

程恪没说话，低头看了一眼自己外套上的窟窿，跟着江予夺往他来的那个胡同走了过去。

胡同很短，没几步就到头了，那边是一片居民楼，看着有些年头了，程恪以前经常来这边儿喝酒，但真不知道这些大厦的后头还有这么多的楼。

在几栋楼之间走着的时候，程恪往四周看了看，房子大多租出去了，窗户上都挂着招牌或者灯牌，美容院、棋牌室、养生馆，各种一看就很蒙事儿的“某某教育”……

江予夺拐进了一个楼道，陈庆和那俩跟班儿停下了。

“来。”江予夺回头冲程恪偏了偏头。

程恪往两边看了看，跟着走进了楼道。

说实在的，这里环境虽然很接地气，但总体来说不脏不乱不差，看上去不像是会发生凶杀案的地方。

江予夺打开了一楼的门。

程恪往里看了看，最普通的那种普通人家的屋子，没有设计感的装修，刮个大白贴点儿地砖，桌椅沙发各自有着相去十万八千里的气质。

但是看上去很整洁，程恪甚至闻到了淡淡的花香。

“进来。”江予夺扶着门。

程恪走了进去，又看了看屋里的结构，两居室，卧室门开着，能看到那边有个很小的后院。

“不错啊，”他忍不住说了一句，“这个地段还有院子。”

“要看看吗？”江予夺问。

“好啊。”程恪点头。

江予夺领着他到了后院。

挺小的一个院子，也就不超过十平方米，院墙很高，看不到外面是什么，墙边种了一圈不知名的植物，这会儿都已经落了叶子，看着有些萧条。

他正看着的时候，裤角被什么东西碰了一下。

耗子！

这种神奇的第一反应让程恪瞬间蹦了起来。

但抬起的右腿还没落地，就被江予夺伸过来的腿架在了空中。

“我的猫，”江予夺看着他，“踩到它你就死定了。”

程恪往下看了一眼，一只巴掌大的小猫正从他脚边走过，晃晃悠悠地摔下台阶到了院子里。

看到了这只猫，程恪猛地想起了自己跟江予夺真正的关系，以及他到这儿来的神奇原因。

甚至在第二秒他又感觉到了腰侧有些火辣辣的刺痛。

他居然在这种情况下跟江予夺一块儿站在这里看院子?

江予夺不知道是不是跟他有同样的心路历程，架着他的腿沉默了几秒钟之后转身进了屋里。

“说吧。”江予夺回到客厅，坐到沙发上，胳膊往靠背上一架。

程恪站在客厅中间，体会着他身上浑然天成的“三哥”气质。

“说什么？”程恪问。

“说说你到这儿干吗来了。”江予夺说。

“捡垃圾来了啊。”程恪说。

江予夺没说话，偏了偏头看着他。

“三哥，”程恪用脚钩过旁边的椅子坐下，为了方便沟通，他用了这个称呼以示尊重，“讲道理，不是我要来，我是路过，你强行不让我走，我就想借个手机用用，你借就借，不借就不借，这玩的是哪一出？”

“你手机哪儿去了？”江予夺问。

“扔家了没带出来。”程恪说。

“哦，”江予夺冷笑了一声，“为什么不回家拿？”

“没钱打车了。”程恪回答。

“一百块不够你打个车回家吗？”江予夺继续问。

“用光了。”程恪说。

江予夺不说话。

“一百块，”程恪竖起一根手指，“不是一千块。”

“你身上就一百块了还不马上打车回去？”江予夺突然从沙发上蹦了起来，瞬移一般凑到了他眼前，胳膊往他身后的墙上一撑，鼻尖都快点到他脸上了。

程恪往后靠了靠，跟江予夺的鼻尖拉开距离。

不过他身后是椅背，实在拉不出多少距离，他只能错开眼神，倒是又看到了江予夺衣领里从锁骨往下不知道延伸向何方的一道长长的伤疤。

他皱了皱眉。

“没钱了就不能先打车到家再拿钱给司机？”江予夺盯着他继续问。

程恪抬眼看着他。

程恪这两天跟做梦一样，一时半会儿没有容身之地也就算了，莫名其妙还碰上这么个玩意儿。

一直到现在，看到江予夺凑到他眼前这么一句接一句地逼问时，他终于慢慢从一堆莫名其妙里苏醒过来。

“说！”江予夺贴他耳朵边儿上吼了一嗓子，“谁让你来的？！”

程恪感觉自己的心脏被这一声暴喝惊得四下乱窜，要不是闭着嘴，估计心脏能从嘴里蹿出来。

他想也没想，直接一抬胳膊肘，狠狠地顶在了江予夺的肋骨上。

在江予夺受疼往下弓腰时，他胳膊肘又对着江予夺的下巴猛地一掀。

江予夺一手捂着下巴一手捂着肋骨退了两步，倒在了沙发上。

程恪扑过去抓着他肩膀往沙发上一按，膝盖曲起从他两腿之间顶了过去。

“你敢动一下，我就敢继续揍你！”程恪指着他。

“三秒钟之内你要不松开我，”江予夺看着他，“你就别想再出这个门了。”

“一二三。”程恪说。

江予夺笑了笑，坐了起来，慢条斯理地点了根烟叼着：“不想说没关系，想走想用手机都行。”

程恪盯着他。

“以后跟踪接近目标的时候，稍微上点儿心，找个不那么明显的理由，”江予夺说，“下回再让我逮着你，就没这么好运了。”

程恪强烈怀疑江予夺说的是某种外语，他一个字都没听明白。

“手机用吗？”江予夺拿出了自己的手机晃了晃，放到了茶几上。

这句程恪听懂了，果断拒绝：“不用。”

“看看，”江予夺嘴角挑出了一个笑容，“之前叫我过来，是要借手机，现在手机拿出来给你了，你又说不用了，前后不到二十分钟，话就对不上了。”

程恪再一次震惊。

震了三秒之后，他过去拿起了茶几上的手机。

江予夺的手机不需要解锁，扒拉两下就打开了，他迅速找到微信，发现手机虽然不用解锁，但微信是退出登录状态，他松了口气，万一能直接进，他还怕这个脑子没褶的一会儿再说他偷看。

他在登录验证里选了声音锁验证。

“我们需要验证你的声音，请按住按钮，读出下面的数字。”

程恪庆幸自己今天没感冒没发炎，虽然这个验证方式看上去有点儿尴尬……他按住按钮，清了清嗓子：“七四一二九六五八。”

江予夺“啧”了一声，声音里带着笑。

微信里有好几条留言，他顾不上细看，迅速点开了刘天成的对话框，也顾不上打字，直接发了个语音请求过去。

但一直到自动挂断，刘天成也没有接。

程恪皱了皱眉，余光里江予夺很有兴趣地靠在沙发背上看着他，这让他非常不爽。

他并不是个特别要面子的人，但没面子到这种程度，也是不能接受的。

他又点开了许丁的对话框，昨天许丁给他留了言。

——浪？

看来许丁并不知道昨天他已经流离失所，估计是平时来往不算太多，程怿在“清理”他的酒肉朋友时，把许丁漏掉了。

“怎么不直接打电话啊？”许丁接了语音。

“我在 Secret 门口等你，”程恪说，“马上过来。”

“……我没在市里，”许丁说，“我车刚开出来，大概得三天才回去。”

“那行，”程恪也顾不上自己跟许丁到底有没有这么熟了，“我去你罗马花园那套房子待两天，有备用钥匙吗？”

许丁愣了愣：“有，在物业，我给他们打个电话，你去拿吧。”

“谢了。”程恪挂掉了语音，把号退出再删除了，然后把手机放回了茶几上。

有了许丁的钥匙，程恪感觉自己整个人轻松了不少，至少有个地方让他安静地待一会儿，无论是卡还是手机，抑或是他从来没有想到过的所谓将来，他都需要理理头绪。

“我现在能走了吗？”他看着江予夺。

“就这么走了？”江予夺叼着烟，“我救你一回，手机也借你用了，还让你上家歇着……”

“我就问你，”程恪打断了他的话，“我能走了吗？”

“走吧，”江予夺说，“这些我给你记着。”

“不用，”程恪一把扯下了手上的表，扔到了江予夺身上，“惦记挺久了吧？够了吗？”

江予夺看了他一眼，笑了笑没说话。

程恪拉开门走了出去。

陈庆和那俩跟班儿就在门口，看他出来，陈庆立马冲里头喊了一声："三哥？”

“让他走。”江予夺在屋里说。

陈庆让到了一边。

江予夺拿起手表看了看，表很新，估计没戴多长时间。

程恪把表扔过来的时候非常干脆利落，仿佛这是一块假表……

江予夺眯缝了一下眼睛，重新把表拿了起来。

“就这么让他走了？”陈庆进了屋。

“不然呢？”江予夺说。

“……这不是他那块表吗？”陈庆凑了过来，“这是抢下来了？”

江予夺在手指上按了按，指关节发出咔的一声响。

“不，”陈庆反应过来，“这是他为了报答你送你的吧！”

江予夺想了想程恪把手表扔过来时脸上愤怒而厌恶的表情："差不多吧。”

“厉害。”陈庆说。

“找人看看是不是真的。”江予夺把表递给了他。

“然后呢？”陈庆问。

“卖了。”江予夺说。

“好。”陈庆拿着表转身就出了门。

江予夺把门关好，又走到窗边，挑起窗帘一角往外看着，外面跟平时没有什么不同，上班时间，偶尔有几个老头儿老太太走过。

他拿起一个猫罐头，用手指敲了敲。

小猫立刻从屋里跑了出来，昨天喂了指头尖那么一点儿，居然就产生条件反射了。

猫抱着勺连舔带啃的时候，陈庆的电话打了过来：“三哥，这人还真不是流浪汉啊！”

“嗯。”江予夺应了一声。

“那个是积家什么什么双面什么翻转什么的，”陈庆继续说，“说是原价十六七万。”

“嗯。”江予夺捏了捏猫耳朵。

“卖吗？”陈庆问，“大饼说没有原装盒，也没有票据什么的，最多给一万五。”

“拿回来。”江予夺说。

“行，你自己戴吧，”陈庆说，“还挺好看的。”

“戴什么戴？”江予夺伸了个懒腰，“他还会来的。”

程恪站在地铁站的地图前，用了好几分钟才看明白自己大致该怎么坐车，在哪个站换乘。

这是他此生第一次坐地铁，除了感叹人真多之外，就是庆幸自己知道许丁那套房子附近的地理特征，要不他连自己该在哪一站下车都不知道。

随着人群挤进车厢，程恪被挤到了一根杆子上贴着，肚子上还顶着一位大姐紧握杆子的手，他在大姐愤怒的“你怎么这么没有素质一个人要抱一根杆子别人的手都被你压住了都不知道让开”的目光里努力提气，并且让自己的身体往后，离开杆子。

经过了漫长的煎熬，在他还有一站地就下车的时候，上车的人才终于变少了。

程恪走出地铁站的时候低头扯了扯衣服，两团小小的白毛被风卷着从他眼前飘过。

这会儿了他才猛地注意到自己就这么挂着个破口子走了一路，羽绒服这一格里的绒已经飘光了，刚那两小团白毛，估计就是最后的两团。

程恪按了按破口，腰上的刀伤再次开始刺痛。

许丁这套房子，程恪其实只去过两次，都是路过进去待了一会儿，去物业拿钥匙的时候也许是因为他看上去有些惨的衣服，工作人员犹豫着打量了他一会儿，又给许丁打了电话，确定他就是要拿走钥匙的人。

程恪拿着钥匙进了屋，脱了外套往沙发上一倒就不想动了。

他活了二十多年，虽然整天无所事事一事无成，但不愁吃喝，从来没体会过甚至从来没有想过“没有钱”是怎样的概念。

或者说他从来没想过，没钱还能没到这种程度。

现在他连份盒饭都买不回来。

虽然他并不想吃盒饭。

他盘算着自己接下去要做的事，休息一会儿换一件许丁的外套，他就该出门去补他的卡买他的手机了。

但是一想到目前出门可以选择的交通工具只有公交车和地铁，他就一动也不想动了，非常烦躁。

到底怎么了？为什么事情突然就变成了这样？

程恪不愿意去琢磨这些毫无意义的问题，但这些问题在脑子里始终挥之不去。

一直在沙发上愣到过了午饭时间，他才慢慢坐了起来，慢慢走进浴室，对着镜子看了看自己。

精神面貌还可以，不算太颓败，毕竟这两天老跟精神病打交道。

他侧了侧身，抬起右胳膊，看到了衣服上的刀口，不过没有想象中的血迹，再把衣服掀起来，才看到一道两三寸长的暗红色口子。

程恪拧开水龙头，用手蘸水抹了抹伤口，擦掉已经干掉的那点血，伤口里又往外渗了一些血，场面很温和，一点儿也不残暴。

程恪不是个记仇的人，但江予夺这莫名其妙的一刀，他记下了。

一定会找回来。

江予夺侧身躺在床上，面前是蜷成一团熟睡的猫，因为太小了，不一定养得活，所以江予夺没给它起名字，只叫它“喵”。

芸芸众流浪喵里最后能有名字的，少之又少，名字并不是它们需要的东西，它们需要的只不过是活着。

名字。

江予夺一直觉得名字是种很神奇的东西。

有一个人死了和某某某死了，是完全不同的感受。

大概名字就是为了在这个人死的时候证明他活过。

鼻子有点儿发痒，可能是因为猫毛，江予夺来不及转头，对着眼前的猫打了个喷嚏。

睡得正香的猫几乎没有一个受惊醒来的过程，直接蹦着就翻下了床，然后蹿进了柜子底下。

“你这个胆儿啊。”江予夺揉了揉鼻子，翻了个身躺平，闭上了眼睛。

阳光从院墙边照到床上，他的整张脸都被罩在了明亮的光晕里，眼前满满都是闪耀跳动着的光斑，以及光斑后的一片艳红。

江予夺抬手在眼前晃了晃，手遮住阳光时，光斑慢慢隐去，再移开，光斑跳跃着回来，再遮住……

光斑渐渐有些模糊，背景里的艳红也开始变暗，透出血色。

江予夺猛地睁开了眼睛，迅速坐了起来。

刚抓着床单爬到床沿上的喵被他猛的这一下吓得又摔回了地上，再次蹿进柜子底下。

江予夺坐在床沿愣着，手机响了半天才拿起来接了。

“你下午去 1 号楼那边看看，”卢茜的声音里带着些烦躁，“二楼四楼五楼，那三户房租还没交。”

“上月就没交吧？”江予夺摸了根烟出来。

“二楼的都已经俩月没交了，这月再不交就让他走人！”卢茜说，“我是看着那家人可怜，让他们缓缓，这倒好，谁可怜一下我啊？”

“我可怜你，”江予夺点了烟，看了一眼床头的小闹钟，“我晚点儿带人去看看。”

“对二楼的不用太凶，死了也榨不出钱，孩子也还小，”卢茜交代，“四楼五楼的你随便，五楼的上月就没交，不行就赶走。”

“那就直接赶走。”江予夺说。

“那不行！”卢茜声音提高了，“走也得拿了钱再走！”

“知道了。”江予夺笑了笑。

“一会儿回来吃饭啊，”卢茜说，“我做了一大锅糖醋排骨，你最爱吃的，过来的时候你带点儿酒。”

“嗯。”江予夺应了一声。

下午四点多的时候江予夺让陈庆叫了两个人，一块儿去了 1 号楼。

1 号楼、2 号楼、3 号楼、4 号楼，都是卢茜在城中村的出租房，每栋七层，租金多半是现金月结，都是江予夺去收。

他叫了卢茜十年的姐，从 1 号楼到 4 号楼，都是他看着盖起来的。

好几年时间里他都住在 1 号楼，卢茜买了房之后，就让他住到了现在这套老屋里，他搬出来的时候还有点儿舍不得。

一开始每次回去收租都有种故地重游的怅然，但时间长了就没什么感觉了，毕竟一年去几十次，每个月都有那么几个不利索的，很烦。

“来硬的来软的？”陈庆跟在他身边，走得很霸气，江予夺要不躲着点儿，陈庆走十步估计能踩他脚八回。

“来直的。”江予夺说。

“什么直的？”陈庆拍了拍裤腿里插着的钢管，“钢管儿笔直的。”

“走路，”江予夺看了他一眼，为了维护陈庆在别的小兄弟眼中的形象，他努力地克制着没有吼，“走直线，再把你脚伸到我前头来我就给你踩折了。”

陈庆愣了愣之后乐了：“我走路八字脚你也不是今天才知道啊。”

“你今儿这叫八字脚吗？”江予夺说，“你这得叫扫堂腿。”

“我给你造势呢！”陈庆说，“造势，懂吗？”

“收了吧，”江予夺叹气，“咱就去收个房租，不是劫道。”

半小时之后，江予夺感觉今天可能还是更像劫道。

“再不开门砸了啊！”陈庆在 502 的门上拍着，“开门！”

“有钥匙，”江予夺伸手冲后面晃了晃，身后一个小孩儿把一大串钥匙放到了他手里，还把 502 的那把单挑出来了，他看了这小孩儿一眼，“叫什么名字？”

“叫我大斌就行，三哥。”小孩儿笑了笑。

江予夺点点头，拿了钥匙开门。

他拧了两下，门锁没反应，应该是被反锁了。

“你还有十秒钟来开门，”江予夺把钥匙扔回了大斌手里，在兜里摸了摸，拿出了一本收据，把上面的两枚回形针取了下来，慢条斯理地把针扳直，“等我自己把这门打开了，就不是收个租这么简单了。”

里头依旧没有动静，江予夺皱着眉“啧”了一声，把两枚回形针戳进了锁眼儿里，轻轻拧了几下，门锁打开了。

“怎么搞的！”陈庆一把推开了门。

门里的场景还挺惊人的，反正陈庆一脚迈进去的时候愣在了原地。

502的租户是一对小情侣，女的很瘦小，因为妆一直很浓，江予夺从来没看清过她长什么样，男的挺壮，没事儿就爱光个膀子，脖子以下腰以上都是文身，至于屁股上有没有，那就不知道了。

现在这位壮汉就光着膀子坐在正对着门的一把椅子上，手里拿着把刀架在自己脖子上，旁边床上坐着他瘦小的女朋友，正在嘤嘤地哭。

“玩的哪出啊这是？”陈庆非常震惊，但还是没忘了气势，惊叹完了之后又补了一句，“要上天啊！”

“要钱没有，”壮汉声音低沉而坚定，“有本事来拿命！”

江予夺没说话，直接两步跨了过去，在壮汉盯着陈庆的视线转到他这儿的同时，一把推在了壮汉的胳膊肘上。

壮汉被他一推，变成了单手拥抱自己的姿势，架他脖子上的刀也产生了位移，江予夺压着他胳膊肘没松劲，伸手过去把刀从他手里拧了下来。

非常轻松。

轻松得江予夺对壮汉的体格都产生了疑问。

“你这身肌肉是用你老婆眼影画出来的吧？”他把刀往后递给了陈庆。

“这刀倒是真的。”陈庆抛了抛手里的刀。

“怎么？”壮汉从椅子上蹦了起来，非常愤怒，“还想抢钱啊！”

江予夺一个手刀劈在了他脸上，再顺着惯性抓着他头发往床上一按：“你跟我这儿玩拍电影呢？”

“你……”壮汉挣扎着想要起来，但马上又没了动静。

江予夺袖口里滑出了一把刀，他没接着，刀尖轻轻地扎在了壮汉的络腮胡子里。

胡子挺厚的，估计都没碰着肉，但壮汉还是立马悄无声息了。

“找钱。”江予夺说。

“找！”陈庆一挥手，几个人开始在屋里翻。

一直在边儿上“嘤嘤”的那位女朋友这会儿终于不“嘤嘤”了，一抹眼泪：“哪儿来的钱啊？要有钱还能让你们这么欺负吗？”

“谁欺负谁啊？”陈庆瞪着她，“你租房子俩月不给钱，谁欺负谁啊？”

“没钱！”女朋友蹬着腿往床上一躺，冲江予夺吼了一嗓子，“你有本事睡了我吧！肉偿！”

屋里几个人都愣住了。

江予夺愣了好一会儿才回过神来，感叹了一句：“你想得可真美啊。”

相比看上去很社会的壮汉，这位女朋友难缠得多，陈庆带着俩弟兄在屋里找钱的时候，江予夺就一直在屋里转圈，躲着不断撒泼想要抓住他的女朋友。

最后实在扛不住，他回身一把拎起瘦小的女朋友扔到了壮汉身上，指着壮汉：“抱好，松一下手我废了你。”

壮汉抱紧了女朋友。

陈庆在柜子里翻了几下，猛地回过头：“三哥！”

江予夺走了过去，看到了他手里拿着一个小密封瓶，里头有小半瓶像烟丝一样的东西。

“这哥们儿还是个飞行员啊。”陈庆说。

“报警。”江予夺说得很干脆。

一直坚强地看着他们翻箱倒柜无动于衷的壮汉这会儿终于爆发了，把瘦女朋友往床上一抡，扑了过来。

江予夺回身对着他当胸一脚踹了过去，他倒地之后被陈庆和大斌按住了，另一个小孩儿拿了女朋友的连裤袜把他手捆紧了。

“三哥、三哥！”壮汉急了，在地上扭动着，“那玩意儿不是我的，上一个租房的搁这儿的！别报警、别报警！”

江予夺没说话，看了陈庆一眼，陈庆拿出手机转身走了出去。

把事儿都处理完，卢茜的第三个电话打了过来，江予夺叹了口气：“我当初不该叫她姐，应该叫她妈。”

“茜姐抽你。”陈庆笑着说。

“怎么样？”卢茜在电话那头问。

“我现在过去吃饭，”江予夺说，“都弄完了。”

“揍他没？”卢茜提高了声音，“在我房子里弄这些玩意儿！”

“揍了。”江予夺说。

“那行了，你赶紧过来，直接来就行，酒什么的我已经买了。”卢茜说。

“嗯。”江予夺应了一声，挂掉了电话。

“我也过去吃饭。”陈庆看着他。

“你带他俩去吃个饭，”江予夺从兜里拿出了钱包，“跟着辛苦这一趟，明天还两家呢。”

“我这儿有。”陈庆按住了他的手。

“得了，”江予夺皱了皱眉，“你都穷得见个捡破烂儿的都想抢了。”

“……积家也不是捡破烂儿的啊，”陈庆接过他递过去的卡，“十几万的表戴着呢……不过还是你有本事，这表说拿就拿到了……”

“我没说要拿他的表，”江予夺咬了咬牙，“快滚。”

卢茜新买的房子挺大的，就住了她和四条阿拉斯加犬。

江予夺进门的时候，卢茜已经把菜都摆好了，放了六张凳子，还有一张是空着的。

“离我远点儿啊。”江予夺坐下的时候指了指两边坐着的狗。

两条狗都很配合地往旁边挪了挪。

“明天是不是还得去？今儿就弄了五楼那一家吧？”卢茜给他舀了碗汤，把酒也倒上了。

“嗯。”江予夺点点头。

“上午先陪我去把房子的钱交了吧。”卢茜说。

“又买？”江予夺看了她一眼，“你不已经空着一套了吗？”

“那套租出去，你这两天再跑趟中介吧，”卢茜给他夹了块排骨，“那套反正也装修好了，挂上吧，租啊卖啊都行。”

“嗯，”江予夺点了点头，“那套地段好。”

“你跟中介说一下，别什么人都租，找干净点儿讲究点儿的，”卢茜皱着眉，“我可不想那套房子里进去今天五楼那样的玩意儿。”

“那样的租不起你那套房。”江予夺笑了笑。

程恪在许丁的房子里沉思到第三天的时候，刘天成的电话打了过来。

程恪盯着手机，铃声响了快三十秒，他才接起来：“喂。”

“你在哪儿呢？”刘天成劈头就问，“怎么样了？”

“桥洞，”程恪说，“刚捡了半盒剩饭。”

刘天成笑了起来：“得了吧，又不是真的净身出户，不问你爸拿钱，你手头的钱也不少了。”

程恪笑了笑没说话。

“你在哪儿呢？一会儿我接你去，晚上叫他们出来一块儿给你压压惊。”刘天成说。

“问过程怿了吗？”程恪打了个哈欠，“没他点头，这惊可不能随便压。”

“你这人，这么说话就没意思了啊，”刘天成干笑了两声，笑声里带着尴尬，“我那天是真没听到电话响，后来打过去又打不通了。”

“我手机搁家没带出来，借别人手机打的，”程恪也没想让刘天成下不来台，“晚上你们自己玩吧，我就不去了。”

“别啊，你不到，我们玩着没意思。”刘天成说。

程恪轻轻叹了口气：“真不去了，我还得找个落脚的地儿，这几天真挺忙的，也累，以后再说吧。”

“那……行吧，估计你是挺忙的，店里刚上手也一堆事儿呢吧。”刘天成说。

店里？程恪愣了愣，没说话。

“这事儿我是听说的，程怿是不是把之前盘下来玩的那家店给你了？”刘天成说，“先干着吧，虽说是小了点儿，但是都已经上正轨了，你熟悉几天，以后都不用管……”

“啊。”程恪应了一声。

刘天成没再继续说，俩人随便扯了几句之后挂了电话。

程恪坐了起来，盯着窗外的树愣了很长时间。

刘天成说的是什么，他到现在才有点儿反应过来。

程怿之前盘了个清吧，盘下来之后一直也没打理，就偶尔跟他几个朋友过去坐坐，程恪一次都没去过，连具体地址都不知道，现在突然就成了他的？

程恪不知道刘天成是从哪儿听来的，只觉得自己跟程怿一块儿生活了二十多年，到现在也没看透他。

程恪突然有些后背发凉。

许丁是后半夜回来的，开门进屋的时候程恪还躺在沙发上，对着电视机出神，里头播的是什么他都不知道。

许丁进屋之后他俩都吓了一跳。

“你大半夜的不睡觉？”许丁吃惊地看着他。

“吓死我了，”程恪坐了起来，“我以为进贼了呢。”

“这屋里也没什么东西可偷，”许丁笑笑，“再说了，真进了贼，一个两个的你对付一下也不是问题。”

“怎么没回家？”程恪问。

“先过来看看你怎么回事儿，”许丁说，“昨天刘天成给我打电话了我才知道你跟家里闹翻了。”

“你跟他说我在你这儿了？”程恪赶紧又问。

“没，”许丁把行李和外套往地板上一扔，倒了杯水坐到了他身边，“感觉这事儿没那么简单，我就没说。”

“谢了。”程恪松了口气。

“是跟你爸闹翻了还是跟小怿闹翻了啊？”许丁看着他。

“都一样。”程恪说。

“有什么要帮忙的你就说。”许丁没继续问。

“我这两天看房子呢，”程恪靠回沙发上，“我再在你这儿待几天。”

“想买哪儿的？”许丁问。

程恪看了他一眼：“租。”

“哦，”许丁笑了笑，“要帮你问问吗？”

程恪犹豫了几秒钟摇了摇头：“不用，我自己弄就行，我又没什么事儿。”

“我去洗个澡，”许丁说，“一会儿回家。”

“别啊，”程恪顿时有些不好意思，“大半夜的，你睡你的，我这几天都睡的沙发。”

许丁站起来看了看他：“你啊……”

“啊”什么？

许丁没再说，程恪也没再问。

程恪觉得，这些朋友，无论熟的还是不熟的，大概都觉得他挺没用的吧，就连租个房子，许丁都会习惯性地问一句要不要帮忙。

程恪是个连租房这种事儿都办不妥的人。

“浴室里的东西都是你买的啊？”许丁洗完澡光着膀子一边擦着头发一边走出来问了一句。

“啊，是。”程恪往他身上扫了一眼，迅速把目光放回了电视上。

他跟许丁并不算太熟，平时没怎么在一块儿玩，当初认识许丁，是因为许丁通过刘天成找他，请他帮忙录个沙画的视频。

“要不我这套租给你得了。”许丁说。

“租不起，”程恪说，“太高级了。”

许丁笑了半天：“这话从你嘴里说出来，我都有点儿不适应。”

“你别操心了，”程恪说，“我住你这儿不习惯。”

“行吧。”许丁点点头，进了卧室。

程恪并不想在许丁这儿待太长时间，除去他俩并不太熟之外，他也不太愿意把许丁扯进自己家的这些破事儿里来。

他看了看手机里存好的中介电话，明天就去看看房子吧。

5

许丁这套房子里，大概就沙发最舒服了，程恪在沙发上睡了好几天，居然感觉比在家里的时候睡得还踏实。

也许就是因为不在家里吧，毕竟他之前在“麦当当”里趴桌子上也睡得很香甜。

他坐在沙发上，揉了揉脸，往卧室那边看了一眼，发现床上已经没有人了，许丁的行李也已经被拿走了。

“许丁！”他喊了一声。

确定许丁的确没在这屋里了，他站起来伸了个懒腰，慢慢走进了浴室。

浴室里之前没有什么东西，毕竟这套房子没人住，平时只有钟点工定时来打扫，不过程恪买的东西的确有点儿多。

他很少买日用品，一般情况下都是用完了老妈就让人给他换上，用的是什么，换的是什么，他都不清楚，使用感也完全没区别。

这回他自己进了超市，就挑大瓶的，还有各种屯货装，看起来比较划算。

现在看看，难怪许丁还得专门问一句，实在是有点儿莫名其妙，希望没让许丁觉得自己是要赖这儿不走了。

程恪看了看手机上的时间，打了个电话给中介，约好了一小时之后见面，去看看房子。

接下来他得先去吃个早点，昨天晚上就没吃，这会儿实在是饿得有些难受了，不过就算是饿成这样了，他也不知道自己想吃什么。

出门顺着小区门口的街走了两个来回，他最后走进了一家比萨小店。

他要了一杯咖啡和一块海鲜比萨。

他很少在外面吃早点，在他的记忆里，每天早上起床之后，餐厅都会有摆放整齐的早餐，基本半个月不重样。

不过都不是他爱吃的，就算不重样，也都是以西餐为主，他觉得自己其实更喜欢豆浆油条豆腐脑。

程恪看着眼前的咖啡和比萨，没太明白自己为什么最终吃的还是这些玩意儿。

中介很准时地开着车停到了他身边："程先生吧？我是中介小张。"

"嗯。"程恪点了点头。

小张上下打量了他几眼："上车吧，我带你看看，有三套房子，你可以挑一挑。"

"谢谢。"程恪上了车。

车上有股味儿，理论上是香味，但因为太浓，程恪几乎能闻到酒精味儿，他把车窗打开了一条缝。

对他来说，离开了家的废物，首当其冲的就是出行体验吧。

"之前问您的心理价位，"小张一边开车一边说着话，"您有没有个大致的概念？今天三套房子价格不一样，您要有个大概价位，咱们就从最接近您要求的房子开始。"

"没有，"程恪非常诚实地回答，"我只对房子有要求。"

"……好的，"小张点头，"那您对房子的要求是？"

"大一点儿，干净一点儿，交通方便点儿，"程恪说，"小区环境好点儿。"

"那这个价格可就不低了。"小张说。

"嗯。"程恪应了一声。

他非常想告诉小张，他对租房根本就没概念，什么样的房大致是个什么价位他根本就不知道。

第一套房子是个两居室，小区环境不错，交通也方便，不过程恪进屋就感觉不太舒服，楼间距太小，站窗口他都能看到对面卧室里的枕头是什么花色……土叽叽的。

而且房子也不是太新，墙面贴的还是墙纸，他喜欢大白墙。

“怎么样？”小张问，“这套房子应该差不多能符合你的……”

“有比这新的房子吗？”程恪问。

“这套房子房东拿钥匙刚两年，”小张说，“你要是觉得这旧了，那差不多就只有新房了。”

“嗯，”程恪往门口走了过去，“那就去看看新房。”

“好的，”小张一拍巴掌，“程先生是做什么工作的？”

程恪没说话，感觉一瞬间居然不知道该怎么回答，他还从来没被人问过这样的问题。

他平时来往最多的就是那些酒肉朋友，就算新带来的，相互也不会打听这些，未必个个儿都跟他似的是个闲人，但也没谁有具体的什么工作。

他犹豫了几秒钟，选择了沉默。

“我没别的意思啊，程先生，”小张带着他一边下楼一边说，“我问这个主要还是房东的要求，就这个新房子，房东对租户的要求挺多的。”

“哦，”程恪想了想，只能报出了自己唯一会做的“工作”，“沙画。”

“卖沙发的？”小张问。

“沙画，”程恪解释，“就是用沙子画画。”

“哦！沙画！我知道我知道！”小张一通点头，“那您这是艺术家啊，沙画特别厉害了。”

程恪笑了笑没说话。

“就是挺可惜的，”小张说，“画半天手一扒拉就没了吧。”

“嗯，”程恪上了车，换了个话题，“房东还有什么要求？”

“有正经工作，”小张说，“爱干净，生活规律，不随便带人回家，不租给情侣，结婚的可以，但不能有孩子。”

“……哦，我单身。”程恪不知道这些要求是不是很别致，但他应该是符合的。

看到房子的时候，程恪就觉得松了口气，不用再跑第三套了。

房子在顶楼，带个露台，露台对着小区的花园，装修也很简单，木地板白墙，简单的家具。

唯一让程恪有些不爽的，就是这套房子距离前几天他莫名其妙在垃圾桶上打滚还被人捅了一刀的地方只有两条街。

发现他有点儿犹豫，小张一通推荐：繁华地段，各种商场超市都有，夜生活也丰富，饭店酒吧一应俱全。

“交通更不用说了，地铁口就在旁边，公交线路也多，都进站了能把路给堵了，”小张说，“想去哪儿都……”

“就这儿了。”程恪打断了小张的话，这一路小张就没停过嘴，话多得他快承受不住了。

“那行，我跟您说说具体的，”小张一连串地继续说，“房子里要进新家具新电器什么的要提前跟房东商量，不能养小动物，不能自己换锁，东西坏了不能自己修，要跟房东说……”

程恪觉得自己脑袋很沉，坐到沙发上听不清小张在说什么了，也不知道是小张太烦人还是房东太啰唆，他就只管“嗯”，最后小张以一句“押三付一”结束了介绍。

“押三付一是什么？”程恪问。

“……押三个月租金，然后每月交一次房租。”小张解释。

“哦，”程恪想了想，“我直接交几个月或者半年的就行。”

“不，房东要求按月交。”小张说。

“为什么？”程恪愣了愣。

“方便涨租金吧，”小张很诚实地回答，“或者不想租了也比较好处理。”

“……哦。”程恪还是有点儿发蒙。

江予夺叼着烟靠在窗户边，看着卢茜手里的牌，卢茜把右手边的牌挨个儿摸了一遍也没决定打哪张。

最后拿了张二万要扔，江予夺踢了她椅背一脚：“送钱啊。”

“不是，老三，你什么意思啊？”卢茜的下家刘哥非常不爽地拍了一下桌子，“你要么就闭嘴，要么就自己上来打，在这儿指挥个啥啊？！”

“我要上去打，你们家房子都输给我八十多回了。”江予夺说。

“观棋不语真君子你懂不懂？”刘哥瞪着他。

“打个牌而已，别把自己说得这么高雅。”江予夺笑了笑。

“哎没错！你还知道是打牌啊！”刘哥喊。

“行了行了，”卢茜拍拍刘哥的肩膀，回头冲江予夺摆了摆手，“你别跟这儿指挥了，上外边儿转悠去。”

“走了，”江予夺伸了个懒腰，往门口走过去，经过刘哥的时候往他手边扔了包烟，“刘哥发财。”

“你这小子，总这样！”刘哥把烟揣进兜里，“气完了人就哄哄。”

“那你要不要我哄啊？”江予夺伸手，“不要我哄就还我。”

“外边儿转悠去！”刘哥拍桌子。

江予夺笑着打开门走了出去。

他平时也不爱看卢茜打牌，打了这么多年的牌一点儿长进都没有，完全是一个散财童子。

今天他本来应该去 1 号楼转转，那天二楼的一家人声泪俱下请求再晚一个月交房租，说是实在没钱，江予夺同意了，但今天还是要去转一圈，以示警告。

其实按他的习惯，他是不会同意再缓一个月的，他感觉自己大概是不太有同情心，看到这种在生存线上苦苦挣扎的人，有时候会觉得很烦。

也许是因为这会让他想起一些过去，谁比谁更惨？永远有人以你想不到的方式比你更惨地活着。

不过这是卢茜的房子，就得按卢茜的想法来，卢茜是个刀子嘴豆腐心，之前有人欠了八个月的房租最后也没给，逃跑的时候把桌子都扛走了，卢茜骂了三天，字字句句都削铁如泥，但有人要欠租，她一般还是会宽限。

当初他赖着不走的时候，卢茜也跟个恶霸似的把所有的活儿都扔给他干，一副就怕累不死他的样子，但最终也没赶他走，还给他钱……

手机铃声响起，打断了江予夺的回忆，他摸出手机看了一眼，是个陌生号码，他下意识地先往四周看了一圈，再把后背对着一面墙，然后才接起了电话。

“江先生吗？”那边一个男声传过来。

“谁？”江予夺问。

“我是中介小张，之前您来我们这里登记过房子，”小张说，“现在您方便过来一下吗？这边有个租户很合适，您方便过来签合同吗？”

“明天吧。”江予夺说。

“是这样，这个租户呢，比较着急，今天晚上就想住下了，这么干脆的租户也挺难得的，”小张说，“您看您那边的要求也不少，这位价都没压一下就答应了……”

江予夺皱了皱眉：“这人符合要求吗？”

“艺术家，单身，看上去特别干净利索，”小张说，“二十多岁的一位先生。”

江予夺继续皱着眉，男的？还这么着急要住进去？现在就要签合同？等不到明天？听着都觉得有问题。

“江先生？”小张在那边叫了他一声。

“行了，等着吧，我现在过去。”江予夺挂掉了电话，又给陈庆拨了过去：“你现在有车吗？过来送我去我姐那套新房。”

“有，不过是辆卡宴，不够大吧？”陈庆说，“我要不弄辆货车？”

江予夺没说话，在吼陈庆之前努力尝试着理解陈庆这两句话的意思，但最后也没能成功。

他努力控制着语气，让自己声音平和：“你说什么？”

“你搬家不得拉行李吗？一堆东西呢，卡宴放不下啊。”陈庆说。

江予夺有种想要从街上随便抓个人过来打一顿的冲动，咬了咬牙：“不用，你先过来，就开卡宴，我在牌室楼下。”

“好。”陈庆很干脆，“马上到。”

一辆卡宴很快从路口转了过来，停在了江予夺身边。

没等陈庆打开车门，江予夺就冲过去拉开了驾驶室的门，抓着陈庆的胳膊往他后背上甩了几巴掌。

“搬什么家？”江予夺贴在他耳朵上吼了一声，“你开什么车？！你去搬家公司上班吧！”

“你干啥？”陈庆捂住耳朵，“你说去茜姐新房子！让我开车过来！上回你搬家不就这么说的吗？”

“去签租房合同！”江予夺扯开他的手，又吼了一嗓子。

“知道了，”陈庆趴到方向盘上，在耳朵眼儿里抠着，“三哥，给条活路。”

“你给我条活路吧，”江予夺上了车，坐到副驾驶座上，一边系安全带一边叹气，“这一天天的，活得跟时空交错一样，没一句话对得上频道。”

“房子租出去了？”陈庆把车开了出去。

“嗯，”江予夺点了烟，“说是个艺术家。”

“那应该挺有钱，”陈庆点点头，“不会欠房租了。”

江予夺没说话。

“也不一定啊，”陈庆想了想，“你说那个积家，穿得那么体面，戴块十几万的表，也掏垃圾桶呢，算行为艺术吗？”

“闭嘴看灯。”江予夺打开了收音机，把声音调大。

陈庆大概无法从程恪是一个掏垃圾桶的流浪汉这个认知里转出来了，江予夺都替程恪冤得慌。

想到程恪，他有些迷茫，这人是来干什么的呢？

他最近一直没发现有人跟着自己，唯一可疑的就是程恪，但是程恪看着实在不像是能干点儿什么的人。

现在的打手都流行高素质傻子款帅哥了吗？

不过现在租房的这个，相比程恪来说，甚至更可疑。

江予夺转过头看着陈庆：“最近咱这边儿有没有什么事儿？”

“没有，”陈庆摇头，“挺消停的，都是点儿鸡零狗碎的事，就是张大齐那个钱还没给狗子，狗子天天郁闷呢。”

“我明天去一趟，”江予夺说，“狗子也没多大出息，三千块钱能失眠一个月。”

“那能跟你一样吗？你手头有多少钱，他手头才多少钱，他在家全家惯着，你……”陈庆咽了咽唾沫，“明天我去吧，这事儿你去不合适，张大齐这种做派，就不配你亲自去。”

江予夺应了一声，没再说话，转头看着窗外。

“多久能到？”程恪坐在沙发上，百无聊赖地把手机按亮，熄屏，再按亮……

他手机里空空如也，连个打发时间的小游戏都没有，不过旧手机也差不多，他手机除了接电话，也就偶尔付个款，别的时间里都没什么存在感。

毕竟像眼下这样跟个陌生人愣着发呆的时候并不多。

“应该马上到了，”小张说，“离得不远。”

这话刚说完，门外的电梯响了一声，有人走了出来。

程恪舒出一口气，把手机放回兜里，正想站起来，一抬头就先愣住了。

“赶紧的，我还有……”江予夺走进屋里，目光从小张脸上转过来，就也愣住了，“事儿。”

“积家？”身后跟着进来的是总护法陈庆，看到程恪的瞬间就把这个大概永远也忘不了的牌子大声地宣告了一嗓子。

“这是认识？”小张也很吃惊。

“不认识。”江予夺说。

程恪跟他同时开口：“不认识。”

“啊，”小张很尴尬地笑了两声，搓了搓手，“那……现在大家一起把合同先看看，然后签一下字？”

“不用看了。”程恪只想快点结束眼前的局面。

“好。”江予夺拉过一张椅子，往桌子前一坐。

“……好吧。”程恪接过了小张递过来的合同。

其实在看到江予夺的那一瞬间，他就非常想拔腿走人，头都不带回，拉都拉不住的那种。

但最后他还是咬牙挺住了。

他对这套房子很满意，他需要马上安顿好自己。

江予夺还欠他一刀。

“这个合同是你们俩直接签，我们中介就是做个证明，”小张说，“我们是很正规的，两位请放心。”

程恪沉默地拿着合同，很认真地看着，但是一个字也没看进去。

“要求都跟他说了？”江予夺问。

“是的。”小张说。

“什么要求？”程恪顺嘴问了一句。

江予夺转头看着小张，小张顿时紧张得有些结巴：“程先生，就、就刚才我、我跟你说的那些啊。”

“哦，”程恪点了点头，“说了。”

“这屋里就只能住你一个人，花鸟鱼虫猫狗以及除你之外的人，都不可以住，”江予夺说，“动这屋里任何一样东西，都得跟我先打招……”

“行了，”程恪把合同往桌上一甩，拿过笔签上了自己的名字，然后往椅背上一靠，“我挺忙的。”

江予夺盯着他看了一会儿，转头看着小张：“我签我的名字还是房主的名字？”

“您的就可以，”小张说，“之前有房主的委托书。”

“嗯。”江予夺抓过笔签上了名字，把合同扔回给小张，又看着程恪：“你那儿有我电话吧？”

“没有。”程恪回答。

江予夺偏了偏头，一直绷着个脸站在他身后看上去非常像一个保镖的陈庆马上从兜里掏出了一张烟壳纸，放在了他面前。

程恪看着眼前这张写着“江予夺”三个字和一串电话号码的纸片，不用转头他都能感觉到旁边小张震惊的眼神。

他咬着牙拿过那张“名片”，放进了兜里。

合同签完，押三付一的钱也交完，江予夺把“不许换锁”的那把锁的钥匙也给他了，程恪觉得接下去的流程应该就是大家起身，然后各自走人。

但江予夺还坐在桌子对面，盯着他。

陈庆也依旧绷着脸站在身后，一块儿盯着他。

碍于小张还在旁边，程恪不想让人觉得他跟面前这俩是从同一家精神病院里逃出来的，只能清了清嗓子，想说句道别的话。

“你走吧，”江予夺抢先开了口，冲小张挥了挥手，“辛苦了。”

“那……”小张犹豫着。

陈庆直接拦了过去，把他强行送到门外，然后关上了门。

“我就直说了，”江予夺看着程恪，“我不知道你到底什么目的，但是这房子你要不想租，现在反悔还来得及。”

“那我也直说吧，我不知道你犯的什么病，但是这房子我说要租，”程恪按了按腰上的伤口，“我就租定了。”

6

程恪看着江予夺起身再走出门去，然后陈庆也甩着腿跟在后头走了出去，他正要松口气，陈庆拉着门一带，“哐”的一声，他被惊得差点儿从椅子上摔下去，坐那儿好一会儿才回过神。

其实陈庆关门的声音虽然挺响，但他并不是完全没有防备，就冲陈庆横着走的那个架势，声儿就小不了，他不知道自己反应为什么会这么大。

也许是因为不安。

一个壳，无论是个什么样的壳，总归是个壳，失去了就连假装安全的条件都不具备了。

从程恪知道“安全感”这个词那天开始，他就觉得自己缺这个，非常缺。

特别是需要“面对”的时候，无论是面对什么。

他从家里出来的时候就比裸奔多了身衣服而已，走的时候根本没想太多，就觉得憋得慌，喘不上气儿，只要能开了门走出去就行。

他想得也挺简单的，出去了再说，随便找谁家里待几天再说，事儿到眼前了再说……

结果都没等他摆好姿势，事儿就这么一股脑地全拍过来了，还都是些莫名其妙的突发事件，他有些应接不暇的迷茫。

从小到大，他处理过的最大的事儿就是跟程怿打架，而且没处理好，程怿砸破了他的头，还抢先告了状，他气得当着老爸的面踢了程怿一脚，结果被老爸从二楼一直打到了院子里。

……蠢啊。

程恪站起来，走到门后，从猫眼里往外看了看，楼道里已经没有人了，他打开了门。

江予夺给他的钥匙很可爱，上面吊着一个猫头的钥匙扣，他拿出钥匙试了试锁，开锁反锁，然后关上了门。

拿着钥匙好一会儿居然没想好应该放在哪儿，他记忆里就没有拿过钥匙，家里不用钥匙，他的房间也不需要钥匙，家里人无论进哪扇门都会先敲门，抽屉柜子什么的就更不需要了。

最后程恪把钥匙放进了裤兜里，他现在还得回许丁房子那边，把钥匙放回物业，顺便再把他买的那些屯货装拿过来。

不过当他看到那些屯货装的时候又有些想放弃了。

他靠在浴室的门框上，看着架子上的东西，那天是怎么把这堆东西拎回来的他都没想明白。

但看了几分钟，他还是拿了个兜，把这些东西都装了进去。他几乎没有行李了，就刚买的几件衣服，东西太少会加重“从今天开始出来单过”的不安感，他需要一些行李。

最后他拎着死沉死沉的一大包东西走出了房门，也没好好体会一下是不是好受些，就知道袋子勒得他手指头疼。

拎着袋子去物业还了钥匙，再拎着袋子走出小区，再拎着袋子站在路边打车，五分钟过后也没打着车，他开始有些后悔，把东西扔在脚边不想要了。

一辆出租车开了过来，程恪刚要抬手招呼，旁边两个小姑娘一边看着手机一边报出了车牌号：“就是这辆了。”

程恪看着她俩上了车，再看着车开走。

啊，这是手机叫来的车。

程恪拿出了自己的手机，他还从来没用过各种打车软件，因为用不上，就连手机支付用得也不多。

他临时下载了个打车软件，研究完了怎么用，正要叫车的时候，一辆空载的出租车从他面前开了过去。

不知道是不是他看上去不太像要打车的人，司机连减速看看他是不是要打车的意思都没有。

程恪看着远去的车，很感慨地爆了一句粗口。

软件提示有司机接单了，在等待的过程中，程恪一直默默祈祷不要有车经过，大概是霉运走得差不多了，直到地图上显示接单的车已经在路口了，都没再有出租车经过他身边。

一辆黑色的大众停在他旁边，他往边儿上让了让，司机按了一下喇叭，放下了车窗。

“是你吗？”司机冲他喊了一声。

“什么？”程恪看着司机。

“是你叫的车吧？”司机问。

程恪愣了愣：“我叫的是出租车啊。”

“你叫的是快车，”司机说，“你对一下车牌和车型。”

“……哦。”程恪看了一眼手机，的确写着车型和车牌。

上车之后司机看着他笑了笑：“你是不是不常用这个？”

“我就没用过。”程恪如实回答。

“是吗？”司机有些意外，“这个多方便，现在年轻人没用过的还真不常见啊。”

“我大概不是年轻人。”程恪说。

拎着那个死沉的兜掏房门钥匙的时候，程恪突然有种不太放心的感觉。他盯着门锁，犹豫着又把耳朵贴到门上听了听。

他老觉得江予夺精神不太正常，现在他住在一套不允许换锁而江予夺有钥匙的房子里，总怕一开门就看到江予夺坐在沙发上，旁边站着总护法。

门里很安静，听不出什么来，程恪想想又觉得自己有点儿好笑，但打开门的时候还是很小心地又往里先看了一眼才进了屋，然后从里面把门反锁了。

程恪把手里的东西往地上一扔，倒在了沙发上，闭上眼睛长长地舒出一口气。

躺了不知道多久，背都有点儿麻了他才重新坐了起来，看了一眼时间，发现自己之前应该是睡着了，这会儿离他进门已经过去了两个小时。

饿了。

程恪起身，进厨房转了一圈，有厨具，但看不出来是否齐全，再把自己的屯货装放到浴室里，瞬间架子上就摆满了，看着跟超市的货架似的。

瞪了好一会儿，他才又把这些东西拿下来，放到了柜子里。

从卧室里转了一圈出来回到客厅的时候，程恪突然觉得很烦躁。

非常烦躁。

他本来以为，房子已经租下了，钥匙拿到了，人也住进来了，这就算完事了。

结果他发现还需要去买被子枕头床单被罩，而且他进屋之后没换鞋，因为没有拖鞋……

“啊！”程恪把自己用力地摔到沙发上，又对着沙发扶手狠狠地蹬了两脚，“烦死了！”

“这个好吃，这个拌饭酱，”陈庆拿起一个瓶子放进超市推车里，“里面有肉粒儿，特别大粒。”

“想吃肉你直接买肉不行吗？”江予夺说，“指着拌饭酱里那点儿肉，加一块有一口吗？”

“差不多吧，”陈庆说，“我嘴又不大。”

“我不想跟你说话，”江予夺说，“我求你今天晚上回自己家吃饭去。”

“我姨在我家呢，不想回去，烦得很，”陈庆皱了皱眉，“她心情一不爽就上我家来挑我毛病，也不知道哪儿来的习惯。”

“我看到你就没有心情好的时候。”江予夺说。

“那边有猫粮，”陈庆指了指前面，“要给小猫子买点儿吗？”

“它吃饭。”江予夺说。

“有猫粮它为什么要吃饭？”陈庆问。

“不买就没有，没有就吃饭，”江予夺看着他，“捡只流浪猫我还买猫粮，它之前垃圾都吃。”

“那你还给它买罐头了呢。”陈庆说。

“你，”江予夺指了指他，“去收银台排队。”

“好嘞。”陈庆点点头，转身走了。

江予夺推着车往卖奶粉的架子那边走过去，听说小猫要喝羊奶，喝牛奶会拉肚子而亡。

“这么贵。”他盯着架子上的各种奶粉看了半天，拿了两袋羊奶粉放到推车里。

货架之间有点儿窄，他拖着车退着往外走，一边走一边又拿了一袋婴儿奶粉，不知道买来干吗，就觉得应该很好喝。

刚退出通道，没等转身，江予夺撞上了身后的一个人。

“不好意思。”他说了一句。

身后的人没说话。

连句“没关系”都不会说吗？！

他这种没素质的人难得有礼貌一回，居然碰上个没回应的人！

什么素质！

他转过头瞪了一眼。

积家。

不，程恪。

程恪拎着个篮子，站在后面一脸不知道是震惊、烦躁、无奈还是嫌弃的表情看着他。

“你连句没关系都不知道说吗？”江予夺瞪着他。

程恪还是看着他，复杂的表情只剩了震惊一种，几秒钟之后才说了一句：“没关系个头！你撞我伤口上了，我没抽你，你就感天动地吧。”

江予夺往他腰上看了一眼，这倒是挺意外的。

江予夺感觉自己那天把握得还挺准，应该只是扎穿衣服，不会碰到身体，居然伤了程恪？

“你腰这么粗？”他忍不住问了一句。

“什……”程恪先是愣了一下，然后似乎突然失去了说话的兴趣，转身走了。

“有推车，”江予夺看到他篮子里装了不少东西，“为什么拎个篮子？”

推着车不太好跟踪吧？

他拎着个篮子一边跟踪一边掩人耳目地往里放东西，最后不小心放满了？

程恪转过身，走回了他面前，看着他：“有纸和笔吗？”

“有。”江予夺说。

“给我用用。”程恪说。

江予夺眯缝了一下眼睛，从兜里拿出了一张烟壳纸和一支圆珠笔。

程恪接过去，低头在纸上写了三个字，再把纸笔递回给了他。

利培酮。

“什么？”江予夺问。

“药店能买到，”程恪说，“治精神分裂的。”

江予夺骂了一句脏话。

程恪转身走了。

篮子非常重，程恪拎得手都有点儿酸，但江予夺还在后头看着他，他不能走得太狼狈。

他不是不想弄辆推车，是压根儿就没看到哪里有推车，进了超市之后，他就只看到货架旁边有篮子，而且只有一个。

直到转过两排货架了，他才把篮子往地上一扔：“唉。”

太沉了。

他往旁边看了一眼，一个穿着超市衣服的小姑娘正把一辆推车上的货往架子上放。

“这些都要放上去吗？”他问。

“是啊。”小姑娘回答。

“这车能让我用用吗？”他又问。

“啊？”小姑娘愣了愣。

“东西太多了，”他指了指篮子，“你们的推车是不是要踩到机关才能出现啊？”

小姑娘笑了起来：“车就在门口啊，你从电梯上来那里，两大排呢。”

“……这样啊。”程恪突然就有些尴尬，瞎的吗？居然没看到？

“你用这个吧。”小姑娘把最后一件东西拿了出来。

“谢谢。”程恪非常感动，赶紧把篮子里的东西放了进去。

接下去还要买什么，他差点都想不起来了，又盯着车里的东西看了一遍，才想起来要买内裤。

内裤在哪儿？他转了半天也没看到。

这个超市挺大的，无数的货架，跟迷宫似的，他一开始觉得这超市大概是U形的，转了一会儿又觉得可能是个“回”字，再转一会儿又觉得也许是个“凹”字，最后他从两排货架之间出来，迎面又碰上江予夺的时候……

他觉得这超市应该是见鬼了。

江予夺看到他的时候，一点儿也不吃惊，看上去非常平静，甚至用胳膊撑着车冲他笑了笑。

程恪扯了扯嘴角，没能笑出来。

“找什么？”江予夺微笑着问他。

“内裤。”程恪回答。

“那边儿。”江予夺往自己身后指了指。

程恪看过去，看到了满墙的胸罩。

江予夺大概是看出了他内心的愤怒，又补了一句：“内衣内裤都在一块儿，您不是连这个都不知道吧？”

“晚安。”程恪说完推着车走了。

江予夺转头看了一会儿，有些怀疑自己的判断。

虽然从程恪出现到现在，很多细节都解释不通，怎么想都觉得有问题，但他实在没办法把这样的一个人，跟以前那些人联系到一块儿。

如果程恪真的有问题，那这次实在是太不按套路出牌了，简直新颖独特。

程恪消失在货架中间之后，江予夺叹了口气，转头推着车往收银台走过去，老远就看到陈庆站在收银台旁边冲这边挥手。

“你这也太慢了，”陈庆说，“我都让过去一个足球队了。”

“我不得挑挑嘛，都是天天要吃的东西，”江予夺说，“我又不跟你似的没有味觉。”

“我有味觉，”陈庆把推车拉过去推到了收银台前，“我就是味觉不是很发达，简单地说就是我不像你那么挑食。”

“我在外边儿等你。”江予夺把钱包给了陈庆，走出了超市。

现在天黑得早，刚下班的时间，外头已经一派华灯初上的样子了，江予夺伸手在兜里一边掏烟一边往四周看了看。

他不喜欢晚上，不喜欢阴天，不喜欢有雾，总之不喜欢一切饱和度和亮度不够的空间。

那会让他害怕。

哪怕这会儿他身边有无数个人来来往往，有人说话，有人笑，有小孩子哭，路对面还有人在吵架，目光所及之处，满满当当——

他还是会害怕。

因为无论有多少人，都没有谁看到他，他哪怕是在这里，拉开拉链对着大街尿一泡，都未必有几个人能看到，而且在尿完之前，这几个人可能就已经走远了。

江予夺点了根烟叼着，把烟盒放回兜里的时候，摸到了程恪写的那张烟壳纸，他拿出来看了一眼。

利培酮。

去他的。

他用打火机点着了纸片，看着程恪写得挺不错的三个字慢慢在火光里扭动消失。

“酮”字怎么念啊？

“三哥，”陈庆叫了他一声，“走吧。”

江予夺把烟掐了，回头看了看，陈庆拎着两个大袋子走了过来。

“这么多。”他接过一袋，掂了掂还挺沉的，于是又伸手把另一袋也接了过来，比较了一下还是前一袋轻一些，于是把那袋又递回给了陈庆。

“太明显了吧三哥。”陈庆看着他。

“车都没有还要上我那儿蹭饭，”江予夺说，“我还帮你拎一袋，已经很违背我原则了好吗？”

“对了！”陈庆一边走一边猛地转过头一脸兴奋，“你知道我刚结账完了，回头一看，看到谁了吗？”

“知道。”江予夺说。

“积家！”陈庆说，“我居然看到积家了！没想到吧？”

江予夺看了他一眼没说话。

“哦，你说的是知道啊，”陈庆愣了愣，“你怎么知道的？”

“因为你！”江予夺压着声音吼了一嗓子，对着陈庆甩到自己跟前的脚踹了过去，“见了他就激动得一蹦三丈高！”

“哎！”陈庆往旁边蹦了一下，“别给我踹折了。”

“还有，”江予夺指着他，“别再叫他积家！”

“为什么啊？”陈庆说，“我又没当他面儿叫他积家。”

“我怕听多了！”江予夺往他背上甩了一巴掌，“我看到他会叫他积家！”

“……哦。”陈庆点了点头，想想又凑到他旁边，“三哥，其实我就是不太明白，为什么不能当他面儿叫积家，外号嘛，咱管狗子不也叫狗子吗？”

“丢人。”江予夺说。

陈庆没说话，沉默了很长时间，在江予夺都快忘了之前他俩说的是什么内容的时候，才一拍大腿：“知道了，叫他积家好像显得咱们没见过钱似的，对吧！老记着人家有块高级表！”

江予夺憋了好一会儿，叹了口气。

“但你的确没有十几万的表。”陈庆补充。

江予夺转过头，陈庆迅速抬手护住了脑袋。

“你这人。”江予夺气乐了，“你上辈子上吊的时候我是不是踹你凳子了？”

江予夺不太喜欢在厨房待着，空间太小，感觉很憋闷，所以一般陈庆来蹭饭的时候，他都是坐在客厅里等着吃，虽然陈庆的手艺对那些食材来说是一种侮辱。

“三哥！”陈庆在厨房里喊，“排骨做糖醋的怎么样？”

“随便，能做熟就行，”江予夺看着手里的合同，合同最后附着程恪的身份证复印件，“别太难为排骨了。”

程恪的确叫程恪，江予夺盯着出生日期看了一会儿，又在心里计算了一下程恪的年龄。

都二十七了。

实在是没看出来。

江予夺用手指在程恪的照片上弹了弹，他这儿随便一个十七岁的孩子都比这位少爷生存能力强。

起码不会在超市里找不着内裤。

窗外飘进来一阵辣椒味儿，江予夺咳了半天，起身过去把窗户关上了，正要走开的时候，感觉外面有人。

他没有动窗帘，这会儿客厅没开灯，外面看不清他的影子，他偏了偏头，从窗帘缝隙中往外看过去。

一个人影迅速地退进了斜对面两栋楼之间的通道里，消失不见了。

江予夺皱了皱眉，回到沙发上坐下，打开了电视。

“弄好了，准备吃了啊。”陈庆端了一盆汤出来放到了桌上。

“你今儿晚上在我这儿过夜吧。”江予夺说。

“嗯？”陈庆看着他，接着就立马靠到了窗边，往外看了看，“你看到人了？”

“不确定。”江予夺说。

“那我留下吧，”陈庆拿出手机，“我再叫几个人跟外头守着。”

“你这样，”江予夺按了按眉心，“你要不写个横幅挂窗户上吧，就写‘我已经发现你了’。”

陈庆愣了愣，把手机放回了兜里：“你什么时候能好好跟我说话？”

“你什么时候能在脑子里给你的智商腾点儿地方啊？！”江予夺起身进了厨房，把陈庆“侮辱”好的食材端了出来。

“三哥，”陈庆坐到桌子旁边，“我有个不成熟的提议。”

“等成熟了再提吧。”江予夺说。

“你要是觉得积家有问题，”陈庆说，“咱不是有钥匙嘛，趁他不在的时候进去找找，看看有没有什么蛛丝马迹。”

江予夺没说话，看着他。

“怎么样？”陈庆问。

“别叫他积家。”江予夺说。

“……哦。”陈庆点头。

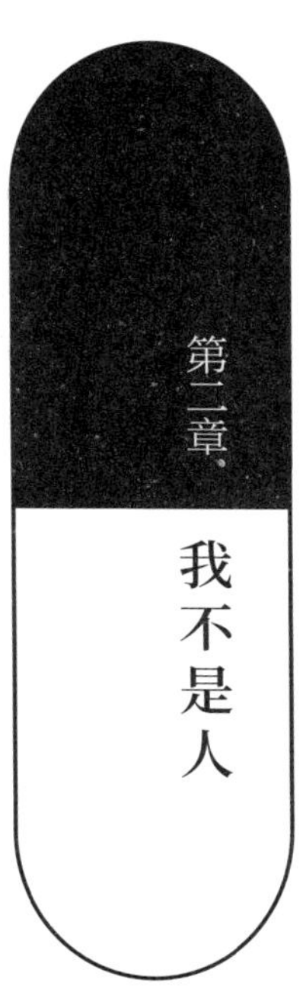

P063 — P124

7

对自己被家里人认定是个废物的事，虽然多半时间里程恪不会去琢磨，但偶尔还是会有些不服气。

不过今天他对自己是废物的事算是有了一个崭新的认知。

把新买的床单往床上铺，已经用了十五分钟，扯左边就右边短，扽右边就左边短，而且中间永远都有波浪，怎么扯都有至少三个棱，一身汗都折腾出来了，杀得腰上的伤口有点儿疼也没能铺平。

最后他决定放弃，拿起被罩看了一眼，试都没有试一下就直接放弃了，把被罩抖开了往床上一盖，再把被子往上面一铺，挺好，枕头也用了同样的操作，把枕套铺在了枕头上，然后拿了换洗衣服进了浴室。

其实在许丁那儿住着的时候，他每天也都洗澡，但不知道为什么，现在脱衣服的时候，他会有一种自打离开家以后就没再洗过澡的错觉。

可能只有现在，他才开始有了这里是他一个人的地盘的感觉。

不过很快他又想起江予夺那个神经病有钥匙，而且不许他换锁，顿时一阵不爽，虽然他并不知道换锁应该怎么换。

直接去买来自己换？

卖锁的帮换吗？

还是叫物业？

物业管这事儿吗？

物业电话是多少啊……

我腰很粗吗！

程恪对着镜子，看着自己光着的上半身，右侧腰际那条本来感觉快好了的刀伤，现在因为出了汗，微微有些发红。

看来他高估了江予夺的捅刀水平。

江予夺并不是指哪儿戳哪儿的用刀高手，这一刀也并不是江予夺计划好的给他来条小口子以示威胁。

这就是江予夺水平不够没把握好！

他一想到这里，身上因为铺床单而产生的热量瞬间就消失了，后背都有些发凉。江予夺要是准头再偏一点儿，就能直接捅他肚子上了。

江予夺绝对是个神经病，就这样的技术，居然敢用那么快的速度出手，万一扎肚子上，估计能弄个对穿。

程恪皱着眉，按住伤口，念了三遍“南无阿弥陀佛”。

为什么要念这个，他不知道，反正老妈总念。

程恪叹了口气，拧开了水龙头，过了一会儿站到了喷头下面，闭上了眼睛。

涤荡一下这几天以来郁闷的心……什么鬼？！

程恪被喷头里冰凉的水激得退着连蹦了三四下，撞到了浴室门才停了下来。

怎么是凉水？

水都放好半天了居然还是冰凉的！

他一把扯过浴巾把自己包了起来。

浴室里没有热水器，不会是没有热水器吧？

他打开门走出去，看到浴室外面有一台挂在墙上的热水器，上面写着即热型热水器。

于是他又进去，打开了水龙头，再出来，发现热水器并没有启动。

没插电？程恪抬头，看到插头好好地插在插座里。

那就是没有开燃气？

于是他又找了找，吃惊地发现，这台热水器上根本就没接燃气管子。

程恪简直怒不可遏，裹着浴巾冲进了客厅，一把抓过手机，拨了江予夺的号码。

手机屏幕上显示，“江脑子不正常”拨号中。

江予夺那边电话接得还算挺快，就是听上去特别没有礼貌：“谁？”

“我，程恪，”程恪说，“那台热水器连燃气管都没接？”

“什么燃气管？”江予夺问。

“热水器！”程恪走回浴室门口，在热水器上敲了几下，“没热水我怎么洗澡？连启动都不启动！”

“启不启动跟接没接燃气没有关系，”听声音江予夺像是点了根烟，“没接燃气也能启动，就是不出热水而已。”

“你别跟我扯这些，我就问你……”程恪说了一半被江予夺打断了。

“热水器上写着什么？”江予夺问。

“我……”程恪感觉自己简直没法跟这个人沟通，但还是咬牙看了一眼热水器，“不就是个型号吗？什么什么即热型电热水器！”

“是啊！”江予夺突然吼了一嗓子，“这是台电热水器！通什么燃气管？！”

程恪被他这一通吼震得有点儿发晕，不得不把手机拿开按了免提，然后又看了一眼热水器上的字。

这，的确是一台，电热水器。

但是……

“我不管它是电的还是气的！”程恪控制着声音，努力让自己不跟神经病一个音量，“它现在不启动，不出热水！”

“插电了吗？”江予夺声音也恢复了正常。

“插着呢。”程恪看了一眼插座。

“漏电开关开了吗？”江予夺又问。

“什么？”程恪愣了愣。

“上面有个小盒子，小盒子上面有个小盖子，把小盖子打开，里面有个小推推，”江予夺说，“把小推推推上去。”

程恪没说话，在江予夺的一堆“小 × ×”里跟着他的指示操作了一遍，热水器的屏幕亮了。

“启动了吗？”江予夺问。

“……启动了。”程恪回答。

此时此刻，他觉得非常尴尬，接下去不知道还能说什么了。

“真棒，”江予夺说，“比隔壁三岁半的小朋友厉害多了，小朋友虽然知道怎么弄，但是他够不着。”

程恪没说话。

“三秒钟之内你不挂电话我就过去抽你。”江予夺说。

“你手指头断了吗挂不了电话？”程恪说完把电话挂断了，愣了两秒把手机狠狠地对着客厅的沙发砸了过去，手机弹了两下摔到了地上，他进了浴室，“去他的。”

把浴巾狠狠甩在地上，再把水龙头狠狠地打开，等喷头里的水狠狠地冒出热气之后，程恪狠狠地站到了热水里，狠狠地闭上了眼睛。

冲了一会儿热水之后，程恪觉得身上松快了不少，胸口堵着的气也一点点消散了，但人也开始跟着有些发软，他把脑门儿顶在墙上，让自己全身都包裹在暖暖的热水和蒸汽里。

他长长地叹了一口气。

陈庆坐在椅子上，腿架在桌上，笑了五分钟也没能停下来。

“没完了是吧？”江予夺看着他。

“不是，”陈庆笑着转过头，“这积家是外星人吗？热水器都不会用啊？”

江予夺没理他，低头看着手机，把程恪的号码存了进去，然后在姓名那里杵了几下。

程·弱智·恪。

“这么看来，”陈庆笑完了开始分析，“他应该真是个养尊处优的少爷，可能有钱人家里不用热水器，直接洗温泉。”

江予夺弯腰抄起自己的拖鞋砸到了陈庆身上：“闭会儿嘴。”

“我睡了，”陈庆打了个哈欠，“我明天一早得去店里，然后下午去趟张大齐那儿，他一开门我就进去。”

“嗯，”江予夺应了一声，“带俩人上那儿坐着就行，不要跟他起冲突，老玩意儿挺黑的。”

“黑吗？”陈庆想了想，“这么些年他也没干什么啊，就是脸凶点儿，看着也不像是以前混过的。”

“你就是个瞎子，你能看出来什么，”江予夺起身进了卧室，“你把沙发放平了睡吧，宽一点儿。”

“不用，我这么窄。”陈庆往沙发上一倒。

江予夺甩上了卧室门。

江予夺这一夜没睡着，失眠了。

半夜坐起来看了一眼床头柜上的台历，这个月失眠的次数略微有点儿多，他拿过台历，在今天的日期上画了个叉。

最近也没碰上什么事儿，他为什么总失眠？

他偏过头看了看睡在枕头旁边的喵，拧着个麻花睡得非常香甜，他在喵肚子上杵了杵，真羡慕啊。

早上陈庆六点半就起床了，真是一个优秀青年，上班这么久，从来没迟到过，除了经常开着客户的车到处转悠之外，一点儿毛病没有。

听到陈庆出门的声音之后，江予夺也起了床，走到窗前，从窗帘缝里往外看了看，天还很黑，路灯还亮着，早起的人都脚步匆忙。

江予夺在窗户那儿站了快二十分钟，喵顺着他的裤子一路往上爬到他肩膀上，对着他耳朵喵喵叫。

“欸，行了行了，知道你要吃早点，”江予夺把它扯下来扔到沙发上，“我告诉你，你最好收着点儿，哪天我烦了你还得出门吃垃圾去。”

伺候完喵，又在沙发上看了一个多小时的电视，江予夺出了门，在对面的早点铺里坐下了。

靠墙，脸冲着街，他已经记不清这习惯是什么时候养成的，又坚持了多少年了。

总之不是这个姿势他就吃不下东西。

但是一晚上没睡，这会儿就算是这个姿势，他也没什么食欲。

他要了一份豆腐脑和一屉包子，认真地强迫自己吃完了。

东西是一定要吃的，早中晚三顿饭，一口也不能少，哪怕是没胃口，也得吃，因为身体需要。

吃完东西，在街上转了两圈，前面就是卢茜的出租房，江予夺看了看时间，打算过去把房租收了，不能再拖了，有一户拖，就会有两户跟着拖。

刚走到路口，他就看到二楼那家的男人推着辆卖早点的车正往回走。

这条路有点儿崎岖，江予夺在这条路上走了这么多年，就没见有人修过，早点车轮子很小，在路上蹦蹦跳跳地走得很艰难。

他走过去，手往车把上一抓，帮着这男的把车从一个坑里推了出来。

“谢谢啊。”男人转过头说了一句。

“不客气。”江予夺说。

男人愣住了，脸上的表情瞬间从感激变成了吃惊又变成了惊慌，接着就垮了下去，一脸的忧伤。

“三哥，”他推着车，半个身体都倾在车上，但车也没往前走，“那个房租……”

“今天必须交，”江予夺说，“你也别一天一天又一天的了，这都多久了？”

“我现在手头是真没有，”男人说，“你也看到了，我家就靠这个早点车，现在不让摆了，我今天这还是偷摸去的，没卖多少就被赶回来了。”

江予夺继续帮他推着车往前走：“这月的先不急，把之前的补上。”

“三哥……”男人的声音很悲伤，“主要是我几个孩子都小，离不开人，我老婆也没办法去上班，上月我老家又出了点事儿……”

“今天补不上，”江予夺打断他的话，“三天之内你就另外找地方住。”

男人没再说话，闷头推着车。

江予夺也没出声，就这么帮他一直把车推进了楼道里，然后跟着他上了二楼。

一开门，三个小孩儿就跑了出来，叫了声“爸爸”就在门口来回跑着玩，兴奋地叫喊着。

江予夺听得脑瓜子疼，赶紧进了屋里。

里头的女人一脸愁苦地坐在椅子上择着豆子，看到他走进来，顿时眼泪就要出来了。

“大姐你控制一下，”江予夺指着她，“你别哭，我不吃这套，越哭我越烦。”

女人低头抹了抹眼睛。

男人坐了下来，重重地叹了口气，愣了一会儿，从兜里摸出了一包烟，拿了一根往江予夺跟前递了递：“三哥……”

“你自己抽吧，”江予夺拿出了自己的烟，叼了一根点着了，“都这样了还敬什么烟。”

男人低头猛抽了几口烟，然后一咬牙：“三哥，再三天，就三天……”

“就今天，”江予夺说，“今天我要没收着钱，三天之后我就叫人来帮你搬家。”

女人一下哭出一声。

“看到没？”江予夺靠着椅背，“你俩都知道我就算再给你们三天，也还是一样的结果。”

“真是拿不出钱啊，孩子得养，饭都快吃不上了，”女人哭着说，“三哥，你就是逼死我们，我们也拿不出这钱啊，帮帮我们吧，给我们些时间凑钱。”

“谁帮谁啊？”江予夺说得很慢，“谁帮谁啊？谁帮得了谁？这世界上没有谁能帮你，根本就没人看得见你，懂吗？”

男人和女人一块儿看着他，显然不懂。

这要换作是对陈庆，江予夺就揍了，但这会儿他对着这俩人，一点儿脾气都没有，有的只是夹杂着抗拒的厌烦。

“你们这么多房子在租着，那么多钱在收着，”男人声音很低，“真的，也不差我们这一份吧，晚一点儿都不行吗？”

“不行，”江予夺说，“就你这个心态，我晚十年你也拿不出这点儿钱来。”

男人没说话。

江予夺站了起来：“今天有钱交了给我打电话，十二点之前没接到电话，三天之后我叫人来帮你们搬家。”

走到楼下的时候，江予夺听到了二楼的争吵声，女人哭着骂孩子，男人闷着声音不知道吼着什么。

烦得很。

江予夺又点了根烟叼着，烦。

他拿出手机给大斌打了个电话：“这两天你盯着点儿1号楼二楼那家人，要是想跑，就让他们跑，但是屋里东西别让他们带走——电器什么的。”

“好的三哥，”大斌应着，“就……让他们走？”

"不然呢？"江予夺说，"他们那点儿家当加一块儿都补不上房租，不如赶紧走了换人租。"

"那直接赶走不就行了？"大斌问。

"不一样。"江予夺说。

"嗯，明白了，"大斌说，"我这两天盯着。"

程恪醒过来的时候已经下午三点了，有些难以置信地看着手机上的时间，这一觉睡得也太香了吧。

他坐起来，拉了拉身上的被子，发现垫在里头的被罩不知道什么时候已经被踢到了床脚，被子倒是还盖在身上。

他叹了口气，慢吞吞地下了床，洗漱完了之后就站在冰箱前思考。

昨天他在超市买了不少东西，除去日用品之外，还买了不少食物，想在家里自己弄东西吃。

虽然觉得这是个不太可能完成甚至连怎么开头他都不知道的任务，但他还是坚强地从冰箱里拿出了一筒面条和两根红肠。

煮面应该是最容易的了，泡方便面的难度系数如果是 0.1，那么煮面的难度系数大概是 0.5 吧。

案台上有个刀架，上面插着三把刀，宽的窄的长条的，不知道用途，他随便拿了那把长条的，把红肠放到砧板上，比画了几秒钟，然后把红肠切成了块。

接下去按他理解的步骤就是烧水。面先放还是红肠先放，是水开了放还是水没开就放，这个他决定随缘。

他拿了一口小锅，接了一锅水，放到了灶台上。

这是一个燃气灶，不是电磁炉。

然后他确定了一下，燃气管是接好了的，又看了一下，有个小闸门，他拧了一下，应该是打开了。

接下去就是点火。

他拧了一下旋钮，听到了一连串细细的嗒嗒声。

对，就是这个声音没错，他愉快地等待着火苗，但一直到嗒嗒声消失，火苗也没有出现。

他把旋钮复位，重新拧了一次，嗒嗒嗒嗒嗒……

他把燃气闸门关上，转身走出了厨房，去他的煮面条。

他决定去外面找个馆子吃点儿东西，顺便熟悉一下周边的环境。

站在电梯门口等着电梯从一楼上来的时候，程恪忍不住拿出了手机，在搜索栏里打出了几个字——

燃气灶怎么点火？

其实他觉得是这个灶有问题，但是有了昨天热水器的教训，他还真不敢马上打电话给江予夺投诉这个破灶。

——打开灶前阀，将旋钮向里压进，随即向左旋转，达到水平状态，这是开关的最大点，点燃后再根据需要调整火焰的大小。

程恪盯着这些字，仔细地看了一遍，操作上没有问题啊，就是这个旋钮向里……里是指的哪里？

电梯“叮”地响了一声，程恪把手机放回了兜里，一会儿回来了再慢慢研究吧。

电梯门打开了，里头站着个人。

“你……”程恪看着在电梯里站得笔直面无表情的江予夺，刚住一天就来收租金了？

“你在家啊？”江予夺面无表情地说了一句。

“啊。”程恪看着他，突然有些紧张。

他跟江予夺其实没见过几次面，但之前每一次见着，江予夺脸上都有表情，嚣张的、嘲弄的、不爽的。

现在看到他完全没有表情的脸，程恪猛地感觉到了不安。

程恪看了一眼旁边的消防斧。

江予夺的手抬了起来，程恪正想退开，发现他只是在电梯控制面板上杵了一下。

他杵的应该是关门键，电梯门开始合拢。

就在门关到只剩一条缝的时候，程恪看到了有血从江予夺左边额角的头发里滑了出来，顺着他脸上的那道刀疤往下，划出了一条暗红色的线。

“你怎么了？”程恪吃惊地问了一句。

江予夺没回答，电梯门关上了。

程恪扑过去按下按钮的时候，电梯已经开始往下走。

程恪站在原地，有些茫然，下意识地想要帮一下江予夺，但很快又反应过来，这人是“三哥”，他明显是碰上了麻烦，而自己实在不想再被牵扯进任何莫名其妙的麻烦里。

但江予夺受了伤为什么跑到这儿来？

这房子出租之前是他的避难所吗？

程恪犹豫了一下，拿出手机，拨了“江脑子不正常”的号码。

但江予夺并没有接电话。

8

程恪就这么站在电梯外头，盯着上面跳动的数字，不知道该干点儿什么了。

是等江予夺走了之后再下去，还是坐另一部电梯下去？

是再打个电话，还是直接追下去问问怎么回事？

或者是回屋里待着？

不，他为什么要管江予夺？

一个所谓的老大，能跟人在垃圾桶上打架的那种，被人砸破了脑袋有什么可管的……可是他上这儿来是为什么？

程恪想不通，但还是决定就在这儿站着，确定江予夺走了之后下楼吃东西去。

电梯上的数字到了八楼的时候停下了，过了一会儿又继续往下走，而旁边那部电梯上的数字开始变化，从九楼到了八楼，再一路往上。

程恪突然紧张起来，盯着一层层上来的电梯，并且找了一个合适出腿的位置，如果一会儿从电梯里出来的是江予夺，他可以一脚把江予夺踹回电梯里去。

电梯一直没再停过，干脆利落地到了他这一层，打开了门。

江予夺果然从电梯里走了出来。

不过程恪没有出腿，因为江予夺走出来的时候，手按着额角，而不断渗出来的血已经糊住了他的左眼，他看上去比之前惨了二十多倍。

“你跟这儿游行呢？”程恪实在觉得无奈。

“八楼进来个女的，”江予夺说，“我怕她撑不到两层就要尖叫。”

“那怎么又……”程恪瞪着他的脸。

“开门，”江予夺用一只眼睛看着他，“我用一下药箱。”

“……我没有药箱。”程恪说。

“有，”江予夺说，“电视柜的那个小柜门里。”

程恪愣了愣。

“我放的，”江予夺摆了摆手，“赶紧，我血小板含量低，一会儿就能流成个血人然后死在你门口，陈庆就会报警说你杀了我。”

程恪没说话，也没有动，盯着江予夺的脸。

不知道他头上的伤口有多大，但的确看得出来，手掌的按压并没有止住血，手掌下不断有血渗出来。

“你怎么不去医院？”程恪一咬牙，转身打开了房门。

“害怕。”江予夺说。

程恪忍不住回头看了他一眼。

“奇怪吗？”江予夺说。

“是。”程恪点点头。

“那你还怕老鼠呢。”江予夺坐到了椅子上。

程恪愣了愣，没错，他就是怕老鼠，但江予夺是怎么知道的？

“打开那个柜门，”江予夺指了指电视柜，“把里面药箱拿给我……会开柜门吧？”

程恪本来已经弯了腰准备开柜门，一听这话立马在旁边的椅子上坐下了：“不好意思，不会。”

江予夺没说话，起身过去打开了柜门，从里面拎出了一个小药箱。

他的手从额角离开的时候，两滴血滴在了地板上。

程恪看着他脸上的血，感觉这伤好像不是自己随便处理一下就能行的，但没出声，坐在那儿看着江予夺动作熟练地从药箱里拿出了酒精、纱布和医用胶带，居然还有一把剪刀。

江予夺脱了外套拿着这些东西往浴室走的时候，程恪没忍住，说了一句：“你那个伤不能用自来水冲吧？”

“嗯，用酒精，”江予夺转过头看了看他，“你居然还知道这个呢！”

“要不您再坐下损我一会儿，损够俩小时的，”程恪说，“争取来个失血过多死了得了。”

江予夺转身进了浴室。

考虑到这套房子现在是自己的地盘，程恪犹豫了几秒钟之后跟到了浴室门口。

江予夺没关浴室门，背对着他站在镜子前，一扬手把身上的T恤脱了往边儿上一扔。

程恪被他身上的伤疤震得无法思考了：“你这……”

江予夺后背横七竖八的有好几条大伤疤，其中一条从肩到腰跨过了整个后背，触目惊心。

“什么？”江予夺拧开酒精瓶子，对着自己额角直接倒了上去。

“没……哎。”程恪感觉自己脑门儿都跟着一疼，不过江予夺的表情很平静，仿佛他倒上去的是一瓶清水。

江予夺的操作非常粗放，清理伤口，往上倒药粉，按上纱布再贴上胶条，每一步动作都让人觉得他处理的是别人的脑袋，而且是个仇人的脑袋。

飞快地把伤口包好之后，江予夺拧开了水龙头，把脸上和身上的血迹都洗干净，又顺手从毛巾架上扯了条毛巾下来擦了擦。

那是我的洗脸毛巾！

程恪看着他，话都说不出来了，憋了半天转身回到客厅坐到了沙发上，点了根烟。

压压惊。

江予夺从浴室出来，已经穿好了T恤，把药箱收拾好准备放回柜子里时，程恪清了清嗓子：“这个别放这儿了，你拿走。”

江予夺看着他，似乎没明白他的意思。

“这套房子已经租给我了，”程恪说，“你不能还把你的东西放在这儿吧？我今天要是没在家，你是不是就打算自己开门进来了？”

“是。”江予夺说，一直没有表情的脸上这会儿终于有了变化，虽然程恪对他居然能有“不好意思”的表情感到非常意外。

“我按租房协议的要求没有换锁，”程恪说，“你是不是也能尊重一下租户啊？”

“对不起，”江予夺说，“我是有点儿着急，离这儿最近，就过来了。”

程恪叼着烟，本来已经准备好了大战一场，就算不动手也得戗几句，现在江予夺突然这么老实诚恳地就道了歉，他就好像一脚踩空了，突然不知道该说什么了。

“我走了。”江予夺说完穿上外套拎着药箱往门口走过去。

“哦，”程恪应了一声，想了想又叫住了他，“哎。”

“嗯？”江予夺回过头。

“我问问你啊，就……”程恪指了指厨房，“那个燃气灶，它是好的吗？”

“它不光是好的，它还是新的。”江予夺说。

“它……打不着火。”程恪说。

江予夺放下药箱走进了厨房，又在厨房里说了一句：“你过来，给我演示一下你是怎么打的。”

程恪掐了烟，起身进了厨房：“你直接试一下不就行了吗？”

“不，我就要看看，”江予夺说，“你是怎么办到的，新热水器放不出热水，新燃气灶打不着火。”

程恪犹豫了一下，伸手把燃气阀门打开了。

“嗯。”江予夺应了一声。

程恪又伸手拧了一下燃气灶上的旋钮。

嗒嗒嗒嗒嗒……

“你看。”程恪指着灶。

江予夺吸了口气，慢慢吐出来，然后一把抓住了他的手，没等他把手抽出来，他的手已经被拽到了旋钮上。

程恪皱了皱眉：“你说就行……”

江予夺没出声，抓着他的手往下一压：“懂了吗？”

程恪感觉到旋钮被压了下去。

“拧。”江予夺说。

程恪拧了一下。

嗒嗒嗒嗒……嘭……

火苗从灶眼里蹿了出来，两圈，蓝色的小火苗。

“你身份证是真的吗？”江予夺走出了厨房。

“什么意思？”程恪关掉火。

“你这二十七年，”江予夺说，重新拎起药箱，往门口走过去，“是不是睡觉的时候都有人帮你脱衣服啊？”

程恪看着他。

“电器的说明书都在电视柜抽屉里，”江予夺打开了门，“用不明白就看看。”

程恪没说话。

江予夺走出去，关上了门。

关门声音很轻，他比陈庆关门文明多了。

程恪坐回沙发上，重新点了根烟，对着电视柜的抽屉发了很长时间的呆。

江予夺回到家的时候，有辆没熄火的奥迪停在楼下，根据他的经验，车里坐着的应该是陈庆。

果然，他走到离车还有几米远的时候，车门打开了，陈庆从车上跳了下来，几步猛冲就到了他跟前儿。

“怎么回事？”陈庆瞪着他头上的纱布，“谁干的？谁干的？！”

“没看清。”江予夺说。

“在哪儿碰上的？”陈庆问，“怎么不给我打个电话啊？！”

“小街那边儿，”江予夺皱着眉，“我都没看清人。”

“严重吗？”陈庆问。

“不严重，”江予夺往楼道里走，“车停车位上去，堵这儿找骂呢，王大妈一会儿又扔个药罐下来，你这月工资就修车去吧。”

陈庆去停车，江予夺进了屋，又对着镜子检查了一下纱布贴没贴好。

之前贴纱布的时候程恪一直在后头盯着，他被盯得有点儿不自在，就想着快点儿弄完了走人，基本是胡乱往上摁完的。

“你这伤要不要去医院？”陈庆停好车进了屋，把一大袋不知道是什么的东西放在了桌上，“什么东西伤的？”

“板砖，”江予夺走到桌子旁边，“或者刀。”

“……三哥，”陈庆看着他，“这俩东西差挺远的。”

“我人都没看清，第一下就疼蒙了，”江予夺叹了口气，“这人下手太重。”

“这都多少年了，”陈庆踢了一脚桌子，“阴魂不散的，也不知道到底要干什么！你说他们到底想要怎么样啊？”

“不知道，”江予夺说，“让我永无宁日吧。”

“哎，”陈庆想想又凑到他面前，研究了一下纱布，“去医院了吗……这不是医院包的吧？手艺也太次了，上哪儿包的？”

“积……程恪那儿，我自己弄的，”江予夺打开袋子，立马闻到了风干牛肉的香味，“你真是太贴心了。”

“我姨拿来的，差不多都在这儿了，”陈庆说，“够你慢慢啃一阵儿的。”

“你妈没抽你啊？”江予夺问。

“她不爱吃这些费牙的，”陈庆看着他，“你真去积家那儿包的啊，你怎么跟他说的啊？”

“什么也没说，”江予夺拿了一块牛肉干出来慢慢啃着，“我怕晚了流一身血再有人报个警什么的，不够麻烦的。”

“就你这凝血功能跟没有一样的体质，”陈庆说，“你到他那儿已经一身血了吧。”

“还行，我按得非常使劲，用了八成半的功力，”江予夺说，“我是突然看到他吓了一跳才松手的，血那会儿才出来。”

“你不会是想偷摸进屋去包扎吧？”陈庆很吃惊。

“我以为他那会儿应该不在家，”江予夺叹了口气，“中介说他是个艺术家，我没想到艺术家这么闲，居然没去工作室忙会儿艺术。”

“不是我说，三哥，”陈庆看着他好一会儿，也叹了口气，“你这事儿办得真有点儿不合适了。”

江予夺没说话，点了点头。

陈庆难得有这么清醒的时候，他非常感动。

他今天这么跑过去，的确不合适，得算是私闯民宅了，而且就算程恪真的没有问题……

“现在他肯定有所防备了，”陈庆接着说，“我们再想溜进去找线索，估计就不太容易了。”

江予夺抬起头，看着陈庆。

“你说是不是？”陈庆说。

“我要不是怕我伤口崩了，”江予夺看着他，“我真想现在就给你按马桶里开怀畅饮。”

“三哥，”陈庆一脸无奈，“好好说话不行吗？”

“放过我吧，”江予夺在他肩膀上拍了拍，“三秒钟之内消失，不然我喷你一身血。”

“我走了，我本来也就是过来给你送牛肉干的，我还得把车放回店里，”陈庆迅速往门口走，走了两步又停了下来，“牛肉干是不是发物啊？对伤口是不是不太好？”

“滚。”江予夺咬了一口牛肉干。

“下边儿还有一袋猫粮啊，”陈庆说，“喵还是别跟着你吃饭了，吃咸了掉毛，多烦啊。”

“你还能不能走了？”江予夺看他。

陈庆闪出了门外。

江予夺站在桌子旁边，慢慢把那块牛肉干啃完了，然后从袋子最下面翻出了那袋猫粮，冲一直在旁边盯着他手的喵晃了晃：“吃吗？”

喵叫了一声，非常努力，叫得非常响亮。

江予夺在它碗里倒了一点猫粮，喵过去闻了闻，有些嫌弃地往后退一步坐下了，仰头又冲他叫了一声。

“吃就吃，不吃拉倒，”江予夺指着它的鼻子，“一只流浪猫，还挑上食了。”

喵转回头看着碗，不吃，也没动，挺坚强地与他对峙着。

江予夺没管它，到沙发上躺下了。

脑袋有点儿发涨，不知道是不是被砸出脑震荡了，他闭上眼睛按了按纱布，伤口还是痛的，钝痛里跳着刺痛，很复杂的疼痛。

今天这事儿，大概是自己走神了。

从 1 号楼出来他心情就不太好，大概是因为晚上没睡着，任何事情都会让他联想很多，有些感觉一旦出现了，就很难摆脱，以至于他都不知道后面的人是什么时候盯上他的。

没有预感，没听到声音，也没看到人。

就是疼，然后就一片漆黑了。

非常狼狈。

上次这么狼狈，是两年前了……不，上次这么狼狈，是他跟程恪在垃圾桶上打架……

他睁开眼睛，看了看还在食盆子跟前绝食的喵："赶紧吃，等你胖了就把你送陈庆那儿做火锅去……你吃过火锅没？非常好吃，光想想就饿了的那种好吃。"

程恪用湿纸巾把地板上那两滴江予夺的血擦掉了，他没有洁癖，但是看到纸巾上不光有血迹，还有一片黑灰的时候，还是有些吃惊。

地板看着挺干净，没想到这么脏！

不过也正常，毕竟之前房子是空着的，而且刚才江予夺进屋没换鞋，以前头破血流的时候估计没少来……这么一想，他顿时觉得这屋里大概哪儿都有不少灰。

他试着在桌上摸了一下，有灰；椅子上……已经被坐干净了；床头，也是灰。

沙发上倒是没摸到灰，因为是布艺的。

程恪在屋里来来回回进进出出地转了好几圈，这要都收拾一遍，以他的业务水平，估计得收拾个一天两天的。

在客厅沉思了一会儿之后，他拿着钥匙出了门。

收拾个头！不收拾了。

吃东西去。

这会儿离晚饭时间还有一阵儿，程恪在小区四周转了转，没找到想进去的店，最后转到了跟江予夺打架的那条街上。

毕竟这边儿他以前常来，习惯了的繁华，习惯了的熙熙攘攘，这几天他始终处于不安的状态里，任何一点熟悉，都会让他想要靠近。

哪怕这里对他来说，已经有了不怎么美好的回忆。

前面有家星巴克，程恪决定先去那儿坐一会儿，吃点儿东西。

店里人不算多，程恪点完东西付款的时候，突然发现自己第一次注意到了咖啡后头的价格。

他以前当然也会看价格，但从来没有过像现在这样的感觉，价格突然不再是简单的数字，这种感觉一下把他从刚获得的些许“熟悉”里拉了出去。

程恪找了个角落的沙发坐下，喝了两口咖啡之后拿出了手机，但看了半天也不知道该干什么，于是又把手机放回了兜里。

虽然今天睡到下午才起床，但也许是因为一直都绷着，他居然就这么靠在沙发上睡着了。

他醒过来的时候咖啡已经凉透。

程恪带着对自己无限的佩服，起身离开了。

他想不通自己这几天在任何地方都能入睡而且每次都能睡着是怎么个意思，但这一觉睡得还挺合适，可以直接找个地方吃晚饭了。

鉴于好几天都没好好吃过东西，现在闻到点儿香味肚子就叫，他决定去吃火锅，就前面，他以前跟刘天成总去吃的那家叫“老码头”的店。

想到刘天成，他皱了皱眉头。

这都多少年的朋友了，最后居然还不如一个只认识了两三年完全谈不上熟悉的许丁。

他拿出手机，给许丁发了条消息。

——明天出来吃个饭吧。

——明天要出差，今天吧。

许丁回复得挺快。

程恪愣了愣，看了一眼手机上的时间，给许丁又回了一条。

——老码头。

——半小时到。

程恪笑了笑，这种时候还能有一个这样约饭的人，让他猛地有些感慨。

刚走到老码头门口，他就感慨不下去了，对面走过来几个人，跟他同时到了店门口。

程恪想转身离开的时候已经来不及了，程怿叫了他一声："哥。"

程恪看着他，扯了扯嘴角，没说话，看着程怿身边的刘天成，还有几个以前一块儿吃喝玩乐的朋友，他似乎也没什么可说的。

这种尴尬，他是没办法掩饰的，他没有程怿那样的本事，哪怕是一句"这么巧"，他都说不出来。

"哎小恪！这么巧！"刘天成笑着走到了他面前，"要不一块儿？"

"我……吃过了。"程恪说。

"不能吧，这才几点就吃过了啊？"程怿说。

程恪看着他没出声。

"哥，"程怿温柔里带着几分讨好地冲他笑了笑，"一块儿吃个饭吧。"

"不了。"程恪说。

"哎你这人，"刘天成小声说，"亲弟的面子也不给吗？"

面子是什么？

程恪看着他亲弟，他的面子这几天已经被垃圾桶砸得稀碎了，没人给他面子，他也懒得给任何人面子。

"哥，"程怿往他这边走了两步，"要不咱俩……"

"让让。"旁边有人说了一句。

程恪往后退了一步，那人走到他和程怿之间的时候突然停了下来。

程恪往这人脸上扫了一眼。

……

一个刚被人开了瓢的伤员，居然跑出来吃麻辣火锅？

"吃饭？"江予夺看着他。

“嗯，你……”程恪清了清嗓子，“也吃饭？”

“啊。”江予夺往身后看了看。

程恪看到了他身后还跟着几个年轻人，准确地说是年轻的混混，透着一股子即将入狱的气质。

对面程怿的眼神变得有些复杂。

程恪倒是很能理解他，此时此刻，头上顶着一块带血的纱布，身后跟着几个小弟的江予夺，看上去恶霸气场全开，是程怿跟他这辈子都不可能有交集的那种人。

江予夺转头看了一眼程怿，又转头看着他，犹豫了两秒之后问了一句：“进去吗，一块儿？”

“嗯？”程恪看着他，接着就迅速地点了点头，“好。”

江予夺伸手把还一脸迷茫的刘天成扒拉到一边：“让开。”

程恪跟在他身后走进了饭店。

9

程恪跟着江予夺走进了饭店，身后还跟着江予夺的几个小弟，有那么一瞬间他尴尬地觉得自己像是篡了总护法陈庆的位。

不过比起继续在饭店门口跟程怿大眼瞪小眼来，这样的结局已经很完美了。

程怿是站在门外还是也进了饭店，他不知道，也没回头看。

“先生几位？”一个服务员过来问了一句。

“六位，”江予夺说，“二楼还有桌吗？”

“有的。”服务员回答。

程恪迅速地在心里数了一遍人头，发现江予夺把他也算上了，他顿时有些不好意思，想叫住江予夺，但江予夺没有给他说话的机会，直接上了楼。

到了二楼，江予夺停下找桌的时候，程恪才赶紧开了口：“三……”

三哥？

要是之前他可能还叫得出口，但租房协议后头附着江予夺的身份证，这位三哥只有二十一岁，他实在没办法再把这个“哥”字叫出口了，虽然他清楚这个称呼更多是为了彰显江予夺在垃圾桶管理界的地位。

“叫我老三吧。”江予夺看着他。

“老三，”程恪点了点头，“刚才的事儿谢谢了，我还约了人，就不打扰你跟你朋友吃饭了。”

“你说话怎么这么绕？”江予夺皱着眉，“你就说你约了人不跟我一块儿吃就行，说什么不打扰啊？”

程恪没说话，这话他实在是没法接下去，虽然他那句话的意思也就是这样，但被江予夺这么直白粗鲁地直接点破，顿时就进入了无话可说的状态。

“是不是啊？”江予夺还是皱着眉，又问了一句。

“是。”程恪只好点了点头。

“不行。”江予夺回答得很干脆。

“……嗯？”程恪愣住了。

“我刚问你要不要一块儿吃，你已经答应了。”江予夺冲几个小弟招招手，指了指靠窗那边的一张桌。

那是张大桌，但已经有两女一男刚刚坐下，几个小弟立马横着就过去了，往那三个人对面一坐，那几个人犹豫了一下，起身离开了。

程恪对这种行为简直无法给出评价了。

“你约了几个朋友？”江予夺问。

“一个。”程恪说。

“女的？”江予夺眯缝了一下眼睛，嘴角露出一丝微笑。

“男的。”程恪叹了口气。

“那行，告诉你朋友桌号，”江予夺说，“一块儿。”

程恪长这么大，真没碰到这样强行约饭的，一边江予夺刚帮他解了围，虽然他现在怀疑这么“直率”的江予夺刚才并不是在解围，而是真的在问他，一边这样强行约饭的行为让他非常不爽，无论对方是出于什么理由。

“不了，”程恪还是坚持，“我……”

“你是个女的吗？”江予夺似乎也开始不爽，“这么磨叽，是不是还得追你追够俩月才能吃一顿饭啊？”

精神病院的墙倒了吧，为什么不修修？！

“我不坐包厢吃不下饭，”程恪也懒得委婉了，“大厅太吵。”

“包厢没气氛，万一没人说话就一点儿声音都没了，多尴尬，”江予夺冷着脸居然还有心情给他讲解，“而且包厢已经没了。”

程恪看着他。

江予夺冲站在不远处的一个服务员小哥招了招手。

小哥跑了过来：“三哥。”

“告诉他包厢没了。”江予夺说。

“先生您、您好，”小哥一脸尴尬地冲程恪笑了笑，“包厢都……订完了。”

程恪震惊于江予夺的势力范围好像不仅是垃圾桶管理界的时候，程怿出现在楼梯转角。

“行吧。”程恪迅速认输。

江予夺往楼梯那边扫了一眼，勾了勾嘴角：“走。”

程恪坐到了已经被几位入狱预备役小弟占好的桌子旁，特意挑了个背对着大厅的方向，他实在不想再看到程怿。

江予夺的小弟给他把茶倒上了，又看着江予夺：“三哥，这位朋友怎么称呼啊？”

江予夺说：“叫哥。”

小弟对这样的反应似乎非常适应，笑了笑就转过头看着程恪：“哥。”

“程恪，”程恪做不到江予夺这么理直气壮不讲道理，“叫我名字就行。”

“恪哥好。”几个小弟一块儿跟他打了招呼。

“……啊。”程恪拿起杯子喝了口茶。

为了缓解尴尬，他拿出手机，给许丁发了条消息。

——你介意跟别的人一块儿吃吗？碰到了几个朋友。

——小怿他们吗？

许丁的这个回复让程恪愣了愣。

——刚天成约了我，我说没时间。

——哦，不是他们。

——没事，我一会儿就到了。

程恪把桌号发给了许丁，然后拿着手机有点儿愣神。

许丁跟刘天成挺熟的，但刘天成一般跟这帮人吃饭，不会叫许丁，他皱了皱眉，这玩的哪一出？

“刚那个，”江予夺在他旁边小声问了一句，“是你哥吗？长得挺像的。”

“我弟。”程恪说。

“亲弟吗？”江予夺又问。

“嗯。”程恪应了一声。

“你弟是小妈生的吗？”江予夺继续问。

“……什么？”程恪不得不偏过头看了他一眼。

“豪门私生子，为了抢夺亿万家产，使出各种手段排挤大哥什么的。”江予夺说。

“我真想给你鼓个掌啊，”程恪看了看对面的几个小弟，小弟们自己正聊得不亦乐乎，完全没注意到他们老大正在写剧本，他又喝了口茶，“你怎么不说大哥排挤私生子什么的？”

“你连一百块都得靠捡了，谁排挤谁还用想吗？”江予夺说。

要不是他脑袋上的伤口还在渗血，程恪真的非常想把手里这个杯子扣他脸上。

“开玩笑，”江予夺笑了笑，往椅背上一靠，“你弟弟，一看就比你有心眼儿，看着也比你成熟，我刚以为他是你哥呢。”

程恪努力地扯开嘴角笑了笑。

接下去，江予夺没再说话，看着他几个小弟笑得前仰后合地聊天。

程恪试着听了一会儿，实在没听出来有什么可乐的，弱智青年欢乐多。

他正想拿手机问问许丁到哪儿了的时候，江予夺在旁边一扬手，喊了一嗓子：“哥们儿！这儿！”

程恪回过头，看到了许丁正往这边走过来。

“是他吧？”江予夺问。

“要不是呢？”程恪很服气他这种先喊了再问是不是的精神。

“要不是就不会过来了。”江予夺说。

“那你还问我是不是？”程恪无奈。

“万一碰上个傻子呢。”江予夺说。

如此充分的理由，程恪无法反驳，站起来冲许丁笑了笑，正要帮他拉开旁边的椅子时，椅子已经被小弟拉开了：“哥，坐。”

“谢谢。”许丁笑着点头。

“我朋友，许丁。”程恪说。

“许哥。”几个小弟纷纷打招呼。

程恪发现他们管自己叫恪哥，没叫程哥，但叫许丁的时候又叫的是许哥，没叫丁哥……关键是都不用商量，每次都叫得整齐划一，不知道这“× 哥”的叫法是不是他们有内部约定。

他又给许丁介绍了一下：“这是江予夺，我……房东。”

“你好。”许丁冲江予夺点点头。

“叫我老三就行。”江予夺说。

“这几位是……”程恪想介绍小弟的时候发现有点儿无法开口，突然有些羡慕江予夺的无礼，这种程序，在江予夺那儿就是直接跳过的吧。

“我的小兄弟，”江予夺说，“说了也记不住，不用介绍了。”

“是，”几个小弟点头，“有事儿直接吩咐我们就行。”

“好。”许丁笑着说。

“能吃辣吧？”江予夺叫了服务员过来，“都能吃就不点鸳鸯锅了，没意思。”

“我跟小恪都能吃辣。”许丁说。

江予夺开始点菜，许丁往程恪旁边凑了凑：“房东？”

“嗯，”程恪点了点头，“真的。”

“看上去……”许丁轻声说。

“是。”程恪笑了笑，比起房东这个身份，江予夺更像个放债的，停了两秒之后他还是没忍住问了一句，“刘天成叫你上这儿吃饭来？”

“嗯，我给推了，”许丁说，“你碰上他们了没？”

“碰上了，”程恪叹了口气，“你应该跟我说一声换个地儿，一会儿他们要看到你在这儿不太好说。”

“没事儿，”许丁低声说，“看到就看到了，我的确不想掺和你们兄弟俩的事儿，没熟到那份儿上，看到了也好。”

“你跟刘天成……”程恪知道许丁跟刘天成的关系还是可以的，不光是朋友，也有生意来往。

“不至于，”许丁笑着喝了口茶，“你别操心这些了，现在住哪儿了？”

“离这儿挺近的，”程恪说，“就离这儿隔两条街那个金水湾，环境还不错。”

“那就好，”许丁说，“先住下了就好说，后面有什么打算？”

程恪没有回答，许丁的这个问题，让他突然一阵心慌。

打算？

没有打算。

他这些天碰到一堆事儿，好像根本没时间去想有什么打算。

不过他惊慌的是，就算什么事都没发生，就算有足够的时间，他应该也不会去想有什么打算。

“不知道，”程恪靠到椅背上，轻轻叹了口气，“唉。”

“慢慢来吧，”许丁说，“毕竟你长这么大也没操心过这些……沙画别放下就行，我这边还有合作想请你的，你以前不就是心情不好就求不动吗？现在心情怎么样？”

“挺好的。”程恪笑了笑。

火锅上来之后程恪才发现江予夺点的菜桌上堆不下，旁边推车上都放满了。

“点这么多？”他说。

“放心，”江予夺看了一眼那几个小弟，“不够吃，不想抢着吃一会儿还得点。”

小弟拿了酒起来要给江予夺和许丁倒，许丁拦了一下：“我开车的，喝茶就行。”

小弟又把酒瓶往程恪面前伸了过来，程恪并不想喝酒，平时倒是会喝，但现在这气氛，他不知道用怎样的心情来喝。

“你也开车？”江予夺看他。

说实话，程恪非常佩服江予夺，这种单刀直入一点儿面子和余地都不给人留的表达方式，每次都能让习惯了委婉说话的他措手不及。

小弟给他倒了一杯酒，然后给江予夺倒了一满杯。

程恪看了一眼他头上的纱布，顶着这么严重的伤，居然川锅白酒一样不少，辛辣不忌，小弟们似乎也没有谁对这种饮食有什么疑问。

“他家这个雪花牛肉特别好，”江予夺拿起一盘牛肉，“你们应该也经常过来吃吧？”

“是，”许丁点点头，“每次都……”

他的话还没说完，江予夺已经把一整盘牛肉都倒进了锅里，然后拿漏勺胡乱扒拉了两下。

接着小弟们就一块儿下手了。

“快吃，”江予夺说，“一会儿老了。”

“好。”许丁笑着夹了一筷子。

程恪只好也赶紧夹了一筷子，他的确很喜欢吃这种牛肉，而且他看出来了，就按这种风格，他再晚一秒下筷子，肉就没了。

还说什么“一会儿老了”，就这架势，完全是多虑了，不如担心一下要是没熟怎么办。

江予夺全程都这样往里放菜，无论是肉还是菜，都是唰的一下直接下一整盘，然后一帮人跟抢似的吃。

程恪吃得很感慨，他还从来没试过这么“尽兴”的吃法。

许丁倒是挺适应的，而且跟江予夺以及小弟们相谈甚欢。许丁跟他们这帮人不同，他们这帮人，无论是程怿那样的优秀人才，还是他这样的废物，或多或少都靠着家里，许丁没有任何背景，一路都靠自己，所以跟江予夺他们倒是能处得很自如。

刘天成虽然一直跟许丁有生意往来，也算熟悉，但内心多少是有些看不上他的，程恪一直没什么感觉，但这会儿看着，突然有些羡慕。

别什么都想靠家里。

这句话，大概只有许丁才有资格说吧，偏偏这样的人，他们又看不上。

程恪笑了笑。

抢食一般地吃完这顿饭，程恪感觉到了从未有过的……撑得慌。

不光是肚子撑，脑子也挺撑的，全程他都在听小弟们说着他们地盘上的各种奇事，猎奇的、香艳的、匪夷所思的，或真或假。

其实程恪平时跟一帮人胡混的时候，这类事没少听，但相比之下，小弟们的故事明显要低俗而刺激得多。

但程恪有些意外地并没有觉得反感，只想感叹世界之大。

这样的一些人，以及这样的一些事。

“我送你？”离开饭店的时候许丁问了一句。

“不用，我在附近再转转，熟悉一下。”程恪说，他其实还想去趟超市，买……拖把，虽然非常不情愿，但总不能一直那么满地的灰。

“那行，再联系。”许丁说，又冲江予夺抱了抱拳：“谢谢三哥这顿了。”

“跟我不用客气，”江予夺一挥手，“过来玩的时候给我打电话。”

“好。”许丁点头。

看着许丁的车开走之后，程恪回头往饭店里看了一眼。

“没吃完呢，”江予夺说，“我一直看着，没见他们出来。”

“……你看着这个干吗？”程恪有些无奈。

“不知道，”江予夺说，“习惯了。”

“哦，”程恪点了点头，顿了一会儿不知道还要说什么，于是指了指超市的方向，“我往那边走。”

“我也往那边，”江予夺说，“走。”

毕竟抢食似的吃了一顿饭，还喝了点儿酒，再加上之前的解围，这会儿程恪对于跟这几位一块儿在街上走还算能够接受。

不过这是从未有过的体验，不知道是不是几个小弟走姿太嚣张，他一直有一种正在巡街的错觉。

巡了半条街，一个小弟的手机响了，他接起电话来叫了声：“庆哥。”

这大概是总护法打过来的。

接着这小弟就没了声音，只能看到他脸色变了变：“我跟三……好，知道了。”

“怎么了？”江予夺问了一句。

平时陈庆有事儿都会直接给他打电话，今天突然打到了大斌的手机上，他立马感觉是出事了。

“三哥，”大斌清了清嗓子，“那什么，庆哥让我帮他……拿点儿东西去，我们几个先……”

“拿什么东西要这么多人？”江予夺打断了他的话。

大斌又清了清嗓子："不知道，大概是……"

大斌不是个爱紧张的人，平时编瞎话比打哈欠还要自然流畅，今天编得这么费劲，只能是陈庆出事了。

"陈庆今天是不是去张大齐那儿了？"江予夺转头看着旁边的二秃。

二秃还没跟大斌串通好，于是点了点头："是。"

江予夺转身就往张大齐酒吧那边走："大斌叫人。"

"三哥、三哥！"大斌有点儿着急，"庆哥说了不让叫你，说你有伤。"

"不叫我？"江予夺看着他，"我要不去，今儿你们谁能站着从他那儿出来？"

大斌没了声音，迅速低头开始打电话。

江予夺往前冲了两步，想起来程恪还在，于是停下转过身。

"行了，"程恪脸上还有吃惊的表情，但话说得很利索，"再见。"

江予夺看了他一眼后转身往街那头跑了过去，几个小弟撒丫子跟在他身后，路上的行人纷纷退到两边，这场面，不知道的以为在拍电影呢。

程恪不知道自己是喝了酒还是太闲了，看着江予夺消失在黑暗中的背影，居然有点儿想要跟过去看热闹的冲动。

打架这种事，他以前去十次酒吧，起码八次能碰上，但说实话，因为没有认识的人，以完全置身事外的视角，看到了也没什么感觉。

就像上学的时候打球，只要是有自己认识的人在场上，哪怕打一场烂球，也会觉得挺来劲。

程恪想了想，到了街对面，顺着江予夺跑的方向走过去。

这条街上全是各种酒吧夜店，这会儿灯闪得人脑子都满了，不打架都有种乱糟糟的眼晕感。

程恪都快走到路口了，也没看到哪儿像是有人闹事的。

往前又走了一小段之后，他听到了声音。

有人高声叫骂，吼得很响亮，还有尖叫和不知道什么东西叮哐撞击的声音，接着他就看到了路口另一个方向冲出来几个人往右侧的路跑了过去。

江予夺叫去帮忙的小弟？

程恪快走了几步，猛地又觉得有些不安。

他下意识地拿出了手机。

有认识的人在里头的斗殴事件，跟球赛还是不一样的，他想到江予夺今天被血糊了的半张脸，还有他背上的那些仿佛要把人砍成两半的伤……

程恪低头看着手机，犹豫着要不要报警。

身后突然远远地传来了警笛声，程恪猛地松了口气，但很快心又提了起来，会被抓吗？

随着警笛声响起，一片人影突然从右侧的街扑了出去，四面八方地迅速消失在了人群里。

程恪还想看看大结局，刚往那边迈了一步，突然被人一把拽住了胳膊，猛地往后拉过去。

程恪骂了一句，这一把拉得他踉跄着差点摔倒。

被抡到旁边的围墙上他才站稳了没摔倒，抬起腿对着拽他的人就踹了过去。

那人躲了一下，但还是被他踹中了腰，骂了一句："你打人不看的吗？"

"江予夺？"程恪愣了。

"你跑这儿来干什么？"江予夺瞪着他。

"……看热闹。"程恪回答。

"然后跟我打个招呼再一起被揍吗？"江予夺问。

程恪想说我并没有跟你打招呼的计划，但没好意思说出口。

"回去吧，"江予夺说，"这种热闹有什么可看的？一个个没谁把自己当个人的，不如看狗打架呢。"

程恪看着江予夺再次消失在黑暗里，轻轻叹了口气。

买拖把去吧。

应该买什么样的呢？

平头的那种？

还是一大把的那种？

10

程恪从墙根儿回到街边，那边还是乱哄哄的，围了不少人。

不知道江予夺的那些跟班怎么样了，本来想再看看大结局，但站了两秒钟，他又想到了江予夺的那句话。

一个个的没谁把自己当个人。

这“一个个的”里头不知道有没有包括他自己。

突然觉得挺没意思的，程恪转身往超市慢慢走过去。

走了几步，他又回头看了一眼之前江予夺离开时消失的那条路……这会儿换了个角度他才注意到，那地方根本就算不上是路，一栋楼和围墙之间的一条窄窄的通道而已，很黑，要不是之前知道江予夺是从那里走的，他应该根本不可能看到那里还有条通道。

江予夺看来的确应该是这里土生土长的恶霸，脑子里大概有一张本地区逃命专用通道图。

每一个人脑子里都会有这样的东西，不一定都是地图，还可能是各种别的专属技能图。

比如现在程恪就很希望自己脑子里有一张关于家务活的技能图。

图上有家务活的各种程序，以及对应的工具。

他站在超市的拖把货架前非常郁闷，感觉新生活对他充满了恶意。

拖把嘛，不就拖个地吗？怎么还有这么多种类和款式？

之前他觉得自己对拖把还是比较了解的，虽然家里的卫生有人做，轮不到他，但他起码知道拖把有平头款和大把款。

但现在他才发现，平头款还有圆平头的和平板头的，大把款还分筐子里疯狂甩水型和扯直了拧拖把杆挤水型……

而且材质都不一样。

本来感觉很容易的一件事，突然变得非常复杂。

最后他挑了一个平板头的，因为看上去面积很大，一抽杆子还能把水刮下去，应该不错。

扛着拖把回到家之后，他决定借着酒劲把地先拖了。

说干就干。

打湿拖把，刮掉水，开始拖。

刚拖了也就两平方米的范围，他就停下了，看着一撮一撮的灰尘和毛絮混合物，觉得自己失误了，应该再买个扫把。

没拖地之前看着地板上也没这么多东西啊，怎么越拖越脏了……

而且房东居然连个扫把都没配！

热水器和燃气灶是新的又怎么样？连个扫把都没有！

想到刚顶着脑袋上的大口子跟人斗殴完毕说自己不是人不如狗的房东，他皱了皱眉。

算了，就这么拖吧。

一个小时之后，折腾出了一身汗的程恪进了浴室。

地好歹拖完了，但是效果怎么样就不太清楚了，他只知道现在木地板上全是水。

这个拖把不行，刮了水拖不了几下就像干拖，不刮水吧，又跟发水灾了一样，他只能强行当没看见。因为没有手套，他又不愿意用手去把粘在拖把上的莫名其妙的毛絮扯掉，于是在带着毛絮把地拖了两遍之后，他把拖把布扔掉了，反正还送了一块替换的。

他脱掉衣服，站到热水下冲着，像他这种四体不勤五谷不分的人，拖个地就跟打了一仗似的，居然觉得很疲惫。

洗完澡他对着镜子又看了看自己腰上的伤，还行，似乎是开始往结痂的方向去了，比起伤了好几个小时脑袋上还在渗血的江予夺，他算是非常强壮了。

洗完澡后程恪没看时间，直接往床上一倒就睡了，被子和被罩扯了半天也没能整齐地摞在一起，他干脆把被罩踢下了床。

第二天早上醒过来的时候，他发现不知道什么时候枕套也被自己扔到了地上。

那就不用了吧，被子枕头要是脏了就直接洗，他知道阳台上有台洗衣机。

在床上愣了十多分钟，他才慢慢下了床，完全没有头绪、不知道该从哪儿开始又应该怎么去面对的新生活让他漱口的时候有些走神。

手机在客厅里响了挺长时间他才听到，过去拿起来看了看，是刘天成。

他叹了口气，接起电话："喂？"

"起床了？"刘天成在那边问了一句。

"刚起。"程恪走到厨房打开冰箱，拿了一罐牛奶，想倒出来喝的时候发现自己没有杯子。

"昨天你是不是走挺早的？我出来到大厅看你们那桌已经没人了。"刘天成说。

"嗯，吃完就走了。"程恪拿着罐子直接灌了两口牛奶，发现这种牛奶没有在家里喝的那种香，而且是冰的，冰得他一哆嗦。

但是家里喝的是哪种牛奶，他也不记得了，好像从来也没注意过盒子。

"你昨天挺不给小怿面子的，好歹亲弟，"刘天成叹了口气，"他一顿饭吃得都挺郁闷，也没怎么说话。"

"他话本来就少。"程恪说，程怿的确话不多，从小他跟程怿聊天都不如吵架的时候迸的字儿多。

刘天成笑了笑："以前吃饭的时候他话也不是这……"

"你以前跟他吃过几次饭？"程恪打断了他的话，"上次一块儿吃饭到现在都有一年了吧？"

"哎，你这人，跟我生什么气啊？"刘天成有些尴尬。

程恪其实并不想这么戗刘天成，但实在是气儿不顺，昨天吃饭的那几个人里，有一半是以前他的朋友，跟程怿的关系都不如他跟许丁近，包括刘天成，现在刘天成一副"其实我跟你俩都是朋友"的语气让他心里堵得慌。

"起床气。"程恪说。

“昨天没睡好吗？”刘天成笑着说，“是不是后边儿还有活动啊？”

“没。”程恪把牛奶放回冰箱，太冰了，冰得他有点儿反胃。

“没活动？我看你那几个……朋友，”刘天成说，“不像是……那是你新认识的朋友吗？”

“嗯。”程恪应了一声。

“挺意外的，你还能跟这样的人在一块儿混呢。”刘天成笑了起来。

“我跟什么人都能一块儿混，”程恪说，“以前一块儿混的还不如他们呢。”

“唉，”刘天成叹了口气，“原谅你了，你最近气儿不顺。”

“找我有事儿吗？”程恪问。

“没事儿还不能打个电话了啊？”刘天成说，“咱俩以前不也总打电话吗？”

“现在不是以前了，”程恪说，“我很忙。”

“忙什么？”刘天成马上问。

“去超市买个杯子。”程恪回答。

“什么？”刘天成愣了愣，没反应过来。

“挂了。”程恪挂掉了电话。

本来他今天的计划是在家里待着，虽然很不愿意也没什么头绪，但还是得想想自己接下去该怎么办。

手头钱是有，虽然落差有些大，从完全不考虑钱的问题，到突然发现原来真正属于自己的钱也是有个上限的，而且以他的标准来说没多少，但正常过个日子并不需要担心。

他的“怎么办”，是他不能再像以前那样生活了。

想干什么就干什么，不想干什么就不干什么。以往许丁每次请他合作，都会签合同，然后付款，他还觉得挺没劲的，就是玩而已，只要他乐意就行。

现在想想，他跟许丁的合作，大概算是他废物生涯里唯一可以划在废物之外的事情了。

他叹了口气，站起来在屋里转了一圈，既然要去超市买杯子，就顺便再看看还有什么别的需要买的吧，一次买完省得总跑。

但出门的时候他只多想出了一个扫把。

从超市随便挑了个玻璃杯和一个丑爆天的塑料红扫把，拎回家一开门，程恪就叹了口气，应该买个鞋架，虽然没有以前那么多的鞋，但加上拖鞋有三双鞋，都堆在门口很难看。

他拿出手机，在记事本上写下“鞋架”两个字。

发现缺什么就立马写上吧，这样能少跑几趟。

但到晚上他去超市的时候，记事本上依旧只有“鞋架”两个字，而且这家超市并没有鞋架出售。

接下去的日子里，他往返于超市和房子之间，每次发现少了什么都是立马需要用的，比如扫地的时候发现没有垃圾桶，想泡个方便面的时候发现只有锅没有碗，想晾衣服的时候发现没有衣架……

还有各种平时用惯了但是现在手边没有的东西，大到电脑小到烟灰缸。

他用了差不多一个月的时间来体会租了套带装修家具电器的房子但其实什么都没有的感受。

门铃被人按响的时候，程恪正站在客厅里感叹今天终于没有什么需要出门去买的东西了。

新生活的这个开端，总算是完成了。

他从猫眼往外看了看，发现一团漆黑，有人把猫眼堵上了。

但门铃还在响。

程恪皱了皱眉，先把门反锁了，然后问了一句：“谁？”

“我。”外面有人答了一句。

这声音有点儿耳熟，但并没有熟到凭一个字就能让人听出来是谁的程度。

“你没名字吗？”程恪问。

“陈庆。”外面的人说。

程恪反应过来，这声音的确是总护法大人的。

“你堵猫眼干吗？”程恪又问，这人感觉是江予夺的神经病低配版，他不敢在猫眼被堵的情况下随便开门。

“规矩。”陈庆回答。

“哪儿来的敲门先堵猫眼的规矩啊？！”程恪简直服了。

“没堵了，”陈庆说，“赶紧地，开门！”

程恪从猫眼往外看了看，的确没堵着了，门口只站着陈庆一个人，在没有窗的楼道里还坚强地戴着墨镜。

他把门打开了一条缝，看着陈庆："什么事儿？"

"收租。"陈庆说。

"……厉害，"程恪把门打开，让陈庆进来，冲他竖了竖拇指，"收个租能收得人想打 110。"

屋里没开灯，窗帘也拉着，陈庆进屋之后在沙发上撞了一下，终于取下了墨镜："其实还没满一个月，差几天，但是协议上写的是每月 28 号交房租，所以……"

"没事儿，转账吗？"程恪问。

"转账我还过来干吗？"陈庆看着他宛若看着一个智障，"现金，茜姐喜欢现金。"

"哦。"程恪拿了钱包，还好之前取过钱，要不按陈庆这个架势，估计能押着他去银行取钱。

"你这儿弄得挺齐全了啊？"陈庆看了看屋里，"电椅都买了啊？"

"电……"程恪有些无奈，"那叫电动按摩椅。"

"简称电椅啊。"陈庆说。

"行吧，"程恪点了点头，把钱点出来递给他，"数一下。"

陈庆没有接钱，看着他："三哥还真是没说错啊。"

"什么？"程恪问。

"你是个傻子。"陈庆说。

程恪愣了愣，半天都不知道应该说什么，甚至无法给自己正确挑选出一个情绪来。

"房子是他租给你的，"陈庆说，"现在我来收租，你居然一点儿没犹豫就把钱给我了啊？"

程恪沉默地继续看着他。

"刚他叫我上来，我说要是你不给我怎么办，"陈庆说，"三哥说不会的，他那种傻子，肯定问都不问就给了，你还真是啊？"

程恪咬了咬牙，把钱放回了钱包里，往沙发上一坐："叫江予夺自己来拿钱。"

“他就在楼下，你要是不信就打个电话给他吧。”陈庆说。

程恪没出声，拿出手机拨了江予夺的号码。

“喂。”那边传来了江予夺的声音，他的声音倒是比陈庆的声音容易认。

“房租我要交给你本人。”程恪说。

“给陈庆就行，”江予夺说，“我叫他去收的。”

“不行，”程恪说，“出了问题谁负责？”

“我负责，”江予夺说，“我就在楼下呢。”

“那你上来跟我签个免责协议书。”程恪说。

“什么玩意儿？”江予夺愣了。

“如果陈庆卷款潜逃了，”程恪不急不慢地说，“或者他一出门就被人抢了，抑或他把钱递给你的时候来阵风把钱吹散在风里了，我都没有任何责任。”

“你有病吧？”江予夺很吃惊。

“没病，”程恪说，“就是傻。”

“神经。”江予夺小声骂了一句，“陈庆跟你说什么了？”

“自己上来拿钱，或者自己上来签免责协议书。”程恪说完把电话给挂了，然后看着陈庆。

这会儿他才突然注意到，陈庆脸上好像有不少伤。

“怎么着？”陈庆问他。

“你问三哥啊。”程恪过去把客厅的灯打开了，确定了陈庆脸上的确有伤，伤得还挺炫目的，戴墨镜估计是要维护自己上下左右总护法的形象。

“我发现你这人，”陈庆坐到椅子上，“脾气还真大。”

“你天天跟着江予夺混，说我脾气大？粉丝滤镜太厚了吧？”程恪说，“还能看见路吗？”

“他平时真不怎么发脾气。”陈庆说。

程恪无言以对，他虽然统共也没见过江予夺几次，但江予夺全程没发过火的也就是吃饭那次。

“你是没见过他真的发火，”陈庆大概看出了他的怀疑，补充说明，“他真发火的话，你那天踢完垃圾桶就得死。”

“你有病吧，”程恪实在没忍住，“你去测过智商没？”

“没有。”陈庆回答。

程恪咬了咬牙，没再说话，也说不出什么话了。

跟陈庆沉默对视了几分钟，完整地欣赏过他脸上的各种瘀青之后，门铃响了，陈庆立马蹦起来过去开了门：“三哥，我都说了让他把钱给我……”

“你是不是闲的？”江予夺进了屋，拿过把椅子一坐，看着程恪，“遛我玩呢？”

程恪本来都想好了要怎么说，但看到江予夺的瞬间就忘了要说什么：“你这是……跳楼了吗？”

江予夺头上的纱布历时一个月居然还在，而且还在渗血，脸上还多了一道伤，右胳膊吊着，左腿的裤腿挽着，从脚踝到小腿的位置打着夹板。

他怎么也没想到会看到这样的场景，就算是打架了争地盘了，一个老大，伤得比护法重，实在是让人难以置信。

“都是因为我……”陈庆在旁边皱着眉，看上去很难受。

“别抒情，”江予夺冲他摆了摆手，又看着程恪问了一句：“钱呢？”

“收据。”程恪说。

陈庆拿出了一本收据和一支笔，正要往上写字的时候，程恪指了指江予夺：“谁收谁写。”

“三哥手伤了！”陈庆挺生气地瞪着他。

“……他是左撇子。”程恪说。

江予夺盯着程恪看了两眼，冲陈庆伸出手，陈庆把收据和笔放在了他手上。

“今收到程客……”江予夺把收据放到桌上，一边念一边往上写字。

“恪守的恪，不是乘客的客。”程恪看着他鬼画符一样的字。

江予夺抬头看着他。

程恪叹了口气，从他手里把笔抽出来，在旁边的便笺本上写下了自己的名字：“你不是有我身份证复印件吗？”

“谁记那个啊？”江予夺拿回笔，把“客”字涂掉了，往上写了个“格”，然后又涂掉了，再看了一眼便笺本，把“恪”字写了上去，“就看了看照片和年龄。”

程恪把收据收好，把钱给了江予夺。

接着就出现了他似曾相识的场面，三个人都沉默地看着，程恪本来觉得那天一块儿吃了个饭，应该不会再如此尴尬而不友好了，但看来他对江予夺还是太不了解。

在他清了清嗓子准备送客的时候，江予夺冲陈庆偏了偏头，陈庆打开门走了出去，又把门关上了。

“怎么？”程恪看着他。

“那辆888的迈巴赫，”江予夺用一只手慢吞吞地拿出烟叼在嘴上，又慢吞吞地摸了个打火机出来点了烟，“跟你什么关系？”

程恪愣了愣：“那是我弟的车。”

“你到底什么问题？”江予夺眯缝了一下眼睛。

“我？”程恪没能把这里头的逻辑厘明白。

“你俩什么目的？”江予夺问。

“……你在说什么？”程恪皱着眉，“888的迈巴赫怎么着你了？”

“888的迈巴赫今天在这片儿转悠呢，”江予夺说，“转了两圈儿又走了，来干什么的？还带个司机，为什么不自己开？是怕开着车漏掉什么没看到吗？”

“他去哪儿都得带司机，”程恪很无奈，“他没有本儿！”

江予夺愣了愣：“没本儿？”

“是啊，他不会开车。”程恪叹了口气，顾不上去琢磨江予夺神神道道的话，就是有些迷茫，程怿在这边转悠什么？

“那是你亲弟吗？”江予夺问。

“是，同父同母。”程恪说。

江予夺看着他，过了一会儿才又低声说：“你真不是被领养的吗？这差距有点儿大啊。”

“滚。”程恪说。

江予夺笑了起来，笑完拿过他杯子喝了口水：“你这个弟弟，离远点儿吧，搁古代就是那种杀了亲哥夺抢太子位的主儿。”

程恪皱了皱眉，他跟程怿关系的确不好，但这话还是令他不太舒服。

“真的，我看他一眼就知道。”江予夺说。

“还会看相啊，”程恪说，“佩服。”

“我见过的坏人，”江予夺说，“比你吃过的大米都多。”

程恪没说话。

江予夺走出门，陈庆已经按下了电梯，程恪还没关上门，站在门边看着。

“不用送下去了，”陈庆说，“我们自己下去就行。”

“是什么让你产生了我要送你们下去的错觉？”程恪说。

“你没关门啊。”陈庆说。

“……行吧。”程恪叹了口气，把门关上了。

电梯门打开了，陈庆扶了江予夺一把，进了电梯。

“你说他是不是想送咱们下去？”陈庆说，“要不为什么不关门？我这分析对吧？”

江予夺靠着轿厢，看着楼层数字的变化：“这是礼貌，我们还站楼道里，他当然不会关门。”

“是吗？”陈庆愣了愣，“那平时我从你那儿走，你也没站门口啊，门都是我自己关的。”

“他跟咱俩有那么熟吗？”江予夺吼了一声，感觉脑袋上的伤有点儿炸着疼。

这伤给他一种大概永远也好不了的感觉。

那天晚上他带着人绕回去想把陈庆从张大齐的人那儿弄出来，结果在后巷里一通混战，口子原地又被砸了一下，没等开始结痂呢，前几天吊柜门打开了忘关又撞一下……

“那你跟不熟的人……”陈庆继续迷茫。

江予夺按着头上的纱布，冲陈庆努力微笑了一下：“咱们这种街面儿上混的人，就别跟人一个大少爷比教养了，自取其辱，懂了吗？”

陈庆刚要开口，他又补了一句：“不懂也闭好嘴。”

陈庆点了点头。

开车往回走的时候，江予夺拉下镜子看了看自己的纱布。

“三哥，”陈庆皱着眉，“这伤真的，得去缝个针。”

“不，”江予夺回答得很干脆，“谁也别想再在我身上扎针，哪天要被人捅了也别想扎我。”

“呸呸呸！”陈庆声音很大地对着方向盘一通“呸”。

“这车刚洗完吧？”江予夺看着他。

陈庆没出声，也斜眼瞪着他。

“呸呸呸。”他只好跟着说了一句。

“以后别说这种不吉利的话，”陈庆说，“我听着害怕……那天你就不应该回去，张大齐不敢拿我怎么样，警察都来了。”

“警察来了又怎么样？”江予夺“啧”了一声，“是你去找他麻烦，真要抓人也是先抓你。”

“那起码不会再被堵着干一架啊！”陈庆说，“结果你伤成这样！万一再被拘了怎么办？”

“有什么怎么办的？又不是没被拘过，”江予夺说，“其实进去清净几天挺好的，安生，不失眠。”

“下回想清净我给你钥匙，你回我家村里老房子住着去，”陈庆说，“再给你弄点儿鸡养着……”

江予夺转头看着他。

“真的鸡！”陈庆说，“鸡，咕咕嘎咕咕嘎的鸡！”

江予夺笑了起来：“我知道。”

车开到楼道口停下了，陈庆看了看时间：“该吃晚饭了，你是不是不让那帮小子给你送饭了啊？”

“嗯，”江予夺应了一声，“一天天的排着队来送饭，不知道的以为我要死了呢。”

“那你怎么吃？”陈庆想了想，“要不我去买几个菜过来吧，一块儿吃？”

“你又不回家。”江予夺打开车门。

“我等我脸上没这么明显了再回吧，”陈庆下车，绕到副驾把他扶下了车，“我这阵儿都在店里睡，听不得我妈念叨。”

江予夺笑了笑。

陈庆的手机响了，他摸出来看了一眼接了电话：“狗子。”

电话一接通，江予夺站在旁边就能听到狗子带着哭腔的声音：“庆哥！庆哥——”

“哭什么啊？”陈庆说，“你被人揍了吗？有哭的工夫赶紧跑吧。”

“张大齐把钱给我了！庆哥！他把钱给我了！”狗子哭着说。

“这不是好事儿吗？你哭什么啊？”陈庆说，“喜极而泣？”

江予夺叹了口气。

“我没敢给三哥打电话，”狗子说，“庆哥我给你磕头了，谢谢你！你再帮我告诉三哥，我这辈子就是三哥的人了，只要他一句话，让我干吗我就干吗！”

这话说得，江予夺看了手机一眼，也就是狗子没在跟前，要不能立马让陈庆把他拎出去扔了。

“你能干吗啊？你就会哭，”陈庆叹了口气，“行了，你抱着钱再哭会儿吧，以后碰什么事儿自己有点儿主意，不可能永远有人替你出头不是。”

“嗯！我知道了庆哥。”狗子终于停止了哭泣。

“张大齐把钱给他了？”江予夺问。

“嗯，”陈庆把手机放回兜里，“其实咱们去找张大齐，也不光是为他这点儿钱是吧？”

“废话，”江予夺说，“就三千块钱，我让人打成这样犯得上吗……”

“也不都是人家打的吧，”陈庆扶着他进了楼道，“你那腿不是翻墙的时候摔的吗？”

“看把你能得！”江予夺顺手一掌拍在他背上，“洞察一切是吧？！”

“唉，”陈庆搓了搓后背，低头叹气，“要不是我碍事儿……”

“行了啊，”江予夺拿出钥匙开了门，先往里迅速看了一圈才进了门，“你还没完了。”

“我去买吃的，”陈庆说，“今天吃素点儿啊，我看你这段时间脸色不太好，是不是因为带着伤还成天大鱼大肉的影响恢复啊？”

“随便。”江予夺摆了摆手。

陈庆关上门之后，江予夺倒在了沙发上，仰头靠着闭上了眼睛。

脸色的确不太好，因为晚上总睡不着。

睡得着的时候又会害怕，一夜夜的噩梦还不如睁眼到天亮。

这种感觉挺长时间没有过了，他谁也没告诉，哪怕是最亲近的陈庆和卢茜，他也没说，他不想让人知道他最近状态不好。

今天其实还比平时要好些，虽然让程恪遛了一圈，但程恪跟他完全不在一条道上，这种新鲜感倒是能让他稍微从沉闷心情里挣脱出来一些。

程恪。

原来“忄”和“各”合在一块儿还是个字。

不知道怎么解。

以前他跟陈庆聊天的时候说解字，陈庆还问过他“江予夺”怎么解。

他当然不知道怎么解，不过还是强行解了一下。

“先给你解个‘夺’字吧，”他一本正经地说，“就是尺寸很大，懂吧？”

“懂了，”陈庆的脑子容错率相当高，一脸信服地点头，“原来如此。”

江予夺忍不住乐了半天。

笑到一半他又觉得挺没意思的，叹了口气睁开眼睛看着天花板发呆。

喵大概是饿了，顺着沙发腿儿爬了上来，在他胸口上坐下，冲着他叫。

“我不想动，”江予夺看着它，“一会儿你庆哥来了让它喂你吧。”

喵端坐着继续叫。

“别叫了啊，”江予夺说，“我现在心情非常不好，一烦躁了就会把你扔出去。”

喵不为所动，“咪咪咪”叫个不停。

一直“咪”到陈庆进了屋。

“赶紧地，先喂猫，”江予夺说，“烦死了一直叫唤，仗着个子小我不好意思下手抽它。”

“要捡猫的是你，”陈庆拿了猫粮往食盆子里倒了点儿，“想抽猫的也是你，早知今日，何必当初。”

“不会说的话别瞎转词儿。”江予夺坐了起来。

陈庆说吃素点儿，还真就非常严格，买回来的菜里除了一碗半个巴掌大的肉饼，别的全都是青菜，肉末都看不到几点。

“一会儿给你一根香吧。”他坐到椅子上，看着眼前的菜。

“干吗？”陈庆把一盒粥放到了他面前。

“往脑袋上戳几个疤，”他说，“再上庙里找方丈给你起个艺名。”

“啊？”陈庆看着他。

“无肉法师，怎么样？”江予夺说，“其实本来应该叫智缺法师。”

“……我服了，”陈庆坐下，“你至于吗？吃一顿素点儿的绕这么大一圈。”

“至于，”江予夺指着那份小肉饼，“就这玩意儿，都不够我一口的。”

“这个是我的，”陈庆把肉饼拿了过去，“我能吃两口。”

“我是不是听错了？！”江予夺震惊得都忘了吼。

“我刚问了，蛋白质过量对伤口愈合不利，”陈庆说，“我为了不刺激你，特地只要了一份小肉饼，没要大的那种。”

“人没问问你是不是三哥最近收不着租了啊？肉饼都得要小号的了？”江予夺奋力地压着因为没有肉吃而燃起的熊熊大火。

“……给你一半吧。”陈庆把半块肉饼夹到了他碗里。

“我是不是还得谢谢你啊？”江予夺问，没等陈庆说话，指着陈庆碗里那半块肉饼，“你给我一口吃掉，就现在！”

“啊？”陈庆愣住了。

“快点儿！”江予夺吼了一声。

陈庆赶紧夹起肉饼塞进了嘴里。

江予夺满意地点了点头：“行了，现在你没肉吃了，我还有，你看着我慢慢吃吧。”

陈庆看着他，好半天才笑出声：“你幼稚不幼稚啊？”

“关你什么事？吃你的青菜。”江予夺说。

吃完饭陈庆把一堆饭盒什么的都收拾出去扔了，回来的时候像是想起了什么了不得的大事：“哎三哥你说，积家会不会不知道垃圾要扔到楼下的垃圾箱里啊？”

“他是家务残障，”江予夺点了根烟叼着，“不是智力残障。”

“哦。”陈庆点了点头，“你今天看他屋里的东西了没？真舍得买啊，地上那个是扫地机器人吧，我一开始以为是个体重秤，差点儿踩上去，你说他有机器人了为什么还买了扫把……还有那个电椅，我真想上去躺会儿。”

“别了吧，”江予夺说，“我挣点儿钱不容易，现在墓地贵。”

“电动按摩椅，”陈庆说，“哪天他不在家咱进去按摩一下吧。”

江予夺扫了他一眼。

“算了，”陈庆叹了口气，“商场里也有，二十块一次，我去商场吧。”

“你回店里吧，”江予夺说，“我怕我一会儿忍不住揍你，我现在伤还没好不想使劲。”

“行吧，”陈庆拿出手机看了看时间，“明天你要是出门给我打电话，我找辆车送你。”

“嗯。”江予夺躺到沙发上。

陈庆走了以后，他关掉了屋里的灯，凑到窗边从窗帘缝里往外看了看。

天已经黑透了，风刮得挺急。

路灯能照亮的范围很小，昏黄的一小片，边缘跟黑色混在一起，看的时间长了，就会看到黑暗里有东西在晃动。

让人心里一阵阵发慌。

一直看到有个人影从黑暗里走出来穿过昏黄再次被黑暗淹没，江予夺才离开窗口，随便洗漱了一下就躺到了床上。

今天没有失眠，但有梦。

江予夺每次做梦，都能知道是在做梦，无论梦有多真实，他都会不断地告诉自己，不是真的、不是真的。

不是真的。

这句话从什么时候开始成为他对抗恐惧的首要法宝，他已经记不清了，太久远了，久远到没有陈庆和卢茜的那个时候。

不是真的。

听起来很无用，也很无助。

江予夺轻轻叹了口气。

会梦到程恪，一点儿也不意外，一直以来，江予夺的梦就像是一本记事本，会记下每天的事。

在某些特定的日子里，他会不断地翻回去。

程恪说：我叫“程恪”，“恪守”的“恪”，不是“乘客”的“客”。

程恪说：你是不是有病?

程恪说：我的表你什么时候还给我?

程恪说：我没有什么问题，我来这里的目的也很简单。

我就是要让你永无宁日。

程恪扑了过来，手里拿着一枚生锈的铁钉，对着他的眼睛狠狠地戳了过来。

铁钉戳到眼前的时候又突然变成了一把刀。

这一刀划过脸上时，他甚至能感觉到疼痛，能看到血红。

……

不是真的。

江予夺迅速把自己从梦里拉了回来，由于反应快、动作敏捷，醒过来的时候还能听到自己很低的声音：“不是真的。”

他瞪大眼睛，在黑暗里缓了一会儿才又轻轻骂了一句。

感觉自己身上全是汗，衣服都湿透了，他掀开被子往身上摸了摸，估计能拧下水来。

他有些烦躁地把衣服脱了，再把内裤也脱了扔到一边。

舒服多了。

程恪拿着手机，屏幕上已经点出了江予夺的电话号码，但一直犹豫着没有拨号。

燃气灶再次打不着火这样的事，他实在有些点不下去手。

在上回江予夺的教学之后，他已经能够熟练操作这个燃气灶，开阀门，按下旋钮，转动打火，煮个方便面什么的已经很多次了。

但今天，他想煮俩鸡蛋的时候，这个破玩意儿却打不着火了。

他把正确步骤重复了七七四十九次，也没能见到蓝色小火苗。

这个新的燃气灶，这次的确坏了。

虽然他觉得这个结论是正确的，但一想到江予夺暴躁的状态，就忍不住回头质疑一遍自己。

在质疑了四遍之后，他决定坚持自己的结论，给房东打个电话，让他找人来维修。

他点下了拨号键。

拨号音响了很长时间，电话才终于接通了。

“嗯？”那边传来江予夺的声音。

这个沙哑而又有气无力的声音让程恪有些迟疑：“……江予夺？”

“谁？”江予夺问了一句。

虽然声音还是那样，但这个语气让程恪能够确认这就是江予夺。

“不好意思打扰你了，”程恪估计他是还在睡觉，“你现在方便吗？”

“不方便你挂吗？”江予夺问，嗓子哑得说什么都快听不清了。

“……不方便我就晚点儿再打。”程恪感觉他可能不是没睡醒，而是嗓子发炎了。

“说吧，什么事儿？”江予夺说。

“就那个……燃气灶，”程恪说，“它又打不着火了，我之前一直用着也没问题，今天突然打不着火了。”

“砸了吧。”江予夺说。

程恪感觉自己大概已经能适应江予夺的这种反应了，说不定以后还能像陈庆那样说出“江予夺脾气还挺不错”的瞎话来。

“气卡没钱了吧？”江予夺哑着嗓子有气无力地又说了一句，“少爷，你去看一下燃气表上的字儿。”

“燃气表在哪儿？”程恪走进厨房，听着江予夺的声音觉得实在有些不对劲，又问了一句，“你是不是病了？”

“没病，”江予夺说，“快死了。燃气表在灶台旁边，抓紧时间看，一会儿我死了就没人管你了。”

“看到了，”程恪看着燃气表，“上面什么字儿？”

“上面放着一张卡，把卡插进去看一眼屏幕上的字儿。”江予夺说。

“好，”程恪按他说的，把放在燃气表上的一张 IC 卡插进了卡槽里，说实话，江予夺今天居然一声也没吼，这让他非常意外，他甚至产生了一丝内疚，江予夺生着病，还要耐着性子给他充当“家务常识指南”，“有字儿了。”

“是什么字？”江予夺问。

“0。”程恪猛地明白了，这应该就是气用完了，“我……”

“没气了所以打不着火，白痴。”江予夺有气无力地说，“去充钱吧。”

程恪心里的内疚瞬间消失，但不得不咬牙又顶着“白痴”的称号追问了一句：“去哪儿充？”

“银行，”江予夺说，“上回你去过的那家就可以。”

“谢谢。”程恪咬着牙，虽然非常不愿意对江予夺说出这两个字，但还是习惯性地说了。

江予夺那边没有说话，也没有挂断。

程恪又等了两秒，那边还是一片安静，他犹豫了一下，挂断了电话。

上回去过的那家银行，就在江予夺家边儿上，说实话程恪对这里的印象非常不好，毕竟就在这个路口，他被莫名其妙地捅了一刀，伤口是好了，但仔细看，还能看到一条痕迹，估计完全消失还得一段时间。

给气卡充值倒是很简单，银行里有台机子，把卡插上就能充值了。

算是长了点儿常识吧，程恪从没想过生活里还有“给燃气卡充值”这样一道程序。

充值完毕之后他走出银行，下意识地又往路口那边扫了一眼，准备转身回去的时候又停下了。

他并不是个多么好心肠的人，刘天成阑尾炎住院他都懒得去探望，但这会儿他有点儿想去江予夺家看看。

因为跟阑尾炎这种明显没什么大问题的病比起来，江予夺突然没了声音的电话让他有些不踏实，总控制不住自己的想象——江予夺临死之时死撑着指点他如何买燃气，说完最后一句话之后连电话都来不及挂就死了……

他摇了摇头，不吉利。

阿弥陀佛。

他往路口走了过去，既然已经这么近了，就过去看一眼吧。

程恪认路比做各种家务强得多，虽然只来过一次江予夺家，但还是轻松找到了。

其实一路上他都很希望能碰上陈庆或者江予夺那些没事儿就巡街的跟班，让跟班的去看看江予夺怎么回事，比他自己这么跑过来要自然得多，不会太尴尬。

他站在江予夺家门口，先想好了如果江予夺啥事没有他应该怎样嘲讽，然后敲了敲门。

门里没有动静。

他又敲了两下，还是没听到里面有声音。

"江予夺？"他喊了一声，继续敲门，"在家吗？"

里头继续安静。

他突然有些紧张，敲门的力度加重了，频率也提高了很多，对着门咚咚咚一阵敲："江予夺！"

"谁？"里头终于传来了江予夺的声音。

"我，程恪。"程恪松了口气。

门打开了，江予夺站在门里。

"你没……"程恪说了一半的话被生生地卡在了嗓子眼儿里。

江予夺居然是光着的。

从上到下，没有一片布，就那么光着站在门里看着他。

程恪非常震惊，他这辈子还从来没在澡堂子以外看到裸奔能裸得这么镇定自若波澜不惊的。

江予夺跟他对着瞪了两秒钟之后，突然骂了一句粗话。

然后江予夺把门摔上了。

12

程恪瞪着自己眼前被摔上的门，一时之间有些反应不过来是该说点儿什么还是该默默等待，抑或是该转身走人。

“等会儿。”里面传来江予夺沙哑的声音。

“哦。”程恪应了一声，江予夺的声音听起来跟之前电话里的差不多，似乎更哑了，应该是病了？

程恪努力想把脑海里江予夺的裸体画面清理掉，以便回忆一下他是否面如菜色。

但是没有成功，毕竟这辈子第一次碰上有人光溜溜地给他开门，冲击力有点儿强，他努力了几次，眼前始终晃动着江予夺的裸体。

心里甚至没控制住发出了一条弹幕——

身材不错啊。

啊去他的！

程恪皱了皱眉，正想拿出手机平复一下心情，门又打开了。

前后也就不到五秒钟，对一个胳膊和腿都有夹板的人来说，穿衣服的速度有点儿超神……

“你！”程恪瞪着依然不着片缕站在门里的江予夺。

这次他依旧没能看清江予夺到底是不是面如菜色。

他第一眼看到的是江予夺胸口上的一道疤。

……这人身上到底有多少疤？

正反面儿居然都有疤。

"我穿衣服费劲，"江予夺说，"我就想先问一句，你是不是不知道燃气卡怎么充值？"

"不是！"程恪以超神的速度脱下自己的外套砸在了江予夺身上，"我已经充完值了！"

"那你跑这儿干吗来了？"江予夺接住他的衣服，挡在了身体前。

"我来看你是不是暴毙了！"程恪无奈。

"还没有，"江予夺退开两步，把门又打开了一些，"进来吧。"

程恪一丁点进去的想法都没有，现在他无比后悔自己同情心泛滥跑到这儿来受这样的刺激。

对面邻居家的门突然响了一声。

程恪吃了一惊，一个箭步冲进了屋里，反手就把门甩上了。

这场面要让邻居看到了，他别说跳进黄河了，跳进太平洋也洗不清，虽然邻居未必知道他是谁。

江予夺把他的衣服扔到沙发上，转身慢吞吞地往卧室走。

这速度，比起之前开门关门再开门要慢了五千七百多倍，程恪知道这是因为江予夺腿上有伤蹭得慢，但还是非常想过去推他一把。

"我以为是陈庆呢。"江予夺终于蹭进卧室之后说了一句。

"你耳朵堵了吗？我说了我是程恪！"程恪坐到沙发上，这个神奇的理由让他顾不上吃惊于江予夺居然可以以这样的形象接见总护法。

"我听到你说了，"江予夺说，"但我就以为是陈庆，你听不懂吗？"

"我……"程恪想说"我当然听不懂"，明明听到了"程恪"两个字，还能以为是陈庆，这种脑沟里种了大豆的思维谁能听懂？

话还没说完，他的手突然被一个毛茸茸的东西碰了一下。

耗子！

程恪瞬间从沙发上蹦了起来，蹦到空中的时候才想起来这应该是江予夺的那只猫。

回头往沙发上看，他果然看到了一只小猫正瞪圆了眼睛非常吃惊地看着他。

大概是被他闪电一般的速度惊呆了。

“我从来没见过怕老鼠怕成这样的老爷们儿。”江予夺说。

“我哪儿就怕了？”程恪转头，又迅速转开了，江予夺坐在床边居然还是光着的，内裤刚套了一条腿，他实在有些忍不住，又把头转了回去，指着江予夺，“您这衣服到底还穿不穿得上了？”

“我不是应该先穿裤子吗？”江予夺看着他，突然眯缝着眼笑了一下，“是不是挺羡慕的想多看几眼啊？”

“我走了。”程恪拿了外套准备走人。

外套拿到手上感觉重量有点儿不对，他低头看了一眼，发现那只猫不知道什么时候抱着袖子挂在了上边儿。

“下去。”程恪抖了抖衣服。

“你还没说你……”江予夺不知道是不是因为话说得有点儿多，这会儿说到一半嗓子哑得都快没声音了，“来干吗呢。”

“你自己听听你这动静，”程恪一边抖衣服一边叹了口气，“刚电话没挂你就没声音了，我就顺道过来看看是怎么回事儿，万一你死过去了我好报警。”

江予夺没说话。

程恪抖了半天也没能把猫抖下去，又不敢上手抓，怕这猫认生会挠他。

过了一会儿江予夺在后面说了一句：“谢谢啊。”

程恪转过头，看到他已经穿好了内裤以及一条运动裤，还是光着膀子，但视觉上终于能让人松口气了。

他突然说出这么真诚的一句谢谢来，让程恪有些接不上话了。

江予夺慢慢蹭过来，伸手从他衣服上把猫拎起来扔到了沙发上，然后问了一句：“没吃饭吧？”

“没，想煮俩鸡蛋的，不是打不着火了嘛。”程恪说完这句话突然就后悔了。

果然江予夺立马就拿起了桌上的手机，一边拨号一边说：“那一块儿吃。”

“不用了，”程恪挣扎着拒绝，“我还有事儿，一会儿出去随便吃点儿就行了。”

“有什么事儿？”江予夺抬眼看他。

“就……”程恪猛的一下居然编不出个合适的理由来，主要是他还没完全适应江予夺这种每次对客套话都认真对待，让场面一次次陷入尴尬的凶残态度，总是措手不及。

“你能有什么事？”江予夺哑着个嗓子边说边继续在手机上点着，“每天就去个超市，最远都没出过我地盘……”

“你跟踪我？”程恪吃惊得眼皮儿差点儿兜不住眼珠子。

“没，”江予夺说，“我说了，这儿是我的地盘，你这种可疑人物，我不跟踪也会有人天天跟我……”江予夺费劲地清了清嗓子，又咳嗽了两声，“汇报。”

程恪不想说话了。

“大斌，”江予夺打通了电话，“帮我去听福楼买两份早点……我没事儿，嗯，送我家……随便，你看着买。”

江予夺打完电话，点了根烟，坐到了椅子上，跟程恪面对面地瞪着。

“我真不吃。”程恪说。

“那你看着我吃。”江予夺说。

“……你总这样吗？”程恪已经气不起来了，只感觉被江予夺的神经病状态深深折服。

“哪样？”江予夺说出这两个字的时候没了声音，只能靠气声和口型猜测。

“算了，你别说话了，”程恪叹气，“我听着费劲，想打人。”

江予夺笑了笑，没再说话，把跳到桌上的猫抓了过去，放在腿上搓着。

程恪并不想盯着江予夺光着的上身看，但他的那条疤，实在是有些拉风，移开目光有些困难。

程恪还是没忍住问了一句：“你每次打架，是不是都奔着火葬场去的啊？”

“嗯？”江予夺愣了愣，又低头看了一眼自己胸口，笑了起来。

“这得是抡着四十米大刀砍的吧。”程恪叹了口气，不知道背着一身伤疤的江予夺怎么还笑得出来。

“就这片儿，”江予夺笑完清了清嗓子，但嗓子依旧是哑的，“打个架谁能把我打成这样？”

“好大的口气，”程恪很不屑，“我要没看着你那对夹板差点儿就信了。”

“那不一样，这儿没人敢跟我动刀，”江予夺掐了烟，顺手抓过旁边一件T恤开始往身上套，“这些都是小时候弄的。”

程恪愣了愣，没有说话。

江予夺一条胳膊穿衣服有点儿费劲，套了半天还在衣服里挣扎，自打胳膊伤了以后，他每次穿脱衣服都能折腾得想把衣服都撕了，也不知道昨天是怎么把衣服脱下来的……

“过来帮我扽一下。”他从领口里露出一只眼睛看着程恪，“眼里还能不能看到点事儿了啊？”

一直瞪着他发呆的程恪皱了皱眉，起身过来抓着他的手，帮他把衣服拽了下去：“没人在旁边的时候你怎么穿的？”

“你要现在说你不是人，”江予夺说，“我就自己穿。”

程恪顿了顿，又抓住了他的手，把他已经套好的衣服又拽回了胳膊上：“我不是人。”

“你跟隔壁那个三岁半的小孩儿是一个班的吧……”江予夺想吼一声，但是嗓子不太配合，后面大半句都没了声音。

“你是不是感冒了？”程恪问，“没去医院看看吗？”

江予夺挣扎着把衣服重新套回了身上：“不去。”

不去医院。

他想到医院就犯恶心。

打夹板的时候去那一次他就做好几次噩梦，换药都没再去，一直在社区小诊所让人弄的。

穿好衣服之后，他又盯了程恪几眼，看程恪没有强行走人的意思，这才重新点了一根烟叼着。

“就你这抽烟的频率，”程恪说，“估计得准备好学学哑语了。”

江予夺正想说话，突然余光看到窗户外面有个影子晃了一下，猛地站了起来，冲程恪竖了竖食指让他不要说话，然后悄无声息地两步蹦到了窗户边儿上，从窗帘缝里往外看了看。

外面现在人不少，今天是周六，休息的人都这会儿了才开始出门。

江予夺迅速从自己视野范围最远的地方开始搜索，却只看到了一个闪进斜对面通道里的背影。

又是这条通道。

两次了。

他慢慢离开窗户之后，程恪才低声问了一句："你这腿，夹板是个饰品吧？"

"不是。"江予夺坐下，刚蹦这两下，他小腿就有点儿发酸，不过问题不大，本来这几天就可以拆夹板了。

其实今天拆都行，他只是觉得上着夹板心里踏实。

受了伤就不容易再受伤。

……被吊柜门撞不算。

大斌的声音从窗户外头传了进来："三哥，我来了。"

"嗯。"江予夺应了一声，大斌是他所有小兄弟里最聪明的，也是唯一经过窗口会先出点儿声音让他知道的。

他正要起身去开门，程恪已经站了起来，过去把门打开了。

"恪哥？"大斌有些吃惊地跟程恪打了个招呼，"我以为三哥吃两份呢。"

"买什么了？"江予夺问。

大斌一听他这声音就顿住了，像是想问什么，但还是没问，把两个打包袋放在了桌上："我看着好吃的都买了点儿，分不了两份，就只是装了两袋而已。"

"没事儿。"江予夺从钱包里抽出钱给他。

"多了，三哥。"大斌说。

"那你给我找钱？"江予夺问，"还是给我个收款码扫一下啊？"

"那太难看了，"大斌笑了起来，"我收着了，下回给你买夜宵。"

"你一块儿吃点儿吗？"江予夺问。

"不了，"大斌说，"我一会儿跟庆哥吃吧，我今天上他们店面试去。"

"那你赶紧去吧。"江予夺挥挥手。

大斌走了之后，江予夺坐到了桌子旁边，看了看还在旁边看着喵玩塑料袋的程恪："吃吧，用我喂你吗？"

"这猫有名字吗？"程恪坐到了他对面。

"喵。"他把打包袋打开，把里头一盒一盒的吃食拿了出来，都是热气腾腾的，看着很舒服。

程恪看着他没说话。

"就叫——'喵'。"他只得又解释了一下。

“……哦，”程恪点了点头，“这泯然于众猫的名字。”

“‘咪咪’才泯然于众猫。”江予夺把一屉流沙包推到他面前，“这个比别的地方的小，但是很好吃，你吃吧。”

“我尝俩就行，”程恪说，“吃不下那么多。”

“这包子还没我那个地方大呢，”江予夺说，“你就吃俩？”

程恪去拿包子的手停在了空中，过了好几秒才抬眼看着他：“你能不能，不要在吃东西的时候，用这种部位来类比？”

“你怎么这么矫情？”江予夺看着流沙包，想了想重新说了一遍，“都没一个乒乓球大。”

“我已经不想吃了。”程恪说。

“那你吃别的吧，”江予夺把流沙包拿到自己面前，又把一盒叉烧酥推了过去，“这个也好吃。”

程恪夹了一块叉烧酥。

江予夺拿了个流沙包要吃的时候，程恪又说了一句：“你现在会不会有吃自己那个部位的错觉？”

江予夺的手停在了空中，看着程恪。

程恪咬了一口叉烧酥：“这个我好像吃过，是听福楼的吗？”

“不会。”江予夺说。

“嗯？”程恪看着他。

“你，”江予夺趴到桌上，往他那边凑了凑，压低声音，“能咬着那个地方？很厉害啊少爷。”

江予夺虽然跟程恪打过一架，知道这人肯定练过，但说实话，程恪平时看着强，战斗力其实挺弱的，他时不时会忽略掉自己曾经被程恪揍得眼角发青的事实。

程恪以他根本没看清的速度一把抓着他的头发把他的脑袋哐的一声按在桌上时，他才猛地想起来，这人是有战斗力的，而且挺强。

“我请你吃早点，”江予夺侧着脑袋贴在桌面上，看着眼前的一盒凤爪，“你就这么对我？”

“我让你请了吗？”程恪按着他脑袋没松手。

“反正你也没走啊，”江予夺说，“你要想走，我现在这样子拦得住？”

“你……”听声音程恪似乎非常震惊。

接着他的手就松开了，江予夺抬起头的时候，程恪已经站了起来，一边穿外套一边往门口走了过去。

“唉！”江予夺叹了口气，他其实并没想要跟程恪戗，特别是在程恪专程过来看他死没死这种感天动地的情况下。

只是他俩说话总不太对得上频道，他一直以为自己只是跟陈庆对不上频道，没想到跟程恪也这样。

他跟着站了起来，伸手想拉住程恪，虽然他还没有完全相信程恪出现在这里真的没有什么目的，但他还是想跟程恪保持一种友好的关系，如果真有什么不对，他更容易觉察。

不过大概是站得有点儿猛，加上一直没怎么睡好，刚才还被人用脑袋砸了一下桌子……他在站起来的一瞬间就什么也看不到了，而且晕得厉害。

程恪回过头的时候，江予夺目光茫然地往他这边踉跄了两步，他条件反射地在江予夺要撞到椅子上的时候扶了一把。

“怎么了？”程恪皱着眉问了一句。

“起猛了。”江予夺说。

程恪刚想松手，却看到了江予夺一脑门子的汗，豆大的汗珠在他转身走人之前还没有，就这么十几秒……

“你这不是起猛了吧？”程恪顿时紧张起来，“你先坐下！”

江予夺往沙发那边晃了一下，程恪架着他胳膊把他半扶半拖地弄到了沙发上坐着。

“叫陈庆，”江予夺嗓子哑得厉害，“不去医院。”

“什么？”程恪有点儿没听清。

“陈庆。”江予夺皱着眉，看上去不太舒服。

“知道了。”程恪在他脑门上摸了一下，摸了一手汗，又顺手在他衣服上擦了擦，不烫，不是发烧。

“你干啥？”江予夺说。

“你的汗，难道擦我身上吗？”程恪转身拿过了江予夺放在桌上的手机。

手机桌面是名字不泯然于众猫的喵的照片，拍得还挺好的，阳光下闪着光的小毛脸。

不过程恪没有心情细看，点开了通话记录，没看到陈庆的名字，第一眼看到的是“程·弱智·恪”。

程恪骂了一句，继续翻找：“是这个‘天王盖地虎’吗？”

“嗯。”江予夺拧着眉应了一声。

程恪拨了天王盖地虎的号，那边响了几声就接了起来：“三哥。”

“我，程恪，”程恪说，那边陈庆没了声音，估计是反应不过来，程恪补充了一句，“积家。”

“啊！”陈庆挺震惊，“你怎么拿着他手机？”

程恪看了一眼江予夺：“我在江予夺这儿，他好像……”

“你干什么了？”陈庆突然吼了一声。

“我什么也没干，他好像……”程恪皱着眉，话说到一半又被陈庆打断了。

“你什么也没干他手机为什么在你那儿？！”陈庆吼。

“你什么毛病？”程恪火了，“我把他捅了，你现在马上过来，晚了我就把他乱刀戳死！”

陈庆沉默，不知道是不是在找回智商，两秒钟之后他终于不再怒吼，声音里带着喘，像是在跑：“他怎么了？”

“好像很晕，嗓子也是哑的。”程恪说。

“我马上到马上到，”陈庆一连串地说，“你别送他去医院别去医院别去医院，他去了医院能再晕一回。”

“知道了，我现在要做点儿什么吗？”程恪问。

“不用，你守着他就行，他就是晕，老毛病了，茜姐猜他可能是那个什么美丽的事的毛病，不过没去看过医生也不知道，”陈庆跑得声音都带着风，“我马上就到，我开车过去。”

程恪不知道他在说什么，只能又交代了一句：“注意安全。”

挂掉电话之后，程恪在桌子旁边愣了一会儿，拿了把椅子坐到了沙发边上，看着已经躺到了沙发上的江予夺：“喝水吗？”

“不。”江予夺闭着眼睛说了一声。

“哦。”程恪清了清嗓子，不知道自己这会儿应该干什么，他没有碰到过这种场景，无论谁病成这样都不会在家里挺着，他顶多是站在病房里看着大夫和护士忙活。

但就这么一直沉默，显得有些敷衍，有种真的是他把江予夺捅了的尴尬感。

“吃点儿什么吗？”程恪强行又问了一句。

江予夺没出声，轻轻叹了口气，过了一会儿才开了口：“你不用没话找话，你犯晕的时候我让你吃东西你吃得下吗？”

“吃不下。”程恪如实回答。

“所以闭嘴。”江予夺说。

程恪不想跟个病人置气，没出声，只是看着江予夺脑门儿上再次冒出来的大汗珠子有点儿心惊，他扯过沙发上的一条毛巾把江予夺脑门儿上的汗擦了擦。

“那是我擦猫的。”江予夺说。

程恪看了看旁边的喵，没忍住乐出了声，这种时候笑出声音来实在有些不像话，他赶紧收了：“不好意思。”

江予夺扯了扯嘴角，算是笑了一下。

他笑完又说了一句：“我不去医院。”

“嗯，知道。”程恪看着他。

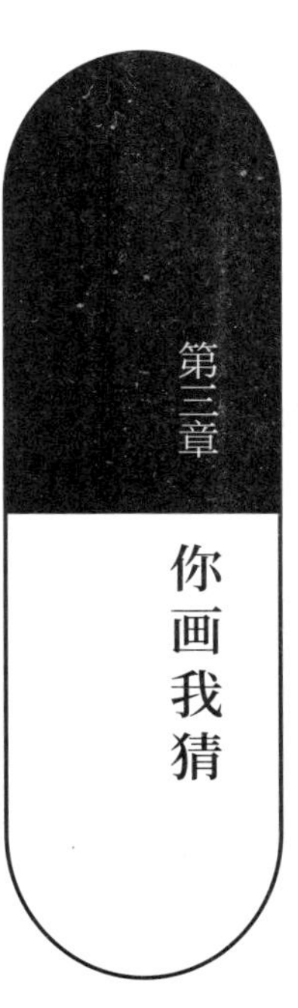

第三章 你画我猜

13

江予夺没有再说话，闭着眼睛躺在沙发上，脑袋枕着胳膊，看上去像是睡着了。

不过程恪只要看看他皱紧的眉头和一直在动的睫毛就知道他并没睡着，而且应该是不太舒服。

美丽的事？

程恪不知道陈总护法说的是什么，不过用手机随便打上“眩晕美”就能看到了，美尼尔氏综合征。

虽然陈庆说只是猜测，没去医院看过，他还是把这个病的相关介绍看了一遍。

突发，发作的时候病人不敢睁眼，不能翻身……需要静卧，不能急躁，清淡低盐饮食……忌用烟、酒、茶……

他感觉如果真是这毛病，江予夺大概也就做到了静卧这一项，静卧还是因为没法动弹。

猫趴到了江予夺胸口上，江予夺没动，只是眉头皱得更紧了，程恪赶紧伸手把猫拿了下来，放到旁边。

但是猫很快又要往上爬，程恪又把它拿开，猫非常执着地再次跳到江予夺身上，程恪只得把猫抓过来放在了自己腿上。

“喵有笼子吗？”程恪问。

江予夺哼了一声，不知道哼的是个什么。

程恪起身在屋里转了转，找到了一个环保袋，把猫放了进去，挂在了椅背上，他自己都不知道为什么要这么干，大概是太无聊了。

但神奇的是，猫被放进去之后，只是扒着袋口往外看了两次，就团在底下不再动了。

程恪坐回沙发旁继续看着江予夺。

这种感觉挺诡异的。

他从来没有这样看护过病人，何况他跟江予夺并不熟，就这么沉默着坐在这里，怎么都有点儿别扭。

但看着现在江予夺跟平时嚣张恶霸有着天壤之别的可怜蛋模样，他又想叹气，特别是之前江予夺说了句“谢谢啊”。

他没得过严重的病，也就偶尔感冒什么的，在家里就算是个废物，也随时能叫到人，想吃什么也马上会有人给做，不会觉得无助。

是吧，就是无助。

不知道为什么，江予夺的那句“谢谢啊”和那句“不去医院”，都让他觉得眼前的这个人很无助。

想想又觉得也许是自己敏感了，程恪笑了笑，自己现在的心境不同了，直到现在，他还没能完全适应生活天翻地覆带来的变化。

门被很轻地敲了几下，应该是陈庆来了。

程恪站起来准备过去开门，一直皱着眉满脸汗珠的江予夺说：“先看。”

“嗯？”程恪愣了愣才反应过来，“哦。”

他真有点儿想不通江予夺这个人，看不出来他的生活里还会有什么危险。

不过他还是按照江予夺的要求，先凑在猫眼上看了看。

“是陈庆，”他确定了外面是总护法，伸手开门的时候补充了一句，“他一个人。”

“嗯。”江予夺应了一声。

门刚打开一条缝，陈庆就从门缝里挤了进来，程恪一直觉得陈庆挺瘦的，但没想到这么不占地儿。

“三哥，”陈庆一脸担忧，跟没看着程恪似的直接扑到了沙发旁边，“我来了，怎么样？”

“晕。”江予夺说。

“多久了？”陈庆转头看着程恪。

“呃……”程恪赶紧拿出手机，“就从给你打电话那会儿开始晕的，大概四十分钟？”

“那还得一会儿。”陈庆去浴室里搓了条湿毛巾出来擦了擦江予夺脸上的汗，然后站在沙发旁边，低头看着江予夺。

“一般晕多长时间啊？”程恪走过去，轻声问。

“不一定，”陈庆说，“有时候半小时就过去了，有时候几个小时都动不了。”

“哦。”程恪点了点头，心想，那你是怎么知道还得一会儿的？不过他并不想追问，毕竟对方是陈庆。

说完这几句话之后，屋里再次恢复了安静。

江予夺是没法说话，他和陈庆是没什么可说的，其实程恪这会儿有点儿想走了，他跟江予夺没熟到病床前伺候的程度，而且陈庆已经来了，明显陈庆非常熟悉江予夺的这个毛病。

但眼下这种安静，又让他找不到开口的契机，这会儿开口说什么都有点儿突兀。

“你俩，”江予夺很艰难地开了口，“别跟这儿默哀。”

“什么？”程恪看了一眼陈庆。

“遗体告别呢？”江予夺眼睛睁开了一条缝，又很快闭上了。

“瞎说什么？！”陈庆回过神，喊了一嗓子。

“你有病吗？”江予夺估计是被吓着了，手都抖了一下，咬牙骂了一句。

“那积……恪……”陈庆转头看着程恪，程恪从他的面部表情看得出他正努力地在脑子里寻找某个名字。

“程恪，”程恪帮他说了，“你实在改不过来的话，积家就积家吧，别费劲了。”

“你可以走了。”陈庆说。

“……好。”程恪觉得陈庆能跟江予夺关系这么近，一定是因为他俩异曲同工的说话方式。

他拿过外套，往门口走过去的时候，陈庆才好像突然奇迹出现般地回过神来："辛苦你了啊，谢谢。"

"不客气。"程恪说。

"早点是不是……"陈庆走到桌子旁边，很利索地把基本没动的早点收起来装进了袋子里，"都还没吃呢吧？你带着吧，回去热热吃，中午都不用做了。"

"不用了。"程恪赶紧说，这些东西尤其是那盒流沙包，他实在是不想吃。

"为什么？"陈庆问。

"什么为什么？"程恪说。

"你都没吃早点呢，为什么不拿着？"陈庆说。

"我……"程恪再次陷入找不出借口的艰难里。

"拿上走，不想吃出门扔了，"江予夺哑着嗓子，声音透着痛苦，"别在这儿推，我要诈尸了。"

程恪接过了陈庆手里的两兜吃的，拎着出了门。

不过他没有在门口把这些东西扔了，他有点儿饿，这些就不浪费了，就算不吃流沙包，也有很多别的。

快走到楼下的时候，他远远就看到了楼道口停着一辆没熄火的路虎。

车牌尾号888。

程怿的两辆车，尾号都是888，程恪一直不明白，一个年轻人，为什么会这么迷信。

也许是因为家庭氛围，老妈每天阿弥陀佛的……

走到车旁边，看到司机拉开副驾车门，程怿从车上下来的时候，他才猛地收回了思绪。

"你怎么在这儿？"他看着程怿。

"你不联系我，也不回去拿东西，"程怿说，"我只能帮你把东西送过来啊，都是每天要用的，怕你不顺手。"

"我是问你怎么知道我在这儿的！"程恪又说。

"你是我哥，"程怿说，"你在哪儿我还能不知道吗？"

司机把车熄了火，又下车走了过来，面无表情地冲程恪很随意地点了点头："大少爷。"

程恪没出声，也没看他。

这个司机叫何远，跟了程怿好几年，不算是程怿的心腹，程怿没有心腹，他谁也信不过，但何远算得上非常了解程怿，也很能跟他站在一条战线，程怿不能表现出来的态度，何远都替他表现出来了。

“把东西拿上去。”程怿说。

何远打开了后备厢，后排的座位都放下去了，码着几个大箱子，不知道装着什么，没搁箱子里的倒是一眼就能看清。

他的电脑、沙画台、没用完的沙子，还有他最喜欢的那把椅子……

不知道为什么，程恪看到这些东西的时候，猛地有一种被撕掉衣服放在大街上展览的尴尬和羞耻感。

这些东西都在他的卧室和书房里，单拿出来看，每一件物品都是普通的，可以被人看到的，但这些东西是属于他的，一旦有了这一层关系，这些东西再被这样展示出来的时候，就有了完全不同的感受。

程怿进了他的房间，不，不止程怿，何远肯定也进去了，毕竟程怿不会亲自动手去搬东西，说不定还有别的什么人。

这些人在他的房间里走动，四下看着，把他的东西一件件拿起来……

“我不要。”程恪说。

“你能不能现实点儿？”程怿看着他，低声说，“这些东西你要用的，总不能全部重新买吧？得花费多少？你现在不能还像以前一样完全不考虑钱的问题吧？”

程恪没有说话，皱眉看着他。

“我知道你不喜欢我进你房间，”程怿说，“这么多年我也没进去过吧？你这么一走，也不跟人联系，我能怎么办？我不进去把东西给你搬过来，你指望爸去帮你搬吗？”

“我再说一遍，”程恪说，“这些东西我不要，我也不需要谁帮我送过来，我出门的时候什么样，就是什么样。”

程怿看着他，眼神一点点冷下去，过了一会儿才又笑了笑：“电脑总得拿上吧，这么私人的东西也不要了？”

“我不是你，”程恪眯缝了一下眼睛也笑了笑，“我的电脑里没有什么需要保密的私人内容。”

程怿嘴角的笑容消失了，盯着他看了一会儿，转身冲何远挥了挥手：“去垃圾站。”

何远关上了后备厢的门，帮程怿拉开副驾车门。

程恪转身走进楼道。

“程恪，”程怿在后面叫了他一声，“长这么大，我第一次看到你这么有出息，希望你挺得住，不要让我看到你回头去求爸让你回家。”

程恪没回头，脚步没有停，进了楼道之后也没去按电梯，直接推开消防通道的门走了进去。

他不知道程怿是怎么知道他住在这里的，不过程怿应该还不知道楼层，楼下的保安嘴很严，没有他的允许，不会告诉陌生人他的房号。

虽然他不知道为什么不能让程怿知道他具体住在哪一层，知道了又能怎么样……但他还是选择了步梯。

大概是被江予夺传染了？

神经病的传染性这么强……

消防通道里有些憋闷，隔几天保洁员就会清扫一次，但还是能闻到空气里灰扑扑的水泥味儿。

他偏过头，虽然有窗，但从窗口看出去只能看到另一栋楼的侧面，低头抬头，从地到天的一堵灰墙。

收回目光，昏暗里同样是灰色。

程恪叹了口气，一步步往上走。

这是他长这么大第一次徒步走上 16 层，还拎着两袋早点。

挺累的，膝盖有点儿酸，但他中途没有停，怕停了就不想再动了。

为什么不去坐电梯呢？

不知道，万一程怿还在外头等着看电梯上的数字呢？

他笑了起来，神经病啊。

走到门口的时候，他松了口气，总算是到了，但掏出钥匙之后，他感觉身上一下没了力量。

明明只需要把钥匙戳到锁眼儿里拧一下，他就可以进门，扑到沙发上休息，然后热一热袋子里的东西，吃完就可以睡觉了，但他靠在门上，怎么也不想再动了。

就抬这一下手，他都不愿意了。

他一直觉得，程怿无论怎么样都不会再对他有什么影响，但事实是，程怿再一次把他拉回了一个多月之前。

整个人丧气得像是刚从家里出来的那一天。

程恪用脑门儿顶着门，低声骂了一句。

好几分钟之后，他才打开门进了屋。

这种时候应该强迫自己打起精神来，新生活再怎么不如意，也已经开始了，过得好、过得不好都是自己决定的。

把气卡插上，然后加热一下已经凉了的食物……怎么加热？不知道，然后吃，吃完了睡一会儿，起床之后……

起床之后做什么呢？

程恪躺在沙发上闭上眼睛，算了吧，插什么卡、加什么热，吃个毛线啊，直接睡吧。

什么新生活。

逗呢。

程恪觉得以自己现在的状态，睡到明天下午应该没什么问题。

但他判断失误了，他连一秒钟也没睡着，就闭着眼死撑着，后脑勺和后背一片酸麻，他不得不坐了起来。

他看了一眼手机，撑了两个小时，也算是个强人了。

他顺手点开了电话本，在联系人里来回扒拉了几下，最后点了许丁的名字。

“晚上出来喝两杯吧。”程恪说。

“晚上啊？”许丁顿了顿，“行，在哪儿？”

“不知道，还是我这边儿吧，我懒得跑了，还得打车，”程恪说，“你定个地方。”

“行，”许丁说，“我去接你吧，到小区门口给你打电话。”

“嗯，”程恪顿了顿，“你跟没跟……”

话说了一半他又打住了，许丁不是那样的人，而且许丁并不知道他租的房子在哪一栋。

“小怿知道你住哪儿了？”许丁非常敏锐，马上问了一句。

“他刚在楼下等我，”程恪有些不好意思，“我没别的意思，就是不知道他怎么能找到楼下的。”

“我要想查也能查到，”许丁笑了笑，“你跟小怿真不像两兄弟啊。”

“……是吗？”程恪叹了口气。

挂掉电话之后程恪查了一下怎么热食物，最后选择了微波炉，因为打包盒上的标志是 PP5，可以进微波炉。

他把吃的随便塞了几盒到微波炉里，对自己居然知道这样的生活常识有些意外，他都不记得自己是从哪儿看来的了。

这台微波炉他今天是第一次用，本来想去找说明书先看看，但看了一眼按键之后，他发现这台微波炉对废物非常友好，每个按键上都写着字。

他研究了一会儿，选择了“热包子”。

真是太友好了。

加热好的食物热气腾腾，没有干，也没有煳，更没有炸……

程恪打开了电视，坐在沙发上慢慢吃着。

听福楼的早茶他挺久没吃了，但是味道还记得，吃着有种突然陷入回忆的错觉，明明他没什么可回忆的东西。

也许仅仅是对味道的记忆吧，比如这个凤爪，比如这个虾饺，比如这个流沙包……

程恪看了一眼自己手里的流沙包，已经咬了一半，确切地说，这是他吃的第三个。

他放下了这半个流沙包。

其实他并不矫情，吃饭的时候不说那些内容只是因为教养，实在要说了，他也不至于吃不下去，关键是，他看到了。

这种直观的印象一旦跟手里的食物有了关联，那就不一样了。

想到江予夺，他叹了口气，不知道江予夺现在怎么样了，也许还在晕着，也许已经让陈庆气清醒了。

“茜姐还说要买什么来着？”江予夺看着货架上的东西。

“芝麻酱、甜面酱，”陈庆推着购物车，“还一个什么酱来着？豆瓣酱？”

“随便吧，她开酱铺呢，回回都买一堆酱，”江予夺随手拿了几瓶酱，“都拿几瓶得了。”

“你跟她说了我去蹭饭了没？”陈庆问。

“说了，”江予夺往收银台走，“今天的事儿别跟她说。”

“嗯，放心吧，”陈庆说，“不过你这次发作是不是没休息好？老觉得你这阵儿缺觉。”

“大概吧，”江予夺说，“也没什么规律，反正过了就没事了，也没准儿是让你气的。”

“积家肯定吓得不轻，他估计没见过这种场面。”陈庆说。

“拉倒吧，你过来的时候就跟我要出殡了一样，我都怕你当他面儿哭出来。”江予夺在收银台旁边拿了两盒清凉糖，晕劲儿过了之后，嗓子也好多了，不过还是有点儿不舒服。

“那我不也咬牙挺住了没哭吗？”陈庆说完想了想，“……我也没想哭啊。”

在卢茜这儿蹭饭是件挺舒心的事儿，什么也不用管，江予夺只需要跟陈庆还有四条狗一块儿瘫在沙发上看一小时电视，就可以吃饭了。

吃完了饭他们可以继续一块儿瘫在沙发上瞎聊。

在卢茜这儿，他是最放松的，也不会老想着外面有没有人跟着他。

他本来想着吃完饭就回去，但放松下来待了俩小时也不想动。

一直到卢茜赶他俩走了，他才起身跟陈庆一块儿下了楼。

“明天我休息，”陈庆上了车，“我陪你去把板子拆了吧？医生不是说可以拆了吗？”

江予夺没说话。

不想拆。

突然就有种不太踏实的感觉，他转头看着车窗外不断往后闪的灯影。

“我明天过来接你？”陈庆又问。

“嗯。”江予夺应了一声。

快到家的时候，手机在他兜里振了起来，他把手机掏出来，屏幕上显示“程·弱智·恪”。

“谁啊？”陈庆问。

“积……程恪。”他接起了电话，“喂？”

“你没在家啊？”程恪的声音传了出来，不知道为什么，听着有些垂头丧气的。

“快到家了，”江予夺说，“你又怎么了？”

“又？”程恪顿了顿，“算了。”

“嗯？”江予夺有点儿莫名其妙，“什么？”

程恪挂掉了电话。

“什么毛病？”江予夺把手机拿到眼前看了看。

“他怎么了啊？”陈庆问。

“不知道。”江予夺皱了皱眉，把手机放回了兜里。

车转进小路，他习惯性地往两边人行道上扫了一圈，没有看到什么可疑的身影，但看到了程恪。

“那是积家吗？”陈庆指了指右边的人行道。

“是，”江予夺伸手按了一下喇叭，“过去。”

程恪正慢慢地跟他们反方向地走过来，顺着人行道的道沿儿溜达着，对喇叭的声音没有任何反应。

陈庆把车停在了路边，车灯晃到了程恪的脸，他只是抬手挡了一下就继续往前走了。

“哎，这种人，我要不是认识他，今儿肯定就抢他了，”陈庆又按了一声喇叭，“警惕性都不如你隔壁那个小孩儿。”

“一会儿我就带你劫道去，实现你多年的梦想，你今儿晚上不给我劫一个你看我怎么抽死你。”江予夺打开车门，一把拽住了正好走到车门旁边的程恪：

“这位少爷梦游呢？”

程恪这才猛地抽出胳膊抬起了头。

江予夺闻到了他身上有酒味儿：“喝蒙了吧？”

“没。”程恪说。

“找我干吗？”江予夺问。

程恪扶着车门看着他，像是在下决心，好一会儿才咬牙说：“我出门忘带钥匙了。”

“钥匙都能忘了带？”陈庆在车里吃惊地问了一句。

“我长这么大，”程恪皱了皱眉，“就没有出门要带钥匙的概念。”

“哦，”陈庆愣了愣，“你们小区治安不错啊，都不用锁……”

江予夺反手拍在了陈庆脑门儿上，把后面的话拍了回去，冲他说了一句：“先上车。”

程恪拉开后门坐到了车上。他已经顶着风走了老半天，人都快吹透了，感觉自己就等江予夺这句话了。

不过车一开起来他就感觉晕得想吐，赶紧又把车窗打开了一条缝。

之前许丁叫了代驾送他回去的时候他还没什么感觉，这会儿不知道是因为酒劲儿上来了还是因为吹了风，有点儿难受。

“你喝酒了？”陈庆在前面问。

“嗯。”程恪应了一声。

“挺牛啊，一身酒味儿了，脸上愣是一点儿也看不出来，”陈庆回头看了一眼，“你是不是把酒倒身上了？”

“安全驾驶记心间。”程恪说。

“开你的车。”江予夺没回头。

他平时喝这点儿酒也不会有这么大反应，今天主要是因为空腹喝了。

程恪叹了口气，他叫了许丁出来喝酒，但也许是这一个多月的时间对他来说，有些太久了，他已经忘了对于以前一块儿玩的人来说，喝酒就是喝酒，不包括吃饭。

直到过了饭点许丁都还没来接他的时候，他才想起来。

等他想把那些从早上吃到中午还没吃完的早点热一下吃了的时候，许丁已经到了小区门口。

他只得放弃吃东西，直接出门，而且没好意思跟许丁说自己没吃晚饭。

严格来说他已经没有朋友，宽松点儿说，他也就许丁这么一个朋友了，实在不愿意给许丁留下叫人出去喝酒结果忘了吃饭的愚蠢印象。

空着个肚子跟许丁喝了俩小时，中间就吃了一块小蛋糕，由于还顶着许丁“你现在挺能吃啊”的感慨，他没好意思再吃一块。

早知道没拿钥匙还得在街上溜达半天，他怎么也得吃个三块五块的。

郁闷。

程恪胳膊肘撑着膝盖，手捧着脸搓了搓，有点儿晕。

陈庆把车开到了江予夺家，程恪下车的时候还有点儿紧张，怕自己晕得腿软直接跪地上。

还好，他站得挺稳。

进了屋之后，身上一直因为寒冷而紧绷的肌肉才猛地松弛下来，加上有点儿晕，程恪差不多是把自己砸到沙发上的。

正在沙发上坐着的喵被他这一砸吓得直接蹦下沙发蹿进了柜子底下。

“怎么着？”陈庆站在旁边问，“他今儿晚上睡沙发？”

“嗯。”江予夺应了一声。

程恪听得愣了愣：“什么？”

“你不是没拿钥匙吗？”陈庆说。

“江予夺不是有钥匙吗？”程恪问。

“钥匙还给他姐了。”陈庆说。

“啊？”程恪看着江予夺。

“你不是……让我不要随便进你房子吗？东西我拿出来了，”江予夺说，“钥匙就还给卢茜了。”

程恪觉得江予夺的这个逻辑非常感人：“钥匙是有毒吗？你拿着就得进我屋？不进我屋就不能拿钥匙啊？”

“嗯。”江予夺点点头。

“那现在还要去问你姐拿钥匙？”程恪叹了口气。

江予夺没说话，拿起手机看了一眼，陈庆也拿出手机看了看：“快12点了，不行，不能去了。”

“为什么？”程恪问。

“会被骂死，”陈庆说，“我俩反正是不会去的，也不是不会去，是不敢去……”

陈庆的手机响了，他进了卧室接电话。

“要不你……”江予夺指了指沙发，“我明天一早过去拿钥匙给你。”

程恪愣了好半天，他对睡眠环境要求不严，但是在并不太熟的人家里睡沙发，还是有点儿难以接受，最后他往后一靠，闭了闭眼睛：“算了，我去酒店开个房吧。”

“哦，”江予夺又往窗外指了指，“那边有个……”

“我先走了啊，”陈庆从卧室走了出来，“我回店里，我们经理查岗呢，今天我值班。”

江予夺冲他挥了挥手。

“他要住酒店？”陈庆一边往门口走一边问。

“嗯。”程恪闭着眼睛应着。

“穷讲究，”陈庆说，“路口有个招待所，还挺干净的。”

“你管招待所叫酒店啊？”江予夺说，“赶紧闭嘴走。”

“走了，明天过来接你拆板子，”陈庆打开门，出去之前补了一句，“你给他准备个桶吧，我怎么感觉他要吐。”

门关上之后，程恪还是闭着眼睛，但是能听到江予夺走到了他旁边，似乎是在看他。

他睁开眼睛，看到江予夺果然正弯腰看着他，他搓了搓脸：“我不想吐，我就是……有点儿渴，有水吗？”

“有。”江予夺说。

“谢谢。”程恪说。

说完之后他俩就开始了对视，大概五秒钟之后，江予夺说：“自己去倒，等谁伺候你呢？”

“……不好意思。”程恪站了起来，走到了饮水机旁边，他的确是习惯了，虽然不会没事儿就叫人帮他倒水，但眼前这种情况他一般都会叫家里阿姨。

江予夺靠在桌子旁边，抄起跳到桌上的喵抱在怀里揉着毛，看着站在饮水机前的程恪。

“就一个杯子。”他说。

“嗯，我也就一个杯子，”程恪拿起了他的杯子，“你用啤酒杯喝水啊？”

“怎么，你是想让我给你找个红酒杯喝水吗？”江予夺说。

程恪没说话，拿着杯子，弯腰看着饮水机，大概是因为晕，弯腰的时候还用手撑了一下墙。

“会用吗？”江予夺问，“红的热水，蓝的凉水，推进去就能出水。”

程恪撑着墙回过头，一字一句地说：“我，会，用。”

江予夺笑了笑：“我以为你平时都喝瓶装水呢，上回去你那儿，看到一堆瓶子。”

“那会儿还没装直饮机。”程恪接了一杯水，仰着灌下去了大半杯。

“你装了直饮机？”江予夺一挑眉毛，“怎么没跟我说？”

“这也要说？”程恪瞪着他。

“我说了，动那个屋里任何一样东西都得跟我说。”江予夺说。

“装直饮机也不用动什么东西啊，”程恪说，“就装洗手池下面，从洗手池沿那个洞把龙头接上就行了。”

“哦。”江予夺点了点头，程恪一本正经解释的样子让他有点儿想笑。

“你玩我呢？”程恪说。

“没，”江予夺说，“我又没用过那玩意儿，不知道是怎么装的。”

“我也不知道，反正没动别的，”程恪走回沙发旁边坐下，“不喝热水的话，用那个挺方便的。”

“嗯。”江予夺放下猫，进了卧室准备拿了换洗衣服去洗个澡，虽然胳膊上腿上都还有夹板，但已经不太影响活动了，主要是今天发作出了一身汗，不洗澡太难受了。

“我走了，”程恪似乎有些尴尬，看了一眼他手里的衣服站了起来，“我刚就是有点儿晕。”

“我没赶你走，”江予夺说，“你可以不晕了再走。”

“不晕了。”程恪点点头，“明天你拿了钥匙给我打个电话吧，我过来拿。”

“嗯。”江予夺笑了笑。

程恪打开门走了出去，关门声很轻，离开的脚步声也很轻。

江予夺拿了手机走到窗户旁，从窗帘缝里往外看，想看看程恪一分钟之内能不能想起住酒店需要身份证。

程恪出了门，顺着路走了几步，弯腰咳嗽了两声，又把外套领子竖起来，拉链拉到了头，然后快步往前走了。

一分钟之后江予夺没看到他回头。

江予夺叹了口气，拨了程恪的号码。

“怎么了？”程恪接了电话。

“你带了身份证吗？”江予夺问。

“没有，”程恪说，“带身份证干吗？我就出来跟朋友喝个酒。”

“……你是不是没有住过酒店？”江予夺叹了口气。

“住过！”程恪的语气听起来有些不爽，“你是不是真以为除了你别人都是傻子啊？”

“都是别人帮你开的房吧？”江予夺说，“你没身份证怎么登记？”

那边程恪猛地沉默了，两秒钟之后电话被挂掉了。

江予夺站在窗边没有动，还是看着外头，过了好半天才看到程恪缩着脖子顶着风一路小跑过来了。

但跑到街对面的时候，他又停下了，似乎在犹豫。

大少爷真要面子啊。

江予夺“啧”了一声，正想要不要打个电话叫他过来的时候，他突然往右边偏了偏头，江予夺顺着他偏头的方向看过去的时候，一个影子闪进了斜对面的通道里。

又来了！

这人居然还跟程恪有关系？！

江予夺眉头一下皱紧了，盯着程恪。

程恪又站了几秒钟，低头过了街，接着门就被敲响了。

江予夺没动，站在窗口继续盯着通道那边看了一会儿才慢慢走到了门后，打开了门。

“不好意思，”程恪在外面有些尴尬，“我在你这儿待一晚上吧。”

“嗯。”江予夺点了点头，让他进了门。

程恪其实还有点儿晕。他非常感谢自己残存的这点儿晕，让他能够忽略眼下的尴尬。

早知道不去什么酒店，直接在这儿睡一夜就行了，现在出去一趟又跑回来，气氛一下就变了。

“你……不用管我，”程恪坐到沙发上，顺手抄了正在睡觉的喵过来，放在腿上搓着，“你是不是要洗澡？你去洗吧。”

“嗯。”江予夺点了点头，拿起了衣服，但是没进浴室，还站在客厅里看着他。

程恪看了他一眼，看到他胳膊和腿上的夹板时才恍然大悟：“是要我帮……”

“不用，”江予夺很快回答，“当然如果你非常想帮忙的话，我也无所谓……”

“我一丝一毫一丁一点都不想。”程恪说。

“反正也看过了。”江予夺拿着衣服进了浴室。

程恪很无奈，靠到沙发上叹了口气，闭上眼睛揉着喵的毛。

不知道是不是因为还是只小猫，喵的毛非常软，蹭在手心里很舒服，特别是尾巴来回在他手腕上扫着的时候，他一点点地放松下来。

江予夺洗完澡出来的时候他都快睡着了。

“你要洗漱的话用我的东西就行。”江予夺说。

“嗯？”程恪睁开眼睛，困意加上酒后的晕，他看着江予夺的时候有些重影，对了几次焦才看清了站在他面前的江予夺，“谢谢。”

好歹有条内裤，没光着。

也许是因为环境不同，程恪是做不到像江予夺这么坦诚的，他从小到大甚至都没在家里光过膀子。除了特定的场合，他无法接受以这样的形象出现在并不熟悉的人面前。

江予夺慢慢走到他面前停下，程恪的视野里顿时就只剩了他的内裤，赶紧往后靠了靠，看着他：“干吗？”

“喵，”江予夺从他腿上把喵兜了起来，“我要抱着睡觉的。”

程恪没说话，看着他抱着猫进了卧室，这才松了口气。

不过江予夺没关卧室门，直接就躺到了床上，这大概也是习惯吧，程恪站了起来，打算去洗漱一下睡觉。

进了浴室他才反应过来江予夺之前的话，两条毛巾，一个漱口杯子里戳着一把牙刷。

他只得又退了出来，卧室的灯已经关了，他小声冲那边叫了一声：“江予夺？”

“嗯？”江予夺应了一声。

“你刚说我洗漱用什么？”程恪问。

“用我的。”江予夺说。

“你的毛巾？”程恪吃惊地问。

“嗯，左边那条是洗脸的。”江予夺说。

“你的牙刷？”程恪继续吃惊。

“不是我说，少爷，”江予夺叹了口气，“这种情况就别想着刷牙了吧？”

程恪回了浴室，想着洗个脸然后拿纸巾擦干就行了。

这种情况下，能洗个热水脸也可以了。

但水龙头上两个开关他都开了一遍，还等了一会儿，也没见有热水出来，这种情况下，他实在不想再去问江予夺为什么了，于是用凉水洗了个脸。

他回到客厅的时候酒劲都洗没了，神清气爽，有种可以现在就出去晨跑的错觉。

他躺到沙发上，发现这个角度正好能看到卧室，因为没关门，他能一眼就看到床，以及床上的人。

程恪叹了口气，又坐了起来，换了一头躺下。

“铺盖在椅子上。”江予夺在卧室里说了一句。

“哦，”程恪这才看到旁边椅子上放着被子和枕头，“谢谢。”

“……不客气。”江予夺说。

程恪把枕头和被子扯了过来，枕头大小还挺合适，正好能放到沙发上，但盖被子就有点儿困难了，怎么扯被子都会滑到地上。

最后程恪把被子塞了一半到身下，凹凸不平地强行睡了上去。

折腾完了之后，他也没什么睡意了，虽然感觉很疲惫。

屋里很静，这个时间，配合外面的月光，尤其安静，睡不着的人在这种情境之下容易思绪万千。

程恪闭上眼睛。

今天其实还可以，跟许丁喝酒的时候他说了不少话，以前没觉得，现在才发现许丁是个很合适的倾听者。

不会随便发表意见，不会指点他的对错，不会评判他的行为，更不会跟着起劲一块儿骂，许丁只是听。

但他说了些什么，现在有些记不清了。

也许说了小时候的事，说了长大后的事，说了父母，也说了弟弟，毕竟他的生活如此单调，就连朋友也都是小风一吹就散，能说的也就这些了。

也许还有郁闷，有不满。

有吗？

也许只有茫然吧。

关于为什么变成了这样，一切他都看在眼里，却什么也没看明白，一切他都听见了，却什么也没听懂。

所以最后他只有茫然。

如果没有离开家，他可能也就是在一场大吵之后，继续过着以前什么也不用想，什么也不用担心的日子，现在说的这些、想的这些，都不会有吧。

活了二十七年，最后把什么都活没了，就连最平庸最废物的生活都容不下他了。

江予夺缩在被子里，把手机靠在喵的肚皮上看小说，一直看到小说要收费了，他才点了“退出”，看了一眼时间。

两点了，估计又是一个不眠之夜。

他把手机塞到枕头下边，把脑袋探出了被子，吸了一口有些凉意的空气，再把喵也掏出来放在了枕头上，但喵不太情愿，又钻回了被子里。

“你身上有猫味儿知道吗？还有毛，”江予夺掀开被子小声说，“我刚憋里头糊我一鼻子毛……”

喵没有理他，抱着尾巴团好就睡了。

“你……”江予夺还想教训它，客厅里传来了很低的声音。

他先是猛地一惊，手都摸到枕头下面的刀了才想起来沙发上睡着程恪。

他停下动作，又听了听，听到了程恪似乎是吸了吸鼻子的声音。

感冒了？

不能啊，被子挺厚的，他盖着热才扔给程恪的。

正琢磨着，程恪又吸了吸鼻子，这回他听得很清楚，还听到了程恪从纸筒里拿纸的声音。

“你别把鼻涕蹭我被子上啊。”江予夺说。

外面程恪的动静消失了，过了一会儿他才又吸了吸鼻子：“没有。”

江予夺只是随口说一句，他失着眠，实在无聊，但完全没想过程恪会回答，这会儿就算是要擤鼻涕是醒着的，正常人一般也迷迷糊糊未必能听到他说话。

而且这句话鼻音很重，如果是感冒，得是非常严重的感冒……

江予夺坐了起来，掀开被子下了床，走到了客厅里。

客厅拉着窗帘，很黑，只能看到程恪裹成了个筒躺在沙发上。

“你是不是感冒了？”他问了一句。

“你干吗？”程恪猛地从沙发上弹了起来，“你怎么出来了？”

“我怕你病死在我这儿，”江予夺说，“是不是冷啊？客厅的暖气不行，你要是冷……就到床上睡。”

程恪转头看着他。

他看不清程恪的表情，不过猜得出，于是补充了一句：“我睡沙发。”

“我没感冒。”程恪说。

“没感冒你说话这动静？”江予夺说。

“我就是……”程恪犹豫了一下，“有点儿感冒了。”

江予夺在原地站了一会儿，伸手打开了客厅的灯。

灯亮起来的瞬间程恪抬起胳膊挡住了眼睛：“关了！”

江予夺看着他愣了愣，还是把灯又关掉了，半天才开了口：“你哭了？”

“我哭你个流沙包了！”程恪有些不耐烦，“睡你的觉。”

“你对我的流沙包有什么意见？”江予夺问。

“滚！”程恪非常怒，抓着被子一掀，估计想要跳下沙发。

江予夺退了一步，他现在虽然能拆夹板了，但以程恪的武力值，只要动了手，他立马就得继续再夹一个月。

不过程恪没能从沙发上跳下来揍他，大概是被子卷得太完美，程恪掀了两下都没能把被子掀开。

最后他只能在沙发上滚了半圈，才把被身体压着的被子扯了出来。

“你睡蜡烛包呢。”江予夺没忍住笑。

“不是我说，”程恪从沙发上站了起来，站了一会儿又坐下了，低头也笑出了声，“你这被子太大了，怎么盖都碰到地板。”

“地板还能跟你抢被子啊？”江予夺说，“碰到地板怎么了？”

“怕弄脏了。”程恪说。

“本来也不是干净被子，上回陈庆还盖了呢。”江予夺说。

“……我现在突然不想盖它了。”程恪抬起头看着他。

“你也没脱衣服，管它脏不脏呢。”江予夺叹了口气。

“也是。”程恪笑了笑。

两人都没说话，过了一会儿程恪轻声问了一句：“你听到我哭了？”

“没有，”江予夺说，“我猜的，开灯了才看出来。”

程恪没说话，在身上摸了摸，拿了根烟出来叼着：“给个火。”

江予夺拿了桌上的打火机扔给他。

程恪按了一下打火机，在跳动的火光中愣了一会儿才点了烟：“你见过比我还废物的人吗？”

“多了。”江予夺说。

“……你这个回答有点儿让我继续不下去了。”程恪笑了笑。

“没见过，”江予夺换了个答案，“你是我见过的人里最废物的。”

“你是不是也失眠？”程恪抽了口烟，“聊聊？”

15

江予夺经历过无数失眠的夜晚，基本都是自己一个人睁着眼在黑暗里或坐或躺，偶尔也会叫上几个人陪他找个地儿喝酒。

不过这样的时候很少，失眠并不是简单的睡不着觉，还会有各种痛苦，困，头疼，莫名其妙地浑身发麻发疼，所以度过失眠之夜更好的方式是独处。

他还从来没有过像现在这样的经历，跟人这么坐在家里，在一个失眠的深夜里聊天。

而且这人跟他完全不在一条路上——一个来路不明，他一会儿觉得可以相信，一会儿又觉得疑点重重的，废物大少爷。

有什么可聊的呢？

他实在想不出来话题。

“有酒吗？”程恪问。

“你要喝什么酒？”江予夺问。

“……你连杯子都只有一个，”程恪说，“这种情况下，酒还有的挑吗？”

江予夺没说话，叼着烟走到窗边的柜子跟前，拉开了柜门，回头看着他：“过来挑吧。”

程恪愣了愣，起身走到了柜子前，看着满满排列着的快有一面墙了的各种酒，半天都没说出话来。

“我喝什么都用那一个杯子，”江予夺靠着墙，“喝酒又不是喝杯子。”

“哦。”程恪点点头。

“不过没什么特别好的酒，”江予夺说，“都是逢年过节我那些小兄弟拿来的。”

“我对酒没研究，是不是好酒我也喝不出来，”程恪借着从窗帘透进来的微弱光线，看到一个白色的瓷瓶，瓶身上没有贴任何东西，看上去有点儿年头了，他有些好奇地拿了下来，“这是什么？能开一下灯吗？”

“你哭完了？”江予夺问。

程恪没说话，特别想反手一瓶子把江予夺砸个三长两短失忆什么的。

江予夺过去把灯打开了，屋里一下亮了起来。

程恪看清了手里拿的这个瓶子的确就是个普通的白瓷瓶，封口的地方捆着一小块棉布，都有些发灰了。

他闻了闻，转头看着江予夺：“就这个吧，闻着很……”

之前一直没什么感觉，现在猛地一转头看到在明亮的灯光下只穿着一条内裤的江予夺，他顿时有些不知道该看哪儿了。

“还是……关掉灯吧。”他说。

“遛我呢？”江予夺看着他。

“你穿上点儿衣服也行，”程恪说，“你不冷吗？”

“不冷，”江予夺又慢吞吞地过去把灯关掉了，“这天儿我洗凉水都没问题。”

灯关掉之后，程恪一下放松了，把酒放到桌上：“这个酒，是自己酿的吗？”

“陈庆拿来的，”江予夺去了趟厨房，拿了两个碗出来，“他妈怀孕的时候，他爸想要个闺女，认定怀的就是个闺女，就埋了坛酒，说他十八岁的时候挖出来喝，女儿红。”

程恪笑了：“那也不错，埋了十几年的酒。”

“没，生出来一看是这么个玩意儿，当天就给挖出来了，”江予夺又从冰箱里拿了一个密封盒出来，“放厨房里，跟咸菜坛子搁一块儿，不过也放了十几年。”

“你喝过吗？”程恪问。

“喝过，上个月拿过来我俩就喝了。”江予夺打开酒瓶子，把两个碗倒满了，推了一个碗到程恪面前。

“怎么样？”程恪凑过去闻了闻，很香。

“放了十几年，”江予夺说，“一瓶子马尿估计都香了吧。”

程恪看了他一眼，感觉自己这会儿脾气是真的很好，居然没有不爽。

江予夺把密封盒打开，也推到了他面前：“再闻闻这个。”

程恪闻了闻：“风干牛肉？”

“嗯，”江予夺点点头，“怎么样？”

“很好。”程恪想也没想，抓了一块直接放进了嘴里，狠狠嚼了两下。

从中午到现在，就吃了一块小蛋糕，本来以为自己已经饿过劲了，嚼到牛肉的时候，他才发现，睡不着大概是因为饿疯了。

肚子都跟着发出了带泪的呐喊。

正把另一碗酒往自己面前拿的江予夺突然停下了动作。

“怎么了？”程恪有点儿尴尬。

“我听到声音。”江予夺轻声说。

黑暗里看不清他什么表情，但是程恪听他说话的语气都能感觉到他脸上的警惕。

“我。”程恪清了清嗓子，“我的肚子，叫了一……”

话还没说完，肚子仿佛是为了佐证他的话，又叫了一声，他顿时尴尬得想往桌子上趴了。

“你……”江予夺先像是松了口气，接着又有些吃惊，“就算是坏了，也不能刚吃下去就闹肚子吧？”

“我这是饿的。”程恪说。

“我服了你了，饿成这样了你说啊，”江予夺拿过手机，“想吃什么？我叫人送过来，不过你要想吃高级少爷款夜宵估计有点儿难，这会儿只有烧烤了。”

程恪没说话，这种黑暗之中突然亮起一张人脸的情形，本来应该有点儿惊悚，但不知道为什么，江予夺平时算不上有多么惊人帅气的脸，居然能扛住这种自下而上惨白的光线。

江予夺开始拨号了，他才回过神，赶紧伸手往屏幕上晃了晃：“不用！有牛肉干就行！”

“不用？”江予夺看着他。

“真不用，等你叫人送来，我吃牛肉干都吃饱了。”程恪非常庆幸自己这会儿不是临时客套，而是有充分的理由。

“那行吧。”江予夺把手机放到一边，拿起碗往他面前的碗上磕了一下，喝了一口酒。

程恪也顾不上形象了，连嚼了四块牛肉干才停下来，喝了口酒。

这酒的确不错，顺顺当当、热热乎乎地滑进了胃里，他往后靠到了椅背上，轻轻舒了口气。

江予夺坐在他对面，拿着一块牛肉干一点点慢慢撕着。

因为看不清表情，也接触不到目光，更看不清江予夺只有一条内裤的身体，程恪就这样沉默着，没有觉得有什么不适。

江予夺撕完了一块牛肉干，喝掉了半碗酒之后才问："你不是要聊天儿吗？聊什么？"

是啊，聊什么？

程恪本来觉得应该有挺多想说的，跟一个不熟悉的，以前完全不可能接触到的人，无论说什么，都会有放肆的安全感。

随便聊个天儿而已，想到什么说什么就行，江予夺突然这么一问，跟叫了声"预备，起"似的，让他都不知道怎么开口了。

"你有什么想聊的吗？"他问。

"大半夜让聊天的是你，你问我？"江予夺说，"不过你要让我聊也行。"

"嗯。"程恪往他那边看着，只能看到他鼻梁上隐隐的光，挺直的。

"我就特别想聊聊，"江予夺喝了一口酒，趴到桌上往前凑了过来，"你到底来这儿干什么？"

又是这句。

程恪连气都不想叹了："你觉得我是来干什么的？"

"刚你看到谁了？"江予夺还是趴在桌上，压低的声音带着让人恍惚的沙哑。

说实话，江予夺的声音挺好听的，如果不是现在他的话题让人觉得莫名其妙，程恪还挺想表扬一下的。

"刚才？"程恪问。

"你站在街对面，"江予夺说，"你看到的那个人，是谁？"

"我看到的人？"程恪突然有种毛骨悚然的感觉，后背猛地一阵发凉，他忍不住把手背过去在背上扒拉了两下。

“别想装，”江予夺说，“我一直在屋里看着你呢。”

“我什么也没看到，刚街上哪儿来的人？”程恪耐着性子。

江予夺没说话，过了一会儿站了起来，过去把客厅的灯打开了，又转身走到他边儿上，弯腰盯着他的脸。

这种场面实在太神奇，程恪不得不伸手推开江予夺的肩：“我真没看到人，你这么一说我现在觉得有点儿后怕。”

“怕什么！我要真说你是我朋友，这边儿也没几个人敢动你，”江予夺站直了，过去又把灯关掉，坐回了桌子对面，“你是不是想把你那块表拿回去？”

“……没，”程恪愣了愣，然后叹了口气，“你要不说，我都已经忘了这事儿。”

“嗯。”江予夺应了一声，“拿不回去了，我不会给你的。”

“你拿着吧。”程恪喝了口酒。

程恪突然有些失落。

不是因为那块积家，一块表而已，也没什么纪念意义，如果上了三十万，他估计还能想着点儿。

他的失落，来自江予夺的那句“我要真说你是我朋友”。

江予夺并没有把他当朋友。

当然，没把他当朋友也没什么可奇怪的，他自己一直也只是把江予夺定义为“房东”，一个不太熟的认识的人而已。

但不知道为什么，他还是会有点儿失落。

也许是他的朋友来得太容易，按以前的节奏，他跟江予夺这样的关系，就已经可以给个“朋友”的称谓了。

或许是他的朋友去得太轻松，说走就都散了，他对自己眼下空荡荡的生活有些不适应，想要抓住任何一个“朋友”。

“我还以为……”程恪还是没忍住把话说出了口，但开口之后立马就打住了，他什么时候沦落到需要对这样的事郁闷的程度了？

一个江予夺而已，是不是朋友有什么关系？他以前根本不可能跟这样的人成为朋友，连最虚伪的那种朋友都不可能。

“我不会随便觉得谁是我朋友，”江予夺说，“我们跟你们这些少爷不一样，朋友在我这儿……”江予夺往桌面上杵了杵，“很重。”

“体会不到，”程恪说，“我没朋友。”

他喝了口酒，拿了块牛肉干慢慢啃了两口，他不得不承认，他很佩服江予夺的敏锐。

虽然这份敏锐经常用在神奇的地方。

“没朋友也没什么奇怪的，”江予夺说，“要按我的标准，这辈子能有几个朋友不容易。”

“像你跟陈庆那样的吗？”程恪问。

“他就是个傻瓜，”江予夺说，“我每天都想弄死他。”

程恪笑了起来，这就是朋友吧。

“其实那天跟你一块儿吃饭的那个，许丁？”江予夺帮他把碗里的酒倒满，“算是你朋友吧？”

“我跟他以前不熟，”程恪说，“合作之外的时间我都没跟他单独吃过饭。”

“哦，”江予夺点了点头，靠着椅背轻轻晃了晃，“你的这个‘以前’，是什么样的？”

“……不知道该怎么说，”程恪喝了口酒，苦笑了一下，“你就看看我成天给你打电话为的都是什么。”

“平时不干家务就不懂，这样的人很多，”江予夺说，“也不单是你。”

“不一样。”程恪从兜里摸出被压扁了的烟盒，点了根烟叼着，“我现在都不知道接下去该干吗。”

“接下去？”江予夺拿碗在他碗上磕了一下，“喝酒吃肉啊。”

“我长这么大，就是混日子，没想过该干什么或者想干什么，”程恪笑着在碗上轻轻用手指弹了一下，“我是被我爸赶出家门的。”

江予夺喝酒的动作顿了一下，然后喝了两口酒，往椅背上一靠：“我以为你是被你弟赶出家门的呢。”

程恪没说话，拿起碗冲江予夺举了举，仰头喝了半碗酒。

“中介说你是个艺术家，”江予夺说，“你搞什么艺术？”

“……中介的话你也信吗？”程恪笑了起来。

“一般都会夸张，但是不会瞎编，你总还是有个能让他夸张的点吧，”江予夺说，“是什么？”

程恪叹了口气：“他问我是做什么工作的，我总不能说无业，就说了个沙画。”

“沙画是什么？”江予夺问。

“用沙子画东西，”程恪在桌上比画了一下，用江予夺比较能理解的话解释了一下，“就……撒几把沙子，用手划拉划拉。”

“哦。”江予夺叼着烟盯着他。

看了一会儿之后江予夺站了起来，转身进了厨房。

程恪掐了烟，喝了一口酒，靠着椅背仰了仰头。

这酒还挺不错的，按平时要这么连续喝两顿，他这会儿肯定不舒服了，但现在他除了有点儿晕，没有别的不适。

仰起头时，飘在空中微微晃动的感觉让人觉得放松而安宁。

江予夺又从厨房里出来了，把一袋东西扔到了桌子上。

程恪捏了捏眉心，想看清他又拿了什么吃的出来，却借着微弱的光线发现扔在桌上的是一个袋子，没开封的，看上去很像……

“画一个我看看。”江予夺说。

“画什么？”程恪愣了。

“沙画啊，”江予夺指了指那个袋子，“这个是盐。”

“……你让我用盐画沙画？”程恪伸手隔着袋子捏了捏，还真是盐，大粒的那种海盐。

“跟沙子不是一样吗？”江予夺说。

“用盐画的那种叫盐画，”程恪试着解释，“这俩是不一样的，而且你这个盐颗粒大了……”

江予夺没说话，转身又进了厨房。

程恪趴到桌上叹了口气：“江予夺……不，三哥，三哥你能不能不折腾啊？”

江予夺再次从厨房里出来的时候，又扔了三袋盐到桌上，正好都扔在了他鼻尖前面。

程恪伸手捏了捏，这回是细盐了。

“你买这么多盐干吗？”他无奈地问了一句。

“等着哪天来个沙画艺术家给我画画。”江予夺坐下。

“改天吧，”程恪说，“我现在不想画，我有点儿晕。”

“不，”江予夺的回答很干脆，“就现在。”

“为什么啊？”程恪抬起头看着他，也看不清他脸上的表情。

“因为，”江予夺在桌上轻轻敲了两下，“我不信。”

“嗯？”程恪还是看着他。

“别想随便编个瞎话蒙我，你现在就画，”江予夺声音有点儿冷，“画不出来别想出这个门，不画也别想出门。”

程恪对江予夺这种时冷时热的态度已经震惊不起来了，加上这会儿他脑子有点儿晕，就只是不爽。

不是不爽于江予夺连基本的礼貌都没有就大半夜地强迫他画沙画，而是不爽于江予夺不相信他会画沙画。

虽然家里人都不屑，觉得他玩这东西也就是个玩，没什么水平，但他知道自己的水平在哪儿，否则许丁当初不会托刘天成来请他。

这是他废物生活里唯一的亮点，让他最终没有完全沦陷为一个一无是处的废物的唯一亮点，哪怕他自己一直也没特别当回事。

“开灯。”程恪站了起来，在桌上摸了摸，挺光滑的。

江予夺起身，过去把灯打开了。

猛地亮起的灯光让程恪有一瞬间的迷茫，这事儿要搁以前，他也就一笑了之，他活得再没用，也犯不着因为一个八八六十四杆子都打不着的人的否定而生气。

也许是今天两顿酒烧的吧。

他往江予夺身上扫了一眼：“穿衣服。”

“你画你的，你管我穿没穿衣服呢？”江予夺站着没动，皱着眉。

“这是起码的尊重，”程恪胳膊撑着桌子，看他还是站着没动，提高声音又吼了一声，“你穿不穿？！”

“哎！”江予夺被他突如其来这声吼吓了一跳，指着他瞪了半天才转身进了卧室，“我穿上了你要是画不出来，我就立马脱了把你揍一顿！”

“我要是画出来了呢？”程恪感觉自己借着酒劲，对江予夺时不时就奔下三路去的习性已经无所谓了，慢条斯理地拿起一袋盐撕开个口子，捏了点儿盐出来，在指尖搓了搓。

“免你仨月房租。”江予夺在卧室里说。

“我不差那点儿钱。”程恪把桌上的东西都放到了茶几上，这桌子是黑色玻璃面的，还挺合适的。

“口气挺大？”江予夺说。

“废话，我画不出来你都要收拾我了，”程恪说，“我要画出来就免仨月房租，是不是太不对等了？”

“行吧，”江予夺穿了条运动裤慢慢走了出来，“你既然这么想收拾我，那就这么着吧。”

程恪笑了笑，没再说话。

他其实不需要任何赌注，特别是这种他和刘天成他们一晚上张嘴就能说出二百五十种来的傻帽赌注。

“画什么？”程恪从盐袋里抓了一把盐出来，在桌上轻轻撒了几下，黑色桌子很快就被均匀地铺上了一层白色。

“我。”江予夺看到程恪撒盐的第一个动作就知道他真的没有骗人。

就程恪这种家务废材，倒个水都会让人觉得他用错了一只手，但他撒盐的这几下动作熟练而帅气，行云流水般流畅，一看就知道就算他不会画沙画，起码也有三年以上撒沙子的经验。

“你？”程恪抬眼看了看他。

“怎么，”江予夺也看着他，“画不出我复杂的英俊吗？”

“先画个喵吧，我这一个多月都没碰过，”程恪低头用手指在桌上铺满的盐上点了一下，然后手指一带，画出了一条弧线，“手有点儿生。”

“嗯。”江予夺应了一声，盯着他的指尖。

第一条弧线之后，程恪有稍许的停顿，接着就是第二条、第三条，江予夺有些吃惊地发现，就手指几下划过，他已经能看出这是只猫了。

程恪又捏了些盐，在猫头上轻轻一旋，一个圈带中间一个小圆点出现，他甚至没看清盐是怎么从程恪指尖落下的。

接下去的“过程”对他来说不能叫作过程了，因为他根本看不清，唯一能看清的就是程恪从盐袋里捏盐，以及指尖所及之处被抹出的空白或是掠过的一条白色线条。

喵的样子一点点地在程恪指尖显现出来，虽然只有黑白两种颜色，线条也简单，喵的神态却很像，他说不出哪里像，但一眼就能认出这是喵。

程恪画完最后一笔喵的胡子之后拍了拍手，抬头看着他：“我这算是会画吗？”

“算。”江予夺点头。

“那行，”程恪点了根烟，吐出一口烟，“我收拾你？”

16

江予夺没说话，绕过桌子站到程恪身边，看着桌上的画，看了一会儿又进了卧室，把正在睡觉的喵抱了出来。

“喵，”他抓着喵的脑袋往下按了按，“你看，这是那个少爷用盐画的你，如果你觉得这个像你、画得好，你就叫一声，你要是不叫，就算他输了。”

“你要脸吗？”程恪看着他。

“喵你看，”江予夺不为所动，继续按着喵的脑袋，“我数到五，如果你觉得像你，你就叫，一、二……”

“喵——”程恪突然在他身后叫了一声。

江予夺愣了愣。

学得还挺像，他差点儿以为是喵叫的了。

他正想回头的时候，抱在手里的喵突然跟着程恪叫了一声。

“喵。”

他顿时僵住了，低头看着喵：“你这什么毛病？”

“它叫了。”程恪说。

江予夺把喵扔到沙发上，转过身：“你学得挺像啊。”

“嗯，”程恪靠着桌子，“我怕老鼠，小时候觉得学猫叫能防身。”

“能防吗？”江予夺突然有点儿好奇。

“不知道，也没机会跟老鼠有什么正面冲突。”程恪说。

“哦。”江予夺拿过茶几上的碗，把里面的酒喝了，回到桌子旁边，看着桌面上用盐画出来的喵。

“我数到五，你再想个耍赖的借口，”程恪说，“想不出来就愿赌服输，三哥。”

江予夺转头看着他。

“一、二、三，”程恪不急不慢地数着，“四……”

江予夺突然勾了勾嘴角，冲他笑了笑：“行。”

“五。”程恪顿了一下，还是坚持数完了。

“你想怎么玩？”江予夺嘴角还是带着笑。

程恪感觉自己突然有些卡壳，论不要脸，他的确不能跟江予夺这种人相比。

本来他没想怎么样，一开始这个所谓的赌注就没谁当真，他只是顺嘴一说，嘲笑一下江予夺，作为一个老大，输了第一反应居然是把猫抓过来对他耍赖。

现在江予夺问出这么一句来，他一时半会儿找不到合适的表情来面对了。

要换了刘天成那帮人，也许能扛下来，有时候他们喝多了，玩得也挺出格。

是啊，喝多了。

程恪掐了烟，拿过碗，喝了口酒，要不是喝多了，谁会在这儿跟江予夺扯这么多有的没的？

“不敢？”江予夺说，“给你三秒想好，过时不候，我愿赌服输了，是你不敢。”

程恪看了他一眼，他嘴角挑着的微笑里带着轻蔑和挑衅。

真不爽啊。

程恪拿起碗又喝了一口酒。

让你嚣张。

碗里就还有一个碗底儿的酒，程恪干脆一口喝光了。

嚣张个毛线。

顺滑的酒从嗓子眼儿一路往下热进胃里。

自己废物是废物，可也从来没怕过什么事儿，这种情况之下，更禁不住挑衅。

他放下碗，抓着江予夺的肩膀往后面的沙发上狠狠一推。

江予夺摔上沙发时，挑衅的笑容还挂在嘴角：“劲儿挺大？”

“嗯。”程恪倾身，胳膊撑在了江予夺头顶的墙上。

江予夺还想说话，他伸出手抓在了江予夺脖子上，拇指在江予夺咽喉上方不轻不重地按了一下，江予夺的话没能说出口。

在江予夺皱了皱眉想要扒拉开他的手时，他松了手，一把按在了江予夺脑门儿上，江予夺往后一仰头，他身子往下一倾——

程恪能感觉到那一瞬间，江予夺抬了抬腿，身体也弓了弓，接着就僵住了。

还嚣张吗？！

一直到程恪离开时，他都保持着半抬着一条腿僵坐着的姿势。

程恪手背在嘴上擦了擦，盯着他看了几秒钟，转过身在桌上抹了一把，从盐袋里又捏了一小撮盐。

江予夺好半天才回过神来，摸了摸自己的脸。

说不上来是什么感觉，就知道程恪带着酒香。

“哎，”江予夺看着程恪的背影，“你可以啊。”

程恪没说话，手在桌上勾画着。

“就是有点儿快啊，”江予夺说，“你是不是完事儿了？”

“还没来得及有反应。”程恪没回头，捏了点儿盐继续在桌上撒着。

“那你不行啊。”江予夺说。

“三哥，”程恪说，“我劝你一句，说话要给自己留退路，你再激我一次，我现在就扒了你收拾掉，你最好考虑一下你现在俩夹板捆着是不是我的对手。”

江予夺没说话。

说实话，今天晚上的程恪让他有些意外……不，是非常意外，他怎么也没想到这个平时逼急了都没多大脾气的少爷喝了点儿酒还能有这种状态。

但对着程恪的后背愣了半天之后，他又觉得哪里不对劲。

“我有个疑问。”江予夺说。

“我就是被赶出家门之后不知道要去哪儿，”程恪说，“这片儿以前我总跟朋友过来，我就到这儿来了，你也可以认为我是过来翻垃圾桶的。”

“不是这个，”江予夺说，摸了烟过来发现只有最后一根了，拿了烟叼上，“你对着我也能说收拾就收拾啊？”

“嗯。”程恪点点头。

江予夺拿着打火机准备点烟的手定在了空中。

一直到程恪拍了拍手上的盐，走到旁边倒了碗酒喝的时候，他才轻声说了一句："什么鬼？"

"你不是让我画个你吗？"程恪说，"画好了。"

江予夺愣了愣，赶紧站起来走到桌边，看到之前的喵已经被抹得只剩了条尾巴，桌子中间现在是他的脸。

他对自己的脸其实不是特别熟悉，看别人，一天能看很多次，看自己也就是早晚洗脸那两次。

所以他忍不住拿出手机，打开了前置摄像头对着自己拍了张照片，然后把手机放到了桌上。

"还真是我。"江予夺说。

"我第一次见有人确定是不是自己得现场拍照的。"程恪叹了口气。

江予夺拿起手机，对着桌上的画又拍了几张照片，想想也叹了口气："这画一会儿就没了吧？"

"嗯，"程恪说，"就算留着不动，盐也会化的。"

"那你们这种艺术很可惜啊，"江予夺转头看着他，"画完就没了。"

程恪笑了笑："很多事都是这样的，只在脑子里。"

江予夺没说话，感觉自己眼神有些对不上焦，最后坐到了椅子上，点着了最后一根烟，对着桌上的画出神。

"我困了，"程恪倒到沙发上，"几点了？"

"快五点了，"江予夺看了一眼手机，"你能睡着了？"

"嗯。"程恪拉过被子往身上胡乱卷了卷，翻了个身冲着沙发靠背躺好了。

江予夺在桌子旁边又站了一会儿，伸手把桌上的盐都扒乱成了一团，然后关掉了客厅里的灯，把团在程恪腿边被子里的喵拎了出来抱着。

"你是因为什么被赶出家门的？"江予夺往卧室走了两步又停下了，"是因为……"

"我爸说我二十七年都白活了，他不能忍，"程恪转过头看着他，"我要能有我弟一半有出息，我爱上个狗家里都不会有人管。"

江予夺没再说话，进了卧室。

也许是喝不少酒，也发了酒疯，整个人有着放肆过后的酥软，程恪闭上眼睛之后就觉得自己身体慢慢地往下陷，松得像是能陷进沙发里。

甚至还没来得及再品味一下江予夺的态度，他就睡着了。

一直到有人踢他屁股，他才睁开了眼睛。

第一眼看到的还是沙发靠背，跟昨天闭上眼睛时不同的是他看清了布艺靠背上有无数的线头，估计是被猫抓出来的。

他回过头，明亮的阳光里，江予夺和陈庆并排站在沙发前低头看着他。

“你俩干啥？”他用手遮了一下太阳，大白天的被两个人这么围观睡觉，实在有些别扭，“几点了？”

“十点，”江予夺把一串钥匙放到他枕头上，“我现在要去拆夹板，钥匙放这儿了，你开完门不用送过来，我回来的时候去你那儿拿，顺路的。”

“嗯。”程恪还有些迷瞪地点了点头。

“桌上有早点，”陈庆说，“还是热的，你起来了吃吧。”

“谢谢。”程恪说。

江予夺关上门，跟陈庆上了车。

今天陈庆开了店里一辆保时捷，红色的。

“怎么样？”陈庆拍了拍方向盘，“挑了辆红的，庆祝你拆板子。”

“感动。”江予夺揉了揉眼睛。

“昨天晚上又失眠了吧，”陈庆看了他一眼，“还晕吗？”

“不晕，”江予夺闭上眼睛，“有点儿难受。”

“不行就吃点儿安眠药什么的，”陈庆说，“茜姐不是帮你要了点儿吗？睡不着就吃一片。”

“不吃。”江予夺说。

陈庆叹了口气，把车往医院的方向开了过去。

“诊所拆。”江予夺转头看着他。

“医院，”陈庆咬了咬嘴唇，“今儿不顺着你了，换药都去诊所也就算了，拆板子还是得去医院，医生还得检查一下愈合情况呢……”

“掉头。”江予夺声音沉了下去。

“头可掉，血可流，医院不能丢，”陈庆说，“上夹板的时候不是没事儿吗？

拆板子也没多长时间。”

“你有病吧！”江予夺往他肩膀上抽了一巴掌，“押韵都押不上！”

“打死我呗，”陈庆一脸坚强，“临死之时我也会把你弄医院去的。”

江予夺皱着眉瞪了他半天，最后叹了口气，靠到窗户上闭上了眼睛。

走进诊室的时候，江予夺感觉自己就跟还没好似的，全身都疼。

帮他拆夹板的是个实习医生，看着他笑了笑：“怎么一脸的汗？是还疼吗？”

“不是。”江予夺咬着牙回答。

“他就是紧张，”陈庆在边儿上说，“麻烦您动作快点儿，唰唰唰给拆了就行。”

“拆起来挺快的，”医生点点头，“一会儿开个单子给你，拍张片子看看骨头的愈合情况……”

“不拍了，”江予夺说，“肯定好了。”

说完这句话，医生还说了什么，陈庆又说了什么，他都听不清了。

混乱的声响过后，耳朵里是一片死寂，眼前也是一片迷茫，什么都能看见，又跟什么都没看见似的，看到了什么都不知道。

江予夺闭上了眼睛。

陈庆把他架出诊室，又拖着他去交费，再去拍片，他躺到操作台上时还是呼吸不畅的。

每个人看他的眼光都有些奇怪。

当然了，一个大老爷们儿，身上什么伤都没有，却紧张得汗如雨下，走路都快飘忽了。

所以他不愿意来医院。

他害怕医院。

害怕到甚至不记得自己到底为什么会害怕。

如果打针不算的话，他似乎根本没有对医院的任何恐怖记忆，他甚至没来过几回医院，但这种后背都快抽筋的抗拒和紧张，始终如影随形。

离开医院走到街上时，江予夺有种重获新生的感觉，长长地舒了一口气。

“去哪儿？”陈庆问。

“去程恪家拿钥匙，”江予夺看了看手机，“他这会儿应该在家里了。”

“好。”陈庆帮他拉开车门。

车快开到小区的时候，江予夺给程恪打了个电话。

那边响了好半天才接通，程恪有些迷糊的声音传了出来：“我还……在你家？”

“你在哪儿自己不知道吗？”江予夺问。

“不好意思，”程恪清醒过来，一连串地说着，“不好意思不好意思，我刚又睡过去了，我还在你家的沙发上。”

“你挺能睡啊，”江予夺非常羡慕，“行了你在我家等着吧，我们回去接了你给你送回去。”

“不好意思。”程恪说。

江予夺叹了口气挂掉了电话：“回去，他还没起呢。”

“什么鬼？”陈庆说，“这么能睡。”

“他昨天晚上没睡。”江予夺说。

“……他干吗了？”陈庆有些吃惊，“也失眠？”

“嗯。”江予夺捏了捏眉心。

“那你俩晚上有伴儿了，”陈庆说，“俩瞪眼睡不着的，一块儿喝个酒聊个天儿什么的……对了我都忘了问，你俩干吗了？桌子上那都是盐吧？”

“洗衣粉。”江予夺说。

“不可能，我舔了，齁咸的！”陈庆说。

“你是不是有病？”江予夺看了他一眼，“你都不知道是什么就上嘴啊？”

“我看着像盐，”陈庆说，“你俩大半夜的撒一桌子盐……作法呢？”

“滚。”江予夺说。

昨天晚上的事儿，因为没有被睡眠打断，所以他记得特别清楚。

从看到程恪哭到他说聊聊，再到喝酒吃肉、画沙画，最后程恪说自己爱上个狗家里都不会管……

江予夺皱着眉摇了摇头。

他说不上来听到程恪说出这句话时是什么感觉。

回到家的时候，程恪已经收拾好了，被子叠好了被放在沙发上，枕头码在被子上，桌上的盐也都被清理干净了。

“盐呢？”陈庆随口问了一句。

“倒垃圾桶里了。”程恪说。

“那么多呢，倒垃圾桶了？”陈庆看着他，“你真浪费啊。”

“……不扔还留着吃吗？”程恪问。

“又没弄脏，”陈庆说，“我掉块肉在地上我妈还让我洗干净了吃呢。”

“你快得了吧，”江予夺看了一眼茶几上放着的早点，转头看着程恪，“早点没吃？”

“脑袋有点儿沉，没什么胃口。”程恪说。

“带着吧。”江予夺说。

“不用……”程恪说了一半又收住了，拿过了那兜早点。

不知道陈庆是干什么的，每次见到他都开着不重样的车，程恪拿着一兜早点坐在后座上，看着窗外发愣。

“你俩昨天晚上玩什么了？撒一桌子盐。”陈庆一边开车一边问。

昨天晚上。

程恪一听这四个字，立马抬眼往前看了看坐在副驾的江予夺，江予夺脑袋靠在车窗上没有任何反应。

昨天晚上他借着酒劲放肆了一把，现在想起来还臊得慌，以前他干不出来这种事儿，大概是这阵儿憋屈大发了。

毕竟他跟江予夺……不熟，江予夺也说了，没把他当朋友。

不过江予夺一直没有什么特别的反应。

“玩什么了啊？”陈庆又问了一句。

程恪叹了口气：“你画我猜。”

“……真牛，拿支笔拿张纸画不行吗？”陈庆有些吃惊，“弄一桌子盐，这么有创意。”

“啊。”程恪应了一声。

“下回叫上我，”陈庆说，“我喜欢玩这个，以前我跟三哥总玩。”

“你滚吧，”江予夺说，“我画个太阳你都猜不出来。”

“那你怎么不说是你画得太差？”陈庆说，“你隔壁小孩儿都比你画得好。”

“你猜的是什么？”程恪问。

“西瓜、土豆、洋葱、柿子。”陈庆说。

“你是饿了吧？”程恪说。

“不是！”陈庆不服，“他画个太阳都没把‘欻欻欻’画出来！我怎么猜？！”

程恪看着陈庆的后脑勺，没太明白这个“欻欻欻”是个什么玩意儿。

“三岁半的小孩儿画太阳都知道得有一圈儿‘欻欻欻’吧！”陈庆说。

“……哦。”程恪总算明白了。

江予夺“啧”了一声，拿出手机，在屏幕上杵了几下，把手机往后递到了程恪眼前：“这是什么？”

程恪看了一眼，上面是个圆，周围一圈波浪线：“煎蛋。”

“你跟陈庆结拜去吧。”江予夺把手机放回了兜里。

陈庆乐得停不下来：“就你俩这样，昨天是怎么玩下去的？没打起来吗？”

“没打，”江予夺说，“还搂一块儿了呢。”

程恪猛地抬头看着他。

陈庆还在乐，笑得嘎嘎响：“下回搂的时候叫上我，我叫俩女的一块儿。”

“嗯。”江予夺偏过头看过来，跟程恪对视了一眼。

江予夺脸上没什么表情，眼神也平静得很。

只是这看似什么内容都没有的一眼，让程恪觉得有些不舒服，他似乎感觉到了江予夺这份漠然之下的不爽。

但那是江予夺自己开的头，也是他自己挑衅的。

这会儿他不爽个什么劲？

他不是一向都较真吗？客套话都能强行被严格执行，自己说的愿赌服输又不干了？

程恪仰着头闭上了眼睛。

也许不单是为了那个赌注吧。

陈庆把车开到了楼下等着，江予夺跟程恪一块儿进了电梯。

“我拿下去给你也行。”程恪说。

“没事儿，”江予夺说，“我正好检查一下房子。”

“哦，”程恪点点头，“可以再拍个照，下回检查的时候对照一下。”

江予夺看了他一眼：“没睡醒呢吧？”

“醒了老半天了。”程恪说。

“那这会儿撒什么起床气啊？”江予夺说。

“……我吗？”程恪也看着他。

“难道是我？”江予夺说，“我一夜没睡，起床气想撒也是昨天的了，过期了都。”

程恪一时无言以对，只好盯着楼层数字。

打开了房门之后，程恪把钥匙还给了江予夺：“检查吧。”

“嗯。”江予夺进了厨房，刚进去就出来了，“你出门不关燃气灶开关？”

“我关了阀门啊。”程恪说。

“理由真充分，”江予夺说，“注意点儿安全吧，我怕你中毒死这儿了。”

“天然气没那么容易中毒。”程恪给自己倒了杯水。

“那要炸死了呢？”江予夺说。

“……谢谢啊。”程恪叹了口气，坐到沙发上。

江予夺又进厨房去把灶台的开关关上了，然后从兜里拿了张香烟壳出来，写了个号码放到了他身边：“卢茜的电话，下回没带钥匙可以找她，晚上十点以后就不行了，会挨骂。”

“嗯。”程恪点了点头。

江予夺出去之后，程恪倒在沙发上，感觉还是挺困的，但是已经睡不着了。

躺了一会儿他起身去卧室拿了换洗衣服，进了浴室。

热水开到最大，兜头冲下来的时候他长长地舒出一口气。

他很少有喝这么多酒的时候，更没有喝了这么多酒还失眠的时候，这会儿撑着墙就感觉身上虽然松快了，但脑袋还是发沉。

宿醉未醒的那种恍惚。

偏偏这会儿他睡不着了。

他狠狠甩了甩头，用脑门儿顶着墙，烦躁。

从浴室出来的时候，程恪看了一眼手机，比平时洗个澡多用了差不多一倍的时间。

刚刚他站在喷头下边儿裹着热水冲了半天，差点儿睡着，脑袋撞了一下墙才清醒过来，赶紧把水关了，把窗户打开了一条缝。

回到卧室，他连被罩带被子胡乱往身上一盖，闭上眼睛打了个哈欠。

这种时候就是补觉的最佳时机了。

“我回店里了啊，”陈庆坐在沙发上，拿手机对着自己整理着头发，“有发胶吗？”

“我这辈子都没用过那玩意儿，”江予夺低头看着手机里的小说，“你别每次都问，烦不烦？”

“有空我拿一瓶过来放这儿，”陈庆说，“你看到哪儿了？”

“回忆杀，”江予夺说，“回忆了三章还没回完。”

“他想起来上辈子是谁杀他的吗？”陈庆问。

“没有，”江予夺点了根烟，“现在就想起来了后边儿一百多万字还怎么扯？”

“也对，”陈庆点头，又问了一句，“你充值了吧？”

“嗯。”江予夺应了一声。

“那我晚上用你号看吧，”陈庆整理好头发站了起来，“走了啊。”

“你没发工资吗？都沦落到蹭小说看了。”江予夺抬起头。

“我现在开始攒钱了，老婆本儿，”陈庆说，“不攒点儿钱恋爱都谈不起，胳膊都粗了两圈。”

“快滚。”江予夺冲他挥了挥手，唰唰唰地在屏幕上翻了好几页，想把回忆部分赶紧翻完。

他看小说就想噌噌往前蹿，回忆不回忆的他都没有兴趣，哪怕是跟重要剧情有关，他也不乐意看。哪就那么多回忆了，还记那么清楚？

特别是那些让人痛苦的回忆，谁乐意没事儿就往回倒腾一圈儿？

不过今天看到这样的内容，让他比平时烦躁得多，烦得他把回忆翻完了也不想再看下去了。

他都不知道自己在烦什么。

愣了一会儿他又把手机拿了起来，耐着性子继续看了几章，结果连讲的是什么都没看明白。

失眠的痛苦就在这儿了。

他起身穿上外套出了门。

这两天说是大幅降温，外头的风的确刮得猛，江予夺把塞在兜里的帽子拿出来戴上了，在街上漫无目的地转悠着。

许丁的电话打过来的时候，程恪还在梦里，最近梦多，还总有情节，醒过来了都能记得。

他摸过手机："喂？"

"在睡觉？"许丁那边的声音有些嘈杂，人不少。

"嗯，"程恪看了一眼时间，快五点了，"你到了？"

"到了，"许丁说，"不过准备工作还没弄完，你现在出发到这儿应该正好，吃个饭就可以开始了。"

"行，"程恪坐了起来，"吃个面什么的就行，别太复杂了，我这阵儿食欲不振。"

"那就门口拉面馆。"许丁说。

"我半小时到。"程恪挂了电话跳下床。

专家说午睡不要超过四十分钟，大概是有道理的，他一个午觉睡到了下午五点，走路腿都发软，进厕所的时候差点儿跪到马桶跟前。

洗脸的时候手机又响了，他拿过来看了看，是之前定的提醒闹钟，明天要交房租了。

他看着手机上的日期，终于又过去了一个月，都不知道是怎么过的。

这个月过得尤其无聊，除了跟许丁吃过几次饭之外，别的时间他都待在家里没有出门，干了什么都没有记忆。

之前他并没有觉得日子有这么闷，也许是因为他波澜不惊的生活里唯一的波澜很久都没有出现了。

自打上次拿完钥匙，他跟江予夺就没再联系过。

他毕竟不是真的“程·弱智·恪”，这屋里也没什么问题再需要找江予夺来解决了。

而江予夺直接把卢茜的电话给了他，这样让人尴尬的暗示，他不可能领悟不到，就算还有什么弄不明白的玩意儿，他也不会轻易再给江予夺打电话了。

他突然觉得有些怅然。

他并没想过跟江予夺要混得多铁，但至少不应该是眼下这样的状态。

许丁的工作室换了地方，程恪下了出租车之后发现弄错了门，又找了半天，最后还是打了许丁的电话，让他出来接。

“你是不是快破产了？”程恪跟在许丁身后，“之前那个独栋小楼多好，现在跟这么多公司挤在一个楼里。”

“这边有氛围，”许丁说，“而且楼层高，看得远。”

“多远？”程恪问。

“能一直看到看不到。”许丁说。

程恪笑了笑。

许丁之前有个工作室，跟他公司经营范围完全不挨着，做各种看似很高端的视频，组织各种感觉很厉害的活动，每次的合作也都是在这个工作室。

现在工作室搬到了一栋看起来很高端的大楼里，接近顶层，面积很大，比以前三层小楼大，但程恪更喜欢小楼里的氛围。

许丁带他转了一圈，工作室的风格跟以前也有了很大的区别，以前偏宁静田园，现在看上去现代而抽象。

“变化很大啊。”程恪说。

“我喜欢不一样的东西，”许丁把他带到自己办公室里，站在落地玻璃窗跟前看着外面，“一种生活过久了就想变一变。”

“我一种生活过了二十多年。”程恪说。

“现在还迷茫吗？”许丁转过头笑着问了一句。

“还行吧，”程恪走到玻璃前，“凑合。”

“这儿能看到……你爸公司那栋楼。”许丁指了指远处。

"是吗？"程恪顺着他指的方向看过去。

很远的地方，远到几乎看不清，只能看到"集团"两个字，要不是顶上那个熟悉的标志，他还真注意不到。

"那栋楼盖起来以后，我好像就去过两次。"程恪看着那边。

"吃东西吧，"许丁说，"我让助理买了拉面，这会儿应该送来了。"

"不是说过去吃吗？"程恪说。

"我去看了一眼，环境不太好，"许丁说，"怕你不习惯。"

"我现在……"程恪回头又看了一眼那边的大楼，"没那么讲究了。"

许丁没有说话，只是笑了笑。

拍视频的流程程恪已经很熟悉，他只需要确定画的是什么就行。

这次拍的主题是风景，许丁给他照片，他把风景变化一幅幅展示出来，不需要完全相同，意境和想要表达的东西出来了就行。

以前他都会用自己的沙画台，习惯一些，这次所有的东西都是许丁帮他准备的。

"行吗？"许丁问。

"比我原来那张好，我那张挺旧了。"程恪笑笑，想到自己那张最终归宿是某个垃圾站的沙画台，顿时心里猛抽了一下。

"用得习惯我就让人给你拉过去吧，"许丁说，"我都怕你现在懒得去买。"

"行。"程恪说。

这次用的是彩沙，不过只用灰绿色，程恪挺喜欢的一种颜色，不过分明亮，也不会沉闷，稳重里带着轻快。

他抓了一把沙子在手里握紧，感受着沙子在掌心里慢慢压紧交错，忍不住闭了闭眼睛，沙子在指尖细细摩擦时的感觉让他整个人都踏实了下来。

果然还是比盐摸着舒服。

"开始吧。"他把沙子放回。

许丁叫了摄像师进来调整了一下机位，程恪在脑子里快速地把之前的构思过了一遍，撒下了第一把沙子。

细沙从厚到薄，铺在了泛着暖白色光芒的玻璃上。

铺了几层之后，他用手侧在沙面上轻轻一带，随着光芒再次出现，他暂时忘掉了这两个月来的烦闷。

视频反反复复几次，拍完的时候九点多，街上闪烁着的灯光已经连成了片。

程恪走出大楼的时候伸了个懒腰，这大概是两个月以来他过得最愉快的几个小时。

许丁想开车送他回去，但他拒绝了，以前完事了他都是自己回去，就算现在他没车可开，也不希望跟以前有什么不同。

许丁也没有坚持，只是把他送到了方便打车的路口："做完了我给你打电话。"

"嗯。"程恪点点头。

"下个月那个现场，你考虑一下，如果没什么问题，我们改天谈一下细节。"许丁说。

"好。"程恪摸了摸兜里的烟盒，发现已经空了，顿时有些郁闷。

许丁递了盒烟过来："几个小时憋死你了吧。"

"你出去抽了几回烟我都数着呢。"程恪接过烟，走到墙边点上了。

"现场的事……"许丁犹豫了一下，"你不要跟人提前说。"

"嗯？好。"程恪愣了愣。

许丁这话说得有些奇怪，以前他们也合作过现场，但许丁从来没有要求过他保密，也没什么保密的必要。

坐在出租车上他一直琢磨这是为什么。

车开出去十多分钟之后，他猛地皱了一下眉，拿出手机拨了许丁的号。

"怎么？"许丁接了电话。

"你工作室为什么要换地方？"程恪问了一句。

"我说了啊，"许丁说，"想换换感觉，在原来那儿待了太长时间。"

"行吧。"程恪沉默了一会儿，挂掉了电话。

许丁不说，他再问也没什么意义。

也许是他想多了，毕竟以前什么也不想，现在突然一琢磨，就容易想得太夸张。

也许他并没有想多。

许丁是他那些“朋友”里唯一跟他关系没有变化的，程怿以前未必能注意到许丁，可要真注意到了，似乎没什么是程怿做不出来的。

这个城市里，一不留神就会有某个楼盘或者某一块地是老爸投资的，程怿现在接手了哪些业务，他也弄不清。

这些他没兴趣，也不想弄清，只是想到这层了，心里还是堵得慌。

在小区门口下了车，他站在路边看着车开走了都没动。

他现在不困，也不累，没有迫切要躺到床上的欲望，倒是忙活了几个小时有点儿饿了，一碗面根本扛不住。

许丁问他要不要吃点儿东西的时候，他偏偏还没感觉到饿，这会儿大概是受心情影响，突然就在一片郁闷里饿得像是有人拿个勺把胃里最后一点儿食物刮没了，空荡荡的。

他饿得都有点儿想吐了。

这是什么状态?

程恪叹了口气，犹豫了几秒，转身往路口走了过去，去星巴克坐会儿吧，吃点儿喝点儿。

其实他现在还挺想吃烧烤的，就街边那种乱糟糟的小店里的。

以前统共也就去过两三次，他们那帮人觉得太吵太脏，桌上都是油泥，凳子坐着也不舒服，服务还差，那两三次他吃完回去就拉肚子，比下毒还灵。

现在他每次去超市，都会经过几家烧烤店，寒风飕飕的夜里，大棉帘子一挡，里面透着光和热气，有着另一个世界的热闹。

他看着就挺想进去的，可惜他连个跟他一块儿去的人都找不到。

这么一想心里就更堵了。

他拉了拉衣领，风吹得太猛，这外套有些扛不住了。

身上的衣服都是两个月之前随便买的，一次买了不少，感觉够一星期换洗，他就没再去琢磨买衣服的事儿。

昨天被老北风顶着脑门儿拍的时候都没想起来该买厚些的冬装了，现在被风拍得眼睛都有些睁不开了，他才回过神，明天再不去买衣服，估计就快出不了门了。

从这里去星巴克，说远是一点儿都不远，晃过去也就五分钟，但要说近，被风这么吹透了也用不了一分钟，接下去的几分钟里他会非常难熬。

傻了，刚直接叫出租车开过来不行吗？非得下车了才想着去吃东西。

可是都走到路口了，现在转头回去也不近了。

还不如刚才直接回去然后叫个外卖呢。

怎么就晚上饿了这么一点事儿，到了他这里就这么麻烦呢？

他皱了皱眉，顺着路口，转进了小路，他记得上回跟江予夺往这边走的时候，有条岔路可以直接通过去，出口就在他翻的那个垃圾桶旁边，离星巴克很近了。

晚上估计要下雪，这种天气，这个时间街上已经没什么人了，路上只有两边窗户里的光，看着格外寂寞。

走了一段他看到了一个三岔路口。

哪儿来的三岔路口？

他回头看了看，确定自己没走错。

他不得不拿出手机，打开了导航，导航告诉他，最右那条就是了。

“走吧。”他小声说了一句，拿着手机跟捧着个指南针似的，顺着指引走了过去。

走了一小段他才发现自己似乎刚经过了江予夺家门口，之前应该是走过头了，路口在江予夺家前头。

他并不是个路痴，却在老北风中被自己饿得惨叫的肚子带迷路了，穿出小路走回街上时，比他预计的那个出口远了能有二百米。

不过距离应该差不多，他已经看到星巴克的牌子了。

十点正是这条街最热闹的时候，各种酒吧夜店都在黑色背景里闪着光，不过路上的人没几个，都是开着车往门口一停就一头扎进了热气腾腾混着酒香的笑闹声和音乐声里。

程恪把手机放回了兜里。

往前走的时候他突然感觉到背后有人。

他回头看了一眼，没有看到人。

也许是因为身处这种被隔绝在热闹之外的黑暗里，让人不安。

也有可能是因为……旁边没多远的两个垃圾桶旁边站着的几个人，看不清样子，只能看到他们嘴边和手里忽明忽灭的烟头上的那点火光。

几个人聊得挺开心，但笑得特别让人不爽。

压扁了嗓子憋出来一般的笑声，听着就能想象出他们聊天的内容。

程恪皱着眉想要走到街对面去的时候，一个人边狂笑边愉快地飞起一脚踢在了垃圾桶上。

这个垃圾桶没有盖上，而且装得挺满，这人用的劲不小，垃圾桶被踢倒的瞬间，程恪感觉一片垃圾涌了出来。

他虽然曾经跟江予夺在垃圾桶上打架打得桶都被压变形了，但此时此刻还是感觉一阵恶心，但没等他快步走开，一个不知道装什么玩意儿的盒子飞了过来，在离他一米远的地方落了地，盒盖被砸开，连汤带水地溅了他一裤子。

强烈的恶心中他甚至感觉到脸上都被溅上了。

程恪抹了一把脸，骂了一句。

他这句粗话声音并不算高，但还是很快得到了对方回应。

“再骂一个——”一个人喊了一嗓子，跳起来对着一个快餐盒模样的东西狠狠踢了一脚。

这么一脚在平时不会有太大威力，快餐盒会直接被踢碎，然后里边儿的渣子会散落一地。

但现在不同，现在有风，而程恪站在他们下风处。

他躲开了张牙舞爪扑过来的饭盒，却没能躲开里头的菜渣子。

那边传来了一阵哄笑。

程恪实在想不明白，只是换了一个地方生活而已，这里他以前来过无数次，就算碰上有人闹事，也都是在酒吧里头闹，现在却一次一次在大街上碰到这种让人暴躁的破事。

到底是怎么了?

他感觉自己胸口都快让突然燃起来的怒火烧炸了。

程恪往几个人那边走了过去，踩着一地垃圾。

垃圾里有一根金属条，看着像是从窗户上拆下来的，他经过的时候往金属条的一端轻轻踢了一下。

金属条弹了起来，在空中转了两圈，他伸手接住了。

几个人的笑声低了下去。

这招是程恪无聊在院子里玩练出来的，后院的树每次修剪都会散落一地的枝条，有粗有细有长有短，他一开始只是踢着玩，慢慢找到了规律和用力的方式，只要角度找对，他可以从地上把任何条状的东西踢到空中再用手接住。

打架的时候这招没用，但是造势一流，可以给对手带来不小的压力，让对方产生“这人好像挺厉害”的错觉，然后他就可以出手了。

程恪一棍子抽在了踢快餐盒的人的大腿上。

那人愣了大概半秒，怒吼了一声就扑了过来，程恪侧身躲过，抓住了他的手腕，按着他胳膊肘往前一带。

那人顿时就继续冲了出去，程恪对着他后背蹬了一脚，他扑到了地上的垃圾里。

耳边有风，距离太近了，程恪没有办法躲开，只能错了错角度，让本来应该砸在他肩上的这一棍子砸在了他手臂上，手臂上毕竟有肌肉，不容易伤到骨头。

砸过来的是根水管。

程恪抓住水管另一头，往前一拽，身后的人被他拉了过来，对方顺势一拳又砸在了他后腰上，不过没什么力度。

程恪抓着他手腕一拧，这人嗷了一声就从身侧翻到了地上，膝盖跪地死撑着没有倒下去。

程恪对着他肋骨一脚踩了下去，于是这人也扑到了地上。

爽。

比跟江予夺打架爽多了。

这些人战斗力太弱，他可以做到每一次出手都准确，动作不变形。

几个人同时向他抡过来的时候，他弯了弯腰，对着第一个倒地刚爬起来的那人又踹了一脚，那人再次扑倒，发出了愤怒的叫骂声。

程恪手里的金属条往后砸了过去，把从身后围过来的人逼开了两步，他也没回头看，这个角度反正也不会砸到脑袋，只要不砸脑袋，就无所谓。

接着他又一脚踩在正要去捡水管的第二个人肩上。

他身上也挨了几下，但他感觉不到疼痛，只要没被扑倒在地，他就盯着最开始出手的这俩打。

循环往复了不知道多少回合之后，那俩鼻子和嘴上都糊满了血，他后脑勺上终于传来了可以觉察到的疼痛。

怎么下手这么没数？！

程恪转过身，对着身后那人的鼻子重重砸了一拳，那人捂着鼻子发出了短促的一声惨叫一屁股摔坐到了地上。

后脑勺的剧痛让程恪过去对着他捂在脸上的手又蹬了一脚。

再转身的时候，他看到了刀。

但拿刀的人一直到被他劈中手腕刀落了地也没有出手。

程恪发现他站在原地没动。

回过神再看另几个时，他们也都或坐或站或弓腰地凝固了，齐刷刷地都往他身后看着。

程恪缓了缓，顺着他们目光的方向回过了头。

真是……巧啊。

江予夺叼着根烟站在风里，沉默地看着这边。

“三哥。”有人出了声。

“滚。”江予夺咬着烟吐出了一个字。

“三哥，”另一个人也开了口，“我们……”

“多说一个字你今天就只能爬出这条街。”江予夺说。

几个人迅速爬了起来，排队似的依次从程恪面前经过，每人瞪了他一眼之后消失在了黑暗里。

一阵沉默之后，江予夺往他面前走了两步，看着他：“你抽什么风？”

程恪没说话，这种四周一下变得冷清的氛围里，他身上的燥热瞬间就消失了，紧跟着后脑勺的痛漫向了全身。

腿跟着也感觉到了疼痛。

程恪不受控制地往前跪下去的时候，脑子里只有一句脏话。

多么精彩的场面，一场乱战之后，他对着这片儿的老大跪了下去，说不定还会没撑住再磕个头。

不过这场面没有出现。

在他身体往下的同时，江予夺已经架住了他，嘴里的烟差点儿戳到他脸上。

程恪偏头避开烟头，晃了一下站稳了。

江予夺松开他，往自己手上看了一眼之后，伸手在他衣服上擦了两把。

程恪莫名其妙地低头看了一眼："干吗？"

衣服是黑色的，看不出来江予夺往上头抹了什么玩意儿。

江予夺没说话，伸手在他眼前晃了晃。

掌心里有血。

"你受伤了？"程恪吃了一惊，弄不明白江予夺是怎么受伤的。

"这是你的血，"江予夺看着他，"缺心眼儿吧！"

"……啊，"程恪愣了愣，反手往自己脖子后头摸了一把，手指上果然全是血，他非常震惊，"怎么回事？"

江予夺把烟在旁边垃圾桶盖上摁灭了，往旁边他过来时的那条小路走了过去："走。"

"去哪儿？"程恪问。

"我家，"江予夺回过头，"不去就自己打个车去医院，你看这片儿有没有出租车肯拉你。"

程恪沉默地跟了过去。

江予夺家还是原来的样子，甚至他上回来的时候用的被子和枕头都没收起来，还放在椅子上。

程恪脱掉外套，坐到桌子旁的椅子上。

屋里暖和，他身上的寒意快速地退去，被冻透的身体开始恢复知觉，疼痛也随之而来。

跟炸开了花似的，哪儿哪儿都疼。

"上衣脱了。"江予夺拿出药箱放到了桌上。

这个药箱程恪认识，之前放他那儿的就是这个。

程恪犹豫一下脱掉了上衣，本来想扔到沙发上，但看了一眼发现领口上都是血，于是扔在了旁边的地上。

江予夺过去把衣服捡起来放到了沙发上。

“一会儿弄脏了。”程恪说。

“我没你那么讲究，”江予夺打开药箱，拿出了酒精，“先清理一下吧，我看不见伤口在哪儿。”

程恪看着那瓶酒精，应该不是上回那瓶了，上回那瓶被江予夺往脑袋上跟浇花似的一次就浇掉了大半瓶……

想到江予夺处理伤口的风格，程恪立马有些紧张：“要不我自己来吧？”

“㞞了？”江予夺看着他，“动手的时候不是挺嚣张吗？”

“随便吧。”程恪感觉后脑勺都快疼麻木了，懒得再跟江予夺斗嘴，胳膊肘往桌上一撑。

刚撑上去还没撑稳了，胳膊肘就一阵刺痛，他赶紧抬起手看了看，一条挺深的口子，不过不长，也不知道什么时候弄上的……衣服又破了？

江予夺用手指杵在他后脑勺上往下按了按：“低头。”

“就在这儿？不去厕所吗？”程恪问，“一会弄得血了糊叽的。”

“我让你干吗你就干吗！”江予夺吼了一声，“是不是还得帮你放缸热水撒点儿花瓣啊？！”

程恪闭了嘴，直接趴到了桌上，顺便闭上了眼睛，咬紧牙关等酒精泼上来的那一瞬间。

人真挺奇怪的，打架的时候不怕伤，伤了也能忍得住疼，甚至感觉不到疼，处理伤口时这点小痛却会让人紧张。

也许是因为事先知道要疼了，越琢磨越等待，就越怕疼。

突如其来的疼，都不是疼。

江予夺没有直接把酒精倒在他脑袋上，而是拆开了一大包药棉，扯了一半，团了团，看着比一个大馒头还大一圈儿。

往上倒了点儿酒精之后，江予夺拿着这团棉花在他脖子后头擦了擦。

“这就用了一半了，一会儿处理伤口还有吗？”程恪问。

江予夺没出声，一巴掌甩在了他背上。

因为光着上身，这一巴掌甩得脆响，屋子再大点儿都能有回声了。

程恪压着差点儿再次腾起来的怒火，咬着牙没再说话也没动。

江予夺在他脖子和肩上都擦了擦，再慢慢往后脑勺的头发里倒了点儿医用酒精：“是这儿吗？”

“不是，再往上一点儿吧，”程恪说，“我感觉是上面疼。”

江予夺放下东西进了卧室，拿了盏台灯出来，对着他后脑勺打开了，又在他头发上扒拉了两下：“看到了。”

“嗯。”程恪应了一声。

“不深，还行，现在没太出血了，不过这伤要在我头上，估计两天都止不住血，”江予夺说，“我得……找把剪刀。”

“干吗？”程恪吓了一跳，抬起了头。

“头发剪掉点儿，要不怎么洗？”江予夺在药箱里翻了翻，拿出了一把粉色的、小小的、圆头圆脑的儿童手工剪。

程恪不愿意被剪成斑秃，更不愿意被这样的剪子剪成斑秃，他一把按下了江予夺手里的剪刀：“不。”

“不什么不？”江予夺问，“你去医院的话，医生直接给你把这片儿都剃了。”

“我不去医院。”程恪说。

江予夺没出声。

“我下月有个现场表演，”程恪叹了口气，“没几天了，我总不能秃着个后脑勺去吧？”

江予夺沉默了一会儿才开口：“你现在是不是就靠这个吃饭呢？”

“嗯。”程恪应了一声。

“……行吧，”江予夺放下了剪刀，“慢点儿洗吧。”

“谢谢。”程恪说。

江予夺应该是个处理伤口的熟练工，程恪趴在桌上，能感觉到他一点点捏起头发，再用小棉花团往上点，动作很轻，除了医用酒精碰到伤口时的刺痛，没再有别的戳到碰到时的疼痛了。

程恪不知道为什么他处理自己的伤口时会是那种风卷残云的效果。

后脑勺这点儿伤不知道弄了多长时间，刺痛过后伤口就麻木了，不疼，程恪没什么感觉，只有头发被拨动时的轻痒。

程恪趴在桌上莫名其妙居然有种按摩似的舒适感，客厅的暖气应该修过了，这会儿热乎乎的，他开始感觉到了困意。

他舒服得快睡着了。

大概是被砸出脑震荡了吧。

江予夺处理过很多伤口，自己的，别人的，他那些小兄弟受了点儿伤跑他这儿来，他都会给凑合包扎一下。

但这么多人里，他第一次碰到处理伤口的时候能睡着，还能打呼噜的。

他弓着个背快半小时了，腰都酸得不行了，程恪居然趴桌上睡着了！一开始他以为呼噜是喵打的，结果转头看到喵正端坐在沙发上看着他。

他这才确定程恪不光睡着了，还睡得挺香。

要换作是对陈庆，衣服都不带披的他就能给扔到外头去冻着了。

但对程恪他有点儿下不去手。

比起陈庆他们，眼前这个前大少爷，估计心里苦得多，他们习以为常的很多事，在程恪这里，都算得上是重大挫折。

而且看得出程恪挺憋屈。

所以江予夺虽然对他的一些事有些硌硬，刚才却还是帮了他。

要换个别的人，江予夺肯定就蹲街对面点根烟看热闹了。

伤口清洗完，江予夺先用胶条把程恪的头发往两边贴住，露出伤口，然后把纱布盖了上去。

贴纱布的时候，程恪哼了一声，像是要醒，他停了手，等了一会儿，发现这人只是哼了一声而已。

一直到他拽出程恪的胳膊要看看手臂上的伤时，程恪才猛的一下从桌上弹了起来坐直了。

他俩对瞪了好几秒之后，程恪才问了一句："我是不是睡着了？"

“嗯。”江予夺点头。

“不好意思，我就觉得特别困，”程恪搓了搓脸，“我都不知道什么时候睡着的……包好了？”

“好了，”江予夺说，“你去药店买点儿药，有那种能加快伤口愈合的，自己涂点儿就行。”

“哦。”程恪犹豫了一下点了点头，“我试试。”

“你过来的时候不是有个加油站吗？”江予夺说，“后头有个诊所，你弄不好就上那儿让人帮你涂。”

“好。”程恪舒出一口气，然后动了动胳膊，“这个伤我自己来吧。”

江予夺把药箱推到了他面前。

不得不说，如果程恪玩沙画时的动作流畅度是十级，那给自己处理伤口时的动作流畅度估计是负无穷级。

别别扭扭拿哪儿不是哪儿的动作看得江予夺几次想冲上去抽他两巴掌。

“你要是看不下去了，”程恪叹了口气，“就玩会儿别的吧。”

江予夺拿出了手机，还没拿稳呢，就有电话打了过来。

“谁？”他接起了电话。

程恪胳膊上的伤在外侧，他不得不把胳膊压在桌上再别过身去跟拥抱自己一样拿着药棉往伤口上擦。

他擦得非常认真。

他接电话时不愿意有人在旁边，别人接电话他也不愿意在旁边。

但江予夺似乎没他这么讲究，依旧靠在沙发上：“几个啊？哦……我知道他们找谁……不用管，你们避开点儿就行……”

江予夺挂了电话之后站了起来，走到桌子旁边，一把抓起他的手腕。

没等他反应过来，江予夺已经拿起酒精瓶子，拉着他胳膊往伤口上一倒，然后扯了坨药棉顺着伤口唰地一带。

他还没来得及感觉到疼，伤口上的血迹已经被擦掉了。

接着江予夺又往伤口上按了块纱布，贴好之后说了一句：“你先在这儿待着。”

“嗯？”程恪愣了愣。

“那几个叫了他们老大在街上找你呢。”江予夺把药箱收拾好，点了根烟往沙发上一躺。

“……我以为那几个是你的人呢。”程恪说。

“不是，”江予夺说，“我都不认识他们。”

“那他们见了你就跑。”程恪活动了一下脖子，觉得还行，有点儿酸。

“是啊，他们见了我就跑，又不是我见了他们跑，”江予夺皱着眉，“明天去趟医院拍个片子吧，怎么砸一棍子还把你砸成陈庆了？”

程恪叹了口气。

“他们转不了多久，这么冷的天儿。”江予夺说。

“嗯，”程恪靠在椅背上，“我以为这片儿就你一个老大呢，还有别的？”

“不管哪片儿，”江予夺说，“你出门就说自己是老大了，谁管你？又不是优秀市民评选。”

“那你这个老大，”程恪看着他，“就是陈庆出门帮你喊出来的吧？”

江予夺皱着眉盯了他一眼之后就看着手机不出声了。

程恪五秒钟之后才反应过来，按之前他看到的状况，江予夺指的应该是对方老大，他顿时有种被陈庆附身的悲壮感。

呆坐了一会儿之后，程恪被打跑了的饥饿感回到了胃里，他拿出手机，犹豫了一下，看着江予夺问了一句：“你吃东西吗？”

“不饿。”江予夺盯着手机没抬头。

“我特别饿，我叫个外卖过来行吗？”程恪问。

“你想吃什么？”江予夺抬起头。

“……烧烤，”程恪晃了晃手机，“我看外卖里有。”

“哪家的？”江予夺又问。

“我看看，”程恪点开手机查了查，“罗胖子烧烤。”

“没听说过，好吃不了。”江予夺“啧”了一声，“别吃。”

程恪看着他，等着他说说哪家的好吃，结果他不再出声，低头继续盯着手机了。

程恪只得又在手机里来回翻找：“大河烧烤？最好吃烧烤？陈家屯烧烤……这是不是陈庆他家开的……”

“唉！”江予夺用力叹了口气，把手机扔到一边，“说吧，想吃什么？”

“烧烤啊。”程恪说。

“我知道！”江予夺踢了一脚椅子，“烧什么？烤什么？”

程恪沉默了，这会儿他才发现自己想吃烧烤想吃了半天，居然没有一样具体的食物，也没有对味道的任何回忆。

确切地说，他大概只是想凑在烧烤店那种热闹的环境里，对烧烤的具体内容并不在意……

“不知道。”程恪叹了口气，他也没办法跟江予夺解释，感觉下一秒江予夺可能会跳起来把他耳朵吼聋了。

但江予夺并没有跳，也没有吼，瞪了他很长时间之后，重新拿起了手机，拨了个号。

“给我拿点儿烧烤过来，”他皱着眉，“什么都行，一样十串，菜也要，韭菜西兰花茄子……酒不用了，我这儿有。”

他挂了电话之后，屋里恢复了安静。

程恪不知道是不是需要说声“谢谢”，每次跟江予夺在一块儿，他都有种头昏脑涨的忙乱感，除了那天喝酒……

“玩会儿吧。”江予夺突然站起来，拖了把椅子坐到了桌子旁边，顺手从茶几下面拿了一个袋子，往桌上一倒。

“玩……什么？”程恪震惊地看着被倒了一桌子的盐。

“你画我猜。”江予夺说。

“我俩玩？”程恪问，“那‘你猜我画’得是不是太容易了啊？”

“玩不玩？”江予夺看着他。

“行吧，怎么玩？”程恪叹了口气。

江予夺拿了个沙漏过来放到桌上，又拿过了自己的手机：“沙漏三十秒的，从开始画计时，你随便找本小说，按顺序，碰到名词就画。”

“行。”程恪点了点头，拿过手机找了个小说网站打开了，随便点了一个。

“我先画吧，你猜？”江予夺看着手机。

“好。”程恪点头，把桌上的盐抹平了。

“来了啊，”江予夺把沙漏倒过来放下，用手指在盐上画，“一个字。”

程恪盯着他的手，他先画了个方块，又在方块四角上画了四条竖线。

“床。”程恪说。

“对了，”江予夺点点头，起身拿了袋猫粮放在旁边，从里头摸了一粒出来放在了程恪手边，“现在你画。”

程恪看了看手机——

这是一个清晨，三小姐坐在镜子前……

“两个字。”他把沙漏倒了一下，在盐上抹了一把，开始画镜子。

先是一个椭圆。

“蛋。”江予夺说，“鸡蛋鸭蛋鹅蛋。”

“不对。”程恪继续画，为了让江予夺比较容易看明白，他决定画一个简单的小姑娘用的梳妆镜，放在桌上可以转圈的那种，应该一眼就能看出来。

他在椭圆的一边画了条竖线。

“气球。”江予夺说。

他又在另一边画了一条竖线。

“雪糕。”江予夺说。

他又在下面画了个底座。

“地球仪。”江予夺说。

“两个字。”他提醒。

“球仪。”江予夺说。

“……有这玩意儿？”程恪有些无奈，赶紧在旁边画人，对着镜子梳头的Q版小人。

画了几笔之后江予夺一拍桌子：“化妆！”

“化妆是动词。”程恪看了一眼沙漏，快漏光了。

“照镜子！”江予夺又拍了一下桌子。

本来还有一丁点儿的沙漏被他一巴掌拍没了。

“镜子！”他又喊了一声。

“超时了。”程恪说。

“没有，”江予夺拿了一粒猫粮放在自己面前，“到我了。”

“行吧。”程恪拍了拍手上的盐。

江予夺看了一眼手机，“啧”了一声，用手指在盐上画了两个圈：“两个字。”

“眼镜。”程恪说。

“不是。”江予夺又画了两笔。

程恪看着觉得更像眼镜了：“墨镜，眼罩。”

江予夺看了他一眼，在两个圈中间小心地戳了个蝴蝶结的形状。

“……胸罩？”程恪有些无奈。

“你可以啊，”江予夺说，“我以为这个你猜不出来呢。”

程恪拿过手机扫了一眼：耳环。

“都俩字儿啊，”他飞快地画了个圆，又在圆的两边画了两个小半圆，“两个字啊。”

“糖葫芦，”江予夺皱着眉，“你画这些怎么跟你沙画水平差那么多啊？”

“为了配合你的水平，”程恪说着又在半圆上加了两个小圈，再画了个箭头指着这两个小圈，“两个字！”

“耳环！”江予夺暴喝一声。

喵吓得从沙发上跳起来逃进了卧室里，程恪也被他这一嗓子吼得有点儿心跳过速了。

“对了。”他拿了一粒猫粮放到江予夺手边。

接下去江予夺画了个近似三角形的梯形，然后在长的那条边上又加了一条，说实话这个东西有点儿抽象，但程恪结合之前的胸罩还是能猜出这是什么。

“内裤。”他说。

“四个字。”江予夺看着他。

“……三角内裤？”他试着回答。

“没错，”江予夺点点头，“对了。”

程恪这边三小姐一直坐在镜子跟前儿折腾，耳环完了就是项链，但因为这是条珍珠项链，程恪画了个贝壳提示他，但他指着贝壳喊“蝴蝶”，于是没猜对。

“你点了本什么小说啊？”江予夺叹了口气，“服饰搭配指南吗……到我了。”

“画吧。”程恪点头。

江予夺看了一眼手机，似乎愣了一下。

“怎么了？”程恪问。

江予夺咬了咬嘴唇，画了两个圈。

“胸罩。”程恪说。

江予夺“啧”了一声，在两个圈中间又画了一个往上竖起的蘑菇。

程恪看了一眼就愣住了，半天才说了一句：“你看的是小黄文吗？”

“管那么多呢，”江予夺指着画，“两个字！”

程恪已经猜到这是个什么玩意儿，但实在说不出口。

“粗俗一点儿的那两个字。”江予夺补充了一句。

“……服气了，”程恪叹了口气，“认输。”

江予夺又翻了翻手机：“这章也太那什么了吧……凑字数呢吧，写这么多。”

“换一本吧，”程恪说，“你看的都是什么啊？”

“修仙，”江予夺说，想了想又看着他，一脸的欲言又止，但最后还是没止住，“哎，程恪，我问你。”

“嗯。”程恪伸手把桌上的那个图抹掉了。

“你平时看那些东西吗？”江予夺小声问，“就那方面……的书？”

“不看，”程恪眯缝了一下眼睛，“我看片儿。”

17

江予夺这样的好奇宝宝，程恪碰见过不少，他倒也不是太介意这类问题，特别像江予夺这样表达方式本来就挺直白的，他就更不会遮掩了。

“啊。”江予夺看着他，点了点头。

“很奇怪吗？”程恪也配合着压低声音。

“……其实也不奇怪，”江予夺想了想又摆摆手，“不说这个了，接着玩。”

“别了吧，”程恪看了一眼他的手机，“你那本小说，按这个发展，后边儿的我应该都答不出口了。”

江予夺拿过手机又看了几眼：“我也不太好意思画。”

程恪刚要说话，江予夺冲他竖了竖食指，往窗户那边偏过了头。

门外有脚步声，江予夺听得很清楚，不过很快就听出脚步声里还夹着塑料袋窸窸窣窣的声音。

“应该是烧烤送过来了。”他站起来，走到门后，从猫眼往外看。

“挺快啊，”程恪说，“我以为还得需要等一阵儿呢。”

“我跟老板熟，我点的他都先弄。”江予夺看到烧烤店老板走进了猫眼的范围里，然后门被敲响了。

他打开了门，立刻闻到了浓浓的烧烤香味。

“我每样都烤了点儿，要是不够你再给我打电话，”老板把袋子递了过来，“还有一瓶我自己酿的酒，上回跟你说过的，你尝尝。”

“好，”江予夺接过了袋子，“一块儿给我记着账啊，不用优惠。”

老板笑了笑：“行，你吃着。”

江予夺关上门，又从猫眼往外看了看，然后把袋子拿到程恪面前晃了晃：“闻到了没？这种烧烤才香。”

程恪没办法以香味来判断烧烤好不好吃，不过的确非常香，淡淡的焦煳味裹着孜然香，江予夺还没把袋子拿过来的时候，他就已经闻到了，而且立马肚子就饿得他几乎要满地打滚了。

江予夺拿着袋子就要往桌上放。

“哎哎哎，”程恪赶紧拦着他，“一桌子盐呢！”

“又没让你蘸盐吃，”江予夺扒拉开他的手，把袋子放在了桌上，“赶紧地，现在还热乎，凉了就不香了。”

程恪不是个太讲究的人，特别是现在的生活，比起以前更不讲究了，被罩和被子摞着盖他都能接受，但跟江予夺一比，在不讲究的大道上，他还有明显的差距。

“盐都粘到袋子上了。”他叹了口气。

江予夺把袋子都打开卷了卷：“你又不吃袋子，哪儿来那么多讲究？赶紧吃！”

“好。”程恪说。

烧烤的种类齐全，除了各种肉串儿，程恪能认出是肉，别的就看不出是什么了，他随便拿了一串，咬了一口。

“怎么样？”江予夺马上问，眼神里的期待仿佛这是他烤出来的。

“好吃，”程恪点了点头，“很香，这个是什么？”

“蹄筋，”江予夺拿了串鸡翅，“这都不知道？”

“没吃过，”程恪啃掉了这一串，又拿了一串他认识的，应该是羊肉，“我以前就吃过两三回吧，吃的都是普通的肉，猪牛羊。”

江予夺停下看了他一眼：“你以前坐过牢吗？”

“……没。”程恪不知道该怎么说，叹了口气。

“你那两三回烧烤在哪儿吃的？”江予夺问，“五星级酒店？”

“路边摊。”程恪说。

“哇，”江予夺一脸夸张的震惊，“你还吃过路边摊啊？”

“滚蛋，”程恪把羊肉啃完了，又拿了一串不知道什么东西咬了一口，“脆的，这个也好吃。”

“脆骨，”江予夺说，“那袋里有烤青菜，你吃过没？尝尝？”

“没，”程恪拿了一串西兰花，“水分都烤没了，还能好吃吗？”

“能，”江予夺说，“你喝点儿吗？老板送了酒，不过是自酿的，不知道你喝不喝得惯。”

“好。”程恪说。

江予夺还是拿了两个碗，把老板送的酒倒上了。

烧烤店开了挺多年，江予夺跟老板认识也挺多年了，一直觉得他人挺好，老实好欺负的那种。

不过卢茜说他年轻的时候，就是还没有这些酒吧夜店，没有1号、2号、3号、4号楼那么年轻的时候，也是这片儿的“老大”。

真奇怪，江予夺看了一眼程恪。

这些所谓的“老大”，一个个能吓着的，无非是些跟他们自己一样的人，碰着像程恪这样的人——哪怕是个因为太废物了而被赶出家门的废物，多数老大也就一块儿作废了。

程恪大概是真的饿了，或者是吃烧烤的次数太少，所以有些狼吞虎咽，一口酒一口肉的。

“这酒，”程恪停了一下，喝了口酒，“真难喝啊。”

江予夺笑了：“那你喝得这么起劲。”

“肉太腻了，解腻，”程恪把碗里剩下的酒一口喝光了，“帮我倒点儿水吧。”

江予夺正想站起来拿碗的时候，程恪自己已经站了起来，一边拿了纸巾擦手，一边拿着碗去饮水机那儿接了一碗水。

“说习惯了，”他喝了半碗水，又把水接满了，回到桌子旁边坐下之后，突然叹了口气，“饱了？”

“废话，这么大的碗，半碗水灌下去肚子哪儿还有空地儿？”江予夺说。

“……我本来也吃了挺多的，”程恪摸了摸自己后脑勺，“不会影响伤口愈合吧？”

“我从来不担心这些，”江予夺很不屑，“你看我有哪道伤没愈合吗？”

“我是说影响，没说愈合不了，”程恪放下了手里的扦子，看着他，“你身上那些伤，都是你跟人打架的战利品吗？”

江予夺没说话。

他身上有不少伤，大大小小的，他自己都没细数过，加上那些已经找不到痕迹了的，更是数不清了。

但从来没有人会像程恪这样问，他的那些小兄弟，那些对头，其他所有人都默认这些疤就是打架打来的，毕竟他从到这里那天开始，就是这么过的。

程恪却问了这样一句。

江予夺眯缝了一下眼睛，每一次他要完全相信程恪的时候，程恪都会有那么一两个细节让他在意。

今天程恪从他家门口走过的时候，他就站在窗帘后头，从 3 号楼跟了他一路的人就在五分钟之前刚刚离开。

程恪无论从哪里抄近路要去那条街，都不需要经过他家门口。

而在那几个人踢翻垃圾桶之前，程恪就停了下来，也许是已经发现了他跟在身后。

接下去就是打架了。

而现在，程恪又问出了这样的话，就像是在暗示——我知道你的伤不全是打架打出来的。

江予夺不愿意怀疑程恪，程恪实在……不像个对他有威胁的人，他跟程恪在一起的时候，如果不刻意去考虑各种巧合，根本想不起来要去提防这个人。

“小伤是。”江予夺说。

程恪忍不住看了他胸口一眼，小伤——背后和胸口上那些怎么都不能算是小伤了，如果不是打架打来的，能是怎么来的？

“你出过车祸？”程恪问。

江予夺看着他，过了好一会儿突然笑了起来，笑了半天才拿起碗喝了口酒：“服了你了。”

“算了，”程恪说，“不问了。”

“你不知道吗？”江予夺问。

“……我上哪儿知道去？”程恪说。

“你可以猜啊。”江予夺挑了挑嘴角。

这应该算是个笑容，但是程恪感觉不到这个笑容里有任何跟“笑”有关的信息。

从他跟江予夺认识的那天开始，江予夺就一直这样，他实在想不通这到底是为什么，他以前没跟江予夺这类人打过交道，街面儿的老大，混迹街头，收租打架，他不知道这样的人是不是都这样喜怒无常，把每一个陌生人都当成威胁。

“我猜什么？”程恪皱了皱眉，有些没好气地掸了掸掉到衣服上的盐粒，“我猜你是被车撞了、被人揍了、吃多了自残，要不就是被虐……”

他的话没有说完，江予夺突然踢桌子站了起来，喝空了的碗被砸在了桌上再摔落到地上。江予夺脸色已经完全阴了下去，盯着他，眼神冷得像是要飞出冰刀来。

“你到底有什么毛病？！”程恪也火了，从小到大除了家里人，他从来没受过这样莫名其妙的气，摔碗踹桌子的。

他跟着也想站起来，不管外面还有没有假老大带了假跟班在找他，他现在就想走人。

玩什么你画我猜，吃什么烧烤，喝什么酒！

但他没能潇洒地腾的一下站起来。

江予夺踹桌子这一脚太猛，桌子往他这边撞过来，把他夹在了桌子和椅子中间。

他骂了一句。

江予夺看着他，伸手拽着桌沿拉了一下，桌子被拉开了。

程恪潇洒地一下站了起来，拎了椅子甩到一边，从沙发上拿了外套直接打开门走了出去。

“程恪！”江予夺在后头喊了他一声。

“别喊你爹！我再跟你说一句我是你儿子！”程恪吼了一嗓子，头也没回地走出了楼道。

手机振了两下。

他拿出来看了一眼。

事件提醒第二次。

交房租。

程恪咬着牙，气得后脑勺的伤口蹦着疼。

外面已经非常冷了，北风吹得急，两阵风刮过，他整个脑袋都麻了，赶紧把外套的帽子戴上。

手刚一抬，一大坨白色的绒毛从他眼前飞舞着飘过，他跟着看了半天，一直到绒毛消失在夜色里了，他才反应过来，看了一眼外套袖子。

这什么质量？！

破玩意儿！

胳膊伤了的地方，袖子从外到里破了个大口子，看着像是被按在地上摩擦了十分钟磨出来的一个洞。

就这么两秒钟时间里，又一坨绒毛飘了出来。

他捏了捏袖子，这一截的羽绒已经没了，就剩了两层布。

程恪无法形容自己这会儿的心情，不知道为什么会有这么大火气，寒风里都能闻到自己被怒火烧出了孜然味儿。

江予夺刚才粗暴的态度一下把他对这个人所有的善意和好感，都一脚踹成了尴尬和自作多情。

他觉得自己非常像条因为没了街角的破纸箱之后对着所有人都拼命摇尾巴的流浪狗。

他一直被家人看成是废物，曾经破罐破摔地想过自己在某些方面大概是个没什么自尊的人，随便想怎样就怎样地活着就可以。

现在看来，他对自己的认识还不太全面。

他所有的烦躁和怒火这会儿都发泄在明明没有倒地被摩擦但偏偏破了个摩擦洞的衣服上。

他把外套脱了下来，狠狠地甩在了地上。

去你的吧！

程恪刚往前走了两步，就听到了身后有声音，裹着风他听着觉得有点像是脚步声，又有点儿像是石头在地上滚过的声音。

一想到这会儿街上还有人在找自己寻仇，他赶紧回过了头。

身后没有人，但他看到了不知道什么时候从家里冲了出来正在往街对面跑的江予夺。

程恪愣住了，他本来以为现在要是看到江予夺，只有可能是江予夺出来跟他干仗，但江予夺往街对面冲。

出什么事了？

程恪顿时感觉到了有些冷。

“你回去！”江予夺突然指了他一下，“别出来！”

“什么？”程恪瞬间迷茫了。

身后又传来一阵脚步声，这回他听得真切，赶紧回身，看到几个人冲了过来，冲在第一个的人他认识。

是大斌。

“三哥！”大斌喊。

“你们待着！”江予夺吼了一声冲进了斜对面的通道里。

大斌犹豫了一下，没有停，但脚步放慢了，几个跟着他过来的人都往通道那边看去。

“怎么回事？”程恪整个人有点儿蒙了，“你们怎么在这儿？”

“可能是刚才那些人，”大斌说，“三哥让我们在附近看着点儿，怕你一会儿走的时候被人盯上。”

程恪瞪着他没说话。

“刚才我们看到俩，”大斌指了指后面，“正好三哥打电话让我们过来送你……”

程恪没等他说完，转身就往对面的通道跑了过去。

“恪哥！三哥不让过去！”大斌有些着急地在后面喊，“让你回去！”

“他一会儿让你吃屎！”程恪没理他，跑过了街，“你这么听话的话就去给我吃一个看看呀！”

不得不说，江予夺在这些小弟面前的威信的确挺高，大冷天的让巡街就巡街，让送人就送人，让待着就待着。

大斌那几个已经跑到了通道口，因为江予夺一句话，硬是没敢进去。

程恪冲进了通道，没看到人。

这通道是两栋楼之间的一条小路，很窄，只能过人和电动车什么的，三轮车估计过着都费劲，两边也藏不住人。

“江予夺！”程恪喊了一声。

没有人回答。

“老三！”程恪快步往前，又喊了一声，想想又担心喊“老三”会让身为老大的江予夺没有面子，于是补了一句，“三哥！”

依旧没有人回答，也没有什么动静。

程恪突然觉得有些害怕。

再往前几步，通道就到头了，那边是另一条小马路，有路灯，但不是太亮，从这里看过去，小马路上也没有人。

但是拐角那边……

程恪看到通道尽头的地面上有个影子晃了一下。

“江予夺！”他下意识喊了一声，想从兜里掏个什么东西当武器。

他掏了两下才想起来，外套都没有，哪儿来的兜？

影子的主人从拐角那儿转了出来：“谁让你过来的？！”

是江予夺。

程恪猛地松了口气。

身后传来了一堆杂乱的脚步声，还有大斌的声音：“三哥！你没事儿吧？！”

“明天我就收拾你们。”江予夺指了指他们。

大斌没出声。

“赶紧走，”江予夺说，“没事儿了，回去睡觉。”

“有俩还在这片儿呢，”另一个小弟小心地开了口，“要不我们几个先……”

“让你回去就回去，”江予夺不耐烦地打断了他的话，“我让你们盯着点儿就是盯，盯——懂吗？眼看！手莫动！谁让你们去干架了？”

“三……”那个人还想说什么，被大斌拍了一下。

“那我们就回去了，三哥。”大斌说。

“回吧。”江予夺挥挥手。

大斌带着几个人走了。

程恪跟着江予夺从通道返回了他家门口，中途几个窗口都有人探了脑袋出来看，还有人小声说着话。

“你不冷啊？”江予夺转头问。

“什……”程恪开口的时候才发现自己牙齿上上下下地磕得有点儿热闹。

他想赶紧过去把自己的外套捡回来，走了两步却发现刚才扔衣服的地方空无一物，连根毛都没有了。

“我衣服呢？”他非常震惊。

“被人捡走了呗，”江予夺说，“那么好的衣服，别说你人走开了，你就站跟前儿都会有人过来捡。”

“好什么啊？”程恪一想到那个洞就来气，“破了个大洞。”

“补补就行，”江予夺说，“别因为你以前成天在那边大街上逛酒吧夜店，就以为这片儿住的都不是穷人了。”

程恪没说话，也说不出话来，感觉牙都快冻上了，快磕不出声儿了。

他非常佩服江予夺的抗冻能力，他起码穿的是件薄羊毛衫，江予夺穿的是件长袖 T 恤。

江予夺居然还能昂首阔步脖子都没缩一下。

“走吧，先回我那儿。”江予夺说。

程恪沉默着紧跟在他身后，过街的时候一阵风吹过来，他差点儿想推江予夺两把，走得太慢。

进了屋，愣了能有两分钟，他才算是缓过来一点儿了。

“你衣服里有值钱的东西吗？”江予夺倒了碗酒递给他。

“没有，”程恪摸了摸裤兜里的手机，“我身上就一个手机一包烟，别的没有。”

江予夺点了点头，拿了串牛肉刚咬了一口，突然转过头：“就手机和烟？你又没拿钥匙？”

“我拿了！”程恪震惊了，赶紧对着裤兜啪啪儿掌拍了过去，没摸到东西，又伸手进去掏了两下，空的。

“哪儿呢？”江予夺赶紧拿出手机看了一眼时间，“这都 12 点了！我上哪儿给你拿钥匙去啊？！”

“我真拿了钥匙，”程恪感觉非常无力，坐到了椅子上，“钥匙在外套兜里。”

“我一会儿送你个钥匙链你挂脖子上吧，”江予夺往门口走过去，“要不明天你打个报告申请换个指纹锁得了。”

“你去哪儿？”程恪问。

“帮你找钥匙。”江予夺说，“捡衣服的就那几个，我去要，不过先说好，衣服肯定要不回来，你就当扶贫吧。”

“嗯。”程恪叹了口气。

江予夺从他身边经过的时候，他眼角余光突然扫到一抹红色。

“你……”程恪转过头，一把抓住了江予夺的手，“这是伤哪儿了？”

江予夺手背上有一条还没有干的血迹，从袖口里流出来的。

“刮了一下。”江予夺抽出手。

“先别管钥匙了，”程恪站了起来，上下打量着他，“伤哪儿了？”

“哎，”江予夺把袖子往上捞了捞，小臂上一条伤口露了出来，“就这点儿，看着吓人而已。”

程恪看了一眼伤口，感觉不是刀伤，破口的地方边缘非常不整齐，像是被什么一点儿都不锋利的东西强行划出来的。

不知道这个“刮”，是什么玩意儿刮的。

“起码先止一下血吧，”程恪说，“你就这样出去，真有人捡着了钥匙也不敢出声。”

“烦死了。”江予夺皱着眉头转身进了厨房，拧开了水龙头对着伤口哗哗地冲着。

程恪非常无奈，但实在不想说话了，再多说一句他都觉得自己跟个老妈子似的。

厨房里的水声哗哗好半天都没停，程恪偏过头往那边看了一眼。

江予夺还站在水池前，伸着胳膊在水龙头下冲着，程恪看不到他的脸，但能看到他的胳膊抖得非常厉害。

鉴于二十分钟之前他俩之间的气氛还非常紧张，就算刚才有所缓和，程恪现在也不愿意表现出特别关注来，那像是讨好，显得特别蠢。

但他坐在椅子上看了起码两分钟，江予夺一直就那个样子，侧身，低着头看着自己在水龙头下冲着凉水的胳膊。

胳膊依旧在抖，说实话那个伤口挺长的，但是不算深，对江予夺这样的受伤专业户来说，应该不至于疼到发抖。

那就可能是冻的。

看这天气，半夜可能就会下雪了，而江予夺就这么冲着凉水……冻得哆嗦，那就不能不冲了吗？

喵从沙发上跳了下来，从程恪腿边往厨房那边走了过去，尾巴在他脚踝上蹭了一下。

程恪找到了切入点，对着厨房那边问了一句：“喵是不是饿了？”

喵很配合地一边在厨房门框上蹭着一边叫了一声。

但是江予夺没有动，还是专注地盯着自己发抖的胳膊。

程恪犹豫了一下站了起来，这状态无论怎么说，都不太对劲。

“江予夺？”他走到门口叫了一声，但是没敢靠近。

江予夺的脸稍微偏了偏，角度很小，不仔细看都注意不到，但就动了这么一丁点儿，又继续凝固了。

程恪承认自己现在有点儿害怕，结合江予夺一直以来给他留下的喜怒无常的印象，他总感觉自己要是靠近了，下一秒江予夺就会抄起旁边砧板上的菜刀对着他砍过来。

“你没事儿吧？”程恪还是走到了水池旁边，站在了江予夺身后——就冲之前大斌的那句“三哥让我们在附近看着点儿，怕你一会儿走的时候被人盯上”。

江予夺似乎艰难地动了一下，往后微微侧了侧。

程恪没再说话，伸手在他背上轻轻地拍了拍，江予夺的身体过了电似的一颤。

“我关水了啊。”程恪说着慢慢把水龙头拧上了。

江予夺的胳膊还伸在水池上方没动，程恪咬牙小心地抓住了他的手，拽了回来。

江予夺的手和胳膊冰得吓人，伤口已经被冲得有些发白，但几秒钟之后，伤口又有血涌了出来，看来江予夺说自己血小板含量低没骗人，这伤口现在看上去跟刚伤的没什么区别。

“你睡着了？”程恪问。

“……没。”江予夺声音有些哑。

“那冲这么久？”程恪说，“我以为你……”

“我不敢动。”江予夺说，声音很轻，带着细微的颤音。

“什么？”程恪愣了愣。

“他们看到你了。”江予夺说，眉头皱了起来，嘴唇也有些发白。

“谁？”程恪问，“刚才打架的那些人吗？”

“不是。”江予夺还是皱着眉。

“那是谁？”程恪盯着他的脸。

江予夺脸上完全没有了平时那种嚣张和飕，皱着的眉和垂着的眼皮，略微有些苍白的脸色，让他看上去居然有些可怜巴巴。

程恪的追问他没有再回答，只是沉默着。

在程恪想要把他拉回客厅的时候，他才抬起眼睛看了看程恪：“我没事儿，你出去。”

程恪跟他对视了一会儿，江予夺眼神里什么也没有，看不出任何情绪，但并不是完全的空白，莫名会让人感受到恐惧。

——来自江予夺的恐惧。

程恪点了点头，转身回了客厅，坐到了桌子旁边。

他没有再往厨房里看，总觉得江予夺并不希望有人看到他这个样子。

程恪看着桌子上铺着的盐和几袋还没吃完的烧烤，轻轻叹了口气，拿过那瓶难喝得要命的酒，倒了个碗底喝了。

江予夺的眼神让他心里有些不踏实。

这个眼神跟江予夺平时的状态非常不匹配，他根本不是个能拥有这样眼神的人。

不过这样的眼神，程恪不是第一次看到了。

“我见过的坏人，”江予夺说，“比你吃过的米饭都多。”

那时他的眼神跟现在的就很像。

算了，不想这些了。

程恪不是个好奇宝宝，他一直以来的教养也不允许他对一个交情不深的人刨根问底，甚至在脑子里想一想他都会觉得尴尬，有些不好意思。

他把跳到了桌上的喵抱了过来，捏着它的爪子抖了抖粘在毛上的盐粒。

“想偷东西吃是吧？”他小声说，把喵的爪子拿到它自己嘴边，“这些东西都很咸，你不能吃，不信你舔舔你爪子？”

喵没有舔爪子，只是在他手指上轻轻咬了几口。

“今天你就在这儿过夜吧。”江予夺从厨房里走出来说了一句。

程恪转头看着他。

江予夺已经恢复了平时的样子，声音里的沙哑也消失了，这种变化让程恪有些吃惊。

……戏精的诞生啊。

但他很快又为自己会有这样的第一反应而内疚，皱了皱眉没出声。

“你别一脸不愿意的，”江予夺拿过药箱坐到沙发上，拿了点儿不知道是什么的药粉撒在伤口上，然后拿了一大团药棉揪成长条压了上去，“不愿意就自己出去找钥匙。”

“我没有……不愿意。”程恪没有问江予夺为什么又不去帮他找钥匙了。

不过这话说出来有些别扭，他的本意是想表达并没有不愿意在这里过夜，但说出来就怎么听都怎么像是他生怕江予夺改主意。

“我现在不敢出去。”江予夺说得很快，有些含混不清。

程恪看了他一眼，他说这话时有些郁闷。

一个老大，不敢出门，对他来说大概是有些丢人。

“嗯。”程恪应了一声。

“你睡床吧。”江予夺拿了一卷医用胶带，用牙咬开了就开始往手臂上缠，一圈一圈地。

“我睡沙发就行，”程恪说，“你睡床吧。”

江予夺扫了他一眼：“我也睡床。”

程恪愣住了，好一会儿才问：“你有几张床？”

“一张，”江予夺有些不耐烦，“我一个单身汉，还能有几张床啊？”

“咱俩睡一张床？”程恪非常震惊，并且非常不愿意。

不光是因为横在他俩之间的那个问题，睡一张床会非常尴尬，还因为程恪从小到大就没跟人睡过一张床，他无法忍受自己睡觉的时候边儿上还有一个人。

“怎么？”江予夺瞪着他，似乎也挺吃惊，“你还怕我占你便宜吗？”

程恪叹了口气：“你这一身也不知道哪儿还有没好的伤，别为了躲我再滚地上去了，我睡沙发就行。”

“随便，”江予夺低头咬断了胶带，“你想睡沙发就睡，不过我先跟你说一声，喵今天在上头尿了两泡。”

“……真的？”程恪起身过去盯着沙发。

之前他都没注意，现在仔细看了才发现这张沙发也够有意思的，布艺沙发用几年就显旧，再加上本来就是灰蓝色，看上去就更旧了，被喵抓出来的线头又增加了年代感，现在江予夺告诉他这上头有两泡猫尿！

“这儿。”江予夺指了指旁边。

程恪顺着他手指看过去，果然看到了两片淡淡的痕迹。

“不过已经干了，”江予夺在上头拍了拍，“我主要是怕你讲究，要是陈庆，肯定直接就睡了。”

程恪没说话。

“一会儿可以帮你拿床单垫一下，”江予夺把药箱收拾好，“尿在这头，你脑袋睡那边就行。”

程恪还是没说话。

他不断地告诉自己，别矫情别穷讲究别大少爷派头，现在拿不到钥匙，又没有身份证……到底住酒店是不是真的要身份证？所以下次出门是不是应该带着身份证？

算了吧，他今天要是带了，估计身份证就跟钥匙一块儿被扔掉了。

江予夺站了起来，进卧室打开了柜子。

程恪不得不马上做出决定——睡尿上还是睡床上。

在江予夺从他不知道堆了什么但是肯定塞得特别满的柜子里艰难地扯出一条床单来的时候，程恪悄悄靠近沙发，在那两片痕迹边儿上拍了一下，腾起来的味道让他一咬牙：“我还是睡床吧。”

江予夺抱着床单看着他。

“不好意思，我本来也不想折腾，”程恪站起来，指了指沙发，“但是好像还能……闻到味儿。”

“废话，下午刚尿的，”江予夺说，“不然我能叫你睡床吗？！”

程恪没说话。

“你给我塞回去！”江予夺把床单扔到床上。

“好。”程恪赶紧走进卧室，毕竟江予夺手上刚受了伤。

他从床上拿起床单，转身看着柜子的时候愣了愣：“你是从……什么位置拿出来的？”

柜子里塞满了各种毯子被罩床单厚被子小被子还有衣服，严丝合缝，根本没有留下这条床单曾经在柜子里待过的痕迹。

“不知道，”江予夺往床上一倒，枕着胳膊有些幸灾乐祸地看着他，“随便塞吧。”

程恪盯着柜子里的东西看了看，然后伸手在各种被子毯子中间戳着，最后在中部靠下的地方找到了一点戳起来似乎还有富余的空间。

他把床单团了团，对着那儿塞了过去。

床单进去了一小坨，有希望！

他再往里推，又进去了一点儿！

他听到了江予夺的笑声。

为了速战速决，他一边往里使劲，一边伸手进去用力把东西往上抬了抬，想给床单再腾出点儿空间来。

就这一个动作，柜子里的东西，以他胳膊为界，往上的部分突然发生了坍塌。

程恪还没反应过来，一堆衣服毛毯的就砸在了他脑袋上，然后散落一地。

“啊！”他震惊地喊了一声。

就在感觉江予夺可能会扑过来揍他的时候，他听到了江予夺的狂笑。

“我真服了你了……”江予夺捂着肚子躺床上笑得眼睛都没了，“这下可以放进去了是吧。”

程恪靠到柜门上，轻轻叹了口气：“不好意思啊，我真的……我实在是……没干过这种活儿。”

“没事儿，”江予夺又笑了一会儿才摆了摆手，“别管了，扔那儿吧，明天再收拾。”

“扔地上？”程恪看着他。

“不然呢？”江予夺摊了摊手。

程恪看了一眼四周，卧室里的东西很简单，一张床，两个衣柜，床边有个床头柜，但是放着手机台灯杯子纸巾还有一盏猫头小夜灯，程恪想起了钥匙串上的那个猫头，看来江予夺很喜欢猫……他顿时有些过意不去。

窗边还有一张摇椅，程恪把地上的东西都抱起来，努力地都堆了上去。

“你家是不是请了一百多个保姆啊？”江予夺坐起来脱掉了上衣。

“……啊，”程恪转头，“啊”完了才听明白他说的是什么，“哪儿来的一百多个？就几个，保洁和做饭的阿姨。”

“挺羡慕的，”江予夺跳下了床，走出卧室，“我这儿要是非得强行安排一个阿姨的话，也就只有陈庆阿姨了。”

程恪笑了起来：“服。”

“我去洗漱，”江予夺说，“你排队吧。”

“嗯。”程恪应了一声。

江予夺进了浴室之后，他松了口气，坐到床沿上，搓了搓脸。

他也经常在别人家过夜，但都有单独的房间，从来没有这么尴尬地跟人就这么一块儿待在同一个卧室里，有点儿站也不是坐也不是。

他又看了看卧室里的东西，实在是非常简单，而且看得出来江予夺过得很随意，东西有不少磕磕碰碰留下的划痕和撞痕。

不过大概是因为东西太少，所以看着还算整齐，江予夺平时应该是会收拾的，那个快塞爆炸了的柜子就是证明。

“你去洗吧，”江予夺进了卧室，还是光着膀子，身上的伤痕依旧灿烂夺目，“杯子旁边有漱口水。”

“哦，”程恪站了起来，“你用漱口水？”

“我不用那玩意儿，是超市买东西送的，袋装的那种，”江予夺跳起来往床上一砸，伸了个懒腰，“你那么讲究，就用那个吧，省得我扔了浪费。”

“嗯。”程恪点点头。

浴室里果然有一小袋旅行装的漱口水，他拿起来看了看，还是他挺喜欢的桃子味儿，虽然洗脸还是只能用纸擦，但已经非常让他愉快了。

洗漱完回到卧室的时候，江予夺已经脱得只剩一条内裤，正躺床上拿着手机，估计是在看小说。

“你盖那个吧，”江予夺看了他一眼，指了指放在旁边的一床被子，“你把柜子掀了，正好能拿出来了，要不你还得盖陈庆盖过的那个。”

“谢谢。”程恪笑笑。

笑完了他站在床边儿又有点儿犹豫，应该是和衣而眠还是应该脱了衣服？脱到什么程度才不会让江予夺对他有意见？

“你不睡啊？”江予夺转头问他。

“睡。”程恪一咬牙，脱掉了身上的衣服，脱下来之后才发现羊毛衫的袖子上也磨出了一个洞。

当然，这是废话，胳膊能伤成那样，里里外外肯定都是磨穿了的，但他还是很郁闷。

“明天穿我的衣服吧，”江予夺说，“今天这一架打掉了小一万吧？”

程恪叹了口气，正要掀了被子往床上坐的时候，江予夺拍了一下床板："裤子脱了，你睡沙发也就算了，睡我床也穿着外裤？我被罩都是新换的呢。"

"哦，"程恪只得站起来解开了皮带，"我其实是怕你……"

"怕我什么？"江予夺"啧"了一声。

"我是怕你介意！"程恪非常无奈，"你还说陈庆，你这脑子跟他有什么区别？都是同款，以后你别嘲笑他了。"

"我不介意，"江予夺笑了起来，"能怎么着啊？你后脑勺还开着瓢呢。"

程恪实在不想再说话，咬牙把裤子一脱上了床，拉过被子，侧身背对着江予夺躺下了。

"你身材还挺好的，是不是练过？"江予夺问。

"算是练过吧，"程恪闭上眼睛，"我以前练过一阵儿跆拳道。"

"难怪，你打架的时候看着就跟别人不太一样。"江予夺说。

程恪感觉床垫动了动，估计是江予夺翻了个身。

这种别扭的同床共枕让程恪神经放松不下来，江予夺任何一个细小的动静他都听得清。

正琢磨着，江予夺的声音突然在他耳朵后头响了起来："哎。"

程恪吓了一跳，赶紧转过头，顿时就跟江予夺鼻尖对着鼻尖了，他震惊地问："干吗？"

"你有空教教我吧？"江予夺说着伸手扯了扯他那边的床单。

程恪这才发现他只是侧过身整理床单，心里顿时狂奔过去一万头驴："你不是挺能打的吗？"

"我也不是为了打架，就觉得挺有意思的，"江予夺躺了回去，靠在床头，"你反正也没什么艺术可搞，闲着没事儿的时候教教我。"

"……嗯。"程恪只能应了一声。

江予夺点点头，伸手从床头柜上摸了根烟点上了。

"你在床上抽烟？"程恪刚要转头躺着，顿时也躺不下去了，扭着脖子看着他。

"床上抽烟怎么了？"江予夺叼着烟，"我又没往你脑袋上弹烟灰。"

程恪一时之间无言以对，绷了半天索性坐了起来，把枕头立起来往床头一靠："给我一根吧。"

江予夺笑了笑，把烟盒和打火机递给了他。

“烟灰怎么办？”程恪点了烟之后看了看四周，也没个烟灰缸。

“地上，”江予夺说，“明天起来扫。”

“那你刚还让我别管那些被子什么的，你都往地上弹烟灰呢。”程恪叹了口气。

“你烦不烦啊？！”江予夺皱着眉，“现在地上不是没有被子吗！”

程恪想想居然觉得很有道理。

江予夺坐起来拉开了床头柜的抽屉，从里面拿了东西出来扔到他身上：“给给给给给，少爷专用！”

程恪看了一眼，是一个猫头烟灰缸，淡蓝色的玻璃，不知道是没用过还是洗过，非常干净漂亮。

“谢谢。”程恪拿过烟灰缸，往里弹了弹烟灰。

接下去他俩都没再说话，江予夺估计是在看小说，拿着手机目不转睛，程恪就一直看着那俩柜子出神，左边的柜子里都是铺盖，右边柜子里应该都是衣服。

不知道衣服是不是也这么爆炸式地塞满一柜子。

沉默着抽完了一根烟，程恪感觉自己毫无睡意，只能拿过手机，也点开了胡乱看着。

“哎，我有个问题，有点儿不好意思问，但还是想问。”江予夺看着手机说了一句。

“那就等好意思了再问。”程恪说。

“你跟我这么躺这儿，”江予夺转过头，“会不会不好意思啊？”

“没有。”程恪回答。

的确没有，起码现在没有，现在他只觉得别扭。

“没有？”江予夺有些吃惊，“不能吧？”

“……没有！”程恪转过头看着他，实在没压住吼了一声，“你帮我在这儿幻想啊！”

第四章 茫然

P207 — P268

江予夺被程恪这一嗓子吼得愣了半天才回过神。

程恪没理他，拿着手机看着。

“你以后跟我说话注意点儿语气，”江予夺说，“这片儿还从来没人敢这么跟我说话呢。”

“我又不是你这片儿的。”程恪没好气儿地说。

江予夺皱了皱眉，一时也找不到什么话反驳，于是偏着头看着程恪玩手机。

程恪的手机非常无聊，江予夺就看他来回翻页，然后点进一个什么玩意儿又退出来，再点一个再退出来。

没有游戏，也没有什么好玩的软件，程恪甚至点进打车 App 和导航里看了一眼。

这是江予夺看到过的最无聊的手机了，感觉基本也就能打个电话收个消息，没别的用处了。

“你知道这样看着别人的手机是很没礼貌的事吗？”程恪往他这边扫了一眼。

“你这手机还怕人看？”江予夺说，“什么都没有，给我看我都懒得翻。”

“我跟你说的是这个吗？”程恪转过头，“能不跑题吗？”

“你用个老头儿机就差不多了，”江予夺说，“用大几千的机子太浪费了，这手机落你手上都得一夜一夜哭。”

“我让你不要看我手机！”程恪瞪着他，“听懂了吗？”

“懂了！”江予夺觉得有点儿没面子，吼了一声，“你肯定是因为太啰唆了才被赶出来的！”

江予夺吼完想想还是不爽，于是把自己的手机扔到了程恪身上："来来来，让你看回来，赶紧地，随便看！”

程恪“啧”了一声，拿起了他的手机，往还亮着的屏幕上看了两眼："她雪白的大腿……”

“欸？”江予夺伸手想把手机拿回来，“什么玩意儿？我看看！”

程恪挡了一下他的手，侧过身对着手机继续念："风吹起她的头发，露出了雪白的脖子和……”

“啊！”江予夺喊了一声，“你故意的吧！”

“你非让我看的，”程恪把手机还给了他，“你看这种东西的时候也好意思把手机给别人？”

“我看哪种东西了？”江予夺简直无奈，用手在屏幕上点了几下，“她提剑指向那人道，今日你我只有一人能从这里离开……你怎么不念这句？这在打架呢，你光挑雪白这儿雪白那儿念什么啊？”

“雪白哪儿不都是你在看的东西吗？”程恪说。

“你能不能有点儿寄人篱下的觉悟？”江予夺问。

“晚安。”程恪笑了笑，把枕头拉下来躺下了。

江予夺一肚子不爽，好好一个文，硬是让程恪念成了那样，他皱着眉慢慢往后看下去。

下一章就开始打了，全篇没有一个“雪白”也没有一条腿一截脖子，他往程恪那边看了一眼。

程恪脸冲那边侧躺着，一直都没动。

“哎，你睡着了吗？”江予夺问。

程恪没动，也没出声。

江予夺犹豫了一下，凑过去把手机伸到了程恪脸前，然后推了他一把："你给我念念这个！”

程恪还是不动不出声。

“装睡吧你？”江予夺问。

程恪笑了起来，没留神笑出了声音。

“看到了没有？你再笑一个我给你扔出去你信吗？”江予夺说，“念！”

“唉，”程恪叹了口气，看着手机，“她柔软的腰肢轻轻一扭……”

“滚！”江予夺一把拿回了手机，看了一眼，程恪还真没瞎编。

写打架就写打架，这作者是不是有毛病？打架的时候谁要看你的腰是不是柔软啊！

“不看了，”江予夺扯过枕头，抓着往程恪那边的墙上一甩，“睡觉了！”

墙上的开关啪地响了一声，屋里的灯被关掉了。

程恪被他这种奔放的关灯方式吓了一跳：“你让我关不就行了吗？”

“我不想跟你说话，”江予夺把枕头放好躺下，“儿子。”

“什么？”程恪愣了愣。

“你自己说的，再跟我说一句话你就是我儿子，”江予夺说，“我一直给你面子没认亲，现在我决定认下了。”

程恪这才想起了之前自己摔门而出时说的那句话：“幼稚。”

“你最成熟了，”江予夺说，“你今天怎么不把你破了的衣服都扔了呢？光膀子回去多好。”

“闭嘴吧。”程恪叹了口气，想想又说了一句，“那个钥匙还能拿回来吗？那个猫头的钥匙扣还在上头呢。”

“嗯，”江予夺应了一声，“明天起来了去要。”

“我要不……还是打个报告吧，”程恪说，“装个指纹锁。”

“行，不过先说好，我的指纹也得录进去。”江予夺说。

“……凭什么？”程恪转过头。

“因为我本来拿着钥匙是能进去的，现在进不去了，”江予夺说，“而且一开始就说了不许换锁。”

程恪有些犹豫，其实他还真不确定江予夺还会不会进他房子，江予夺严格来说并不坏，跟他印象里的那些混混不一样，甚至有时候会让他觉得这个老大非常孩子气，但他还真拿不准江予夺抽风的时候会干什么。

最后他还是点了点头：“行。”

“我不会进去的，”江予夺说，“我说话还是算数的。”

“嗯。”程恪应着。

江予夺没再说话，卧室里安静得又有些尴尬，程恪闭着眼睛，不断地命令自己快睡，睡着了就不尴尬了。

但半边身体都压麻了，他也没睡着。

他后脑勺有伤，没办法仰躺，想换个姿势就只能往左侧翻身，但睡觉的时候眼前还躺着一个人，比压麻了半边身子更别扭。

又坚持了一会儿，他实在有些扛不住，右胳膊也麻了，关键是他右胳膊上还有伤。

程恪一咬牙，翻了个身，换成了往左侧躺，再看了一眼江予夺，这人仰面朝天睡着，程恪非常想推他一把让他翻个身后背冲着自己。

正琢磨着的时候，借着月光，他看到江予夺的眼睛眨了两下。

“你也有失眠的毛病吗？”江予夺突然转过头。

“……我没有，”程恪往后蹭了蹭，“我是换了地方就不太容易睡着。”

“哦。”江予夺转回头继续仰面朝天。

“你总失眠？”程恪问。

“也不是总失眠，”江予夺说，“一个月也就失个十天八天的。”

“那得去看看医……”程恪说到一半想起来江予夺似乎不愿意去医院，于是没再说下去。

沉默了一会儿，江予夺又转过头看着他：“哎，你为什么叫这么个名字啊？我一直想问呢。”

“有什么为什么的？”程恪说，“我爸给起的，恪守，就差不多这个意思吧，不过希望太大，失望就有点儿猛烈了。”

江予夺笑了笑：“那你弟呢？叫什么？”

“程怿，”程恪说，“翻译的译换成竖心旁。”

江予夺没说话，不知道是在思考还是根本没听懂。

过了一会儿他拿过手机点了几下：“还真有这个字儿，怿，高兴的意思。”

“嗯。”程恪应着。

江予夺把手机扔到床头柜上，想了想：“你弟出生的时候，你爸还没失望吧。”

“什么？”程恪问。

“你看，你的名字就很严格，”江予夺说，“你弟就只要开心就行了，没什么要求，所以那会儿你应该还没变成废物吧？”

程恪看了他一眼，有时候江予夺真挺能琢磨。

“是，”程恪笑了笑，“我弟小我两岁，我两岁的时候还看不出是个废物。”

“但是没隔壁三岁半小孩儿厉害。”江予夺说。

“明天一定要去隔壁看看，到底什么样的小孩儿你回回都说。”程恪叹了口气。

“挺可爱的，真的很聪明，”江予夺说，“就是他奶奶太能吹了，说他三个月就能说话了，我问她说的是‘啊啊咦咦’还是‘哦哦’，她就不理我了。”

程恪笑了起来：“你真欠。”

“跟你差不多吧。”江予夺说，“一开始真没觉得你是这样的人。”

“嗯，”程恪说，“我一开始也没觉得你跟陈庆是一样的。”

“滚，陈庆就是个傻子。”江予夺啧了一声。

“你的名字，其实我也想问的。”程恪说。

江予夺沉默了一会儿才问：“怎么？”

“就……挺奇怪的，”程恪说，“为什么起这么个名字？予取予夺，生杀予夺……听着都有点儿……”

“我不知道，”江予夺声音有些沉，“我已经记不清他们的样子了。”

程恪愣住了，看不到江予夺的表情，但听声音他应该是情绪突然就有些低落了。

“不好意思啊。”程恪说。

“不好意思什么？”江予夺问。

“就是……不好意思。”程恪不得不又解释了一下，“就是我不知道这个事儿，然后就提起来了。”

“唉，”江予夺叹气，“脸皮厚点儿不行吗？成天都不好意思，不好意思得过来吗？”

“行吧。”程恪笑笑。

江予夺没有父母，这是他没想到的，他一直想象着江予夺这种人应该有一对差不多风格的父母。

“那你是……”程恪其实不太想继续问，但又有些好奇，毕竟江予夺这样的人这样的生活方式，离他太遥远，“怎么长大的？”

“吃饭，喝水，睡觉，”江予夺说，“然后就长大了。”

程恪笑了起来。

江予夺跟着他一块儿笑了，过了一会儿才又说了一句：“好多事我都记不清了。”

“哦。”程恪看着他。

“不怎么好。”江予夺说。

程恪猛地想起他身上的那些伤，顿时一阵后悔，自己这会儿怎么会这么没数，问出这种问题实在太不合适了。

一句“不好意思”差点儿再次脱口而出，但他努力咬住了。

“不好意思”这种话，对于江予夺的经历，可能太单薄了。

“睡吧，”程恪闭上眼睛，“晚安。”

江予夺没有说话。

程恪觉得今天喝的那些酒可能有什么奇特的配料，他现在睡不着，而且并不困，神采奕奕地闭着眼睛。

他实在有些痛苦。

但让他稍微感到安慰的是，江予夺好像睡着了。

在他说了晚安之后估计能有一个小时，总之在他左边身体又开始发麻的时候，江予夺的呼吸放缓了。

程恪松了口气。

又等了一会儿他很慢地翻了个身，再次往右边侧过身去。

夜里睡不着的滋味儿，他没太品尝过，他睡眠质量一直不错，就算是在被程怿莫名其妙扣了口锅天天被老爸指着鼻子骂废物的那些日子里，他都没怎么失过眠，离开家之后也没有经历过什么难眠之夜。

他在江予夺这儿倒是每次都能尝到失眠的滋味，不知道是不是因为江予夺总失眠，这屋子气场被影响了……

那这屋子会不会把江予夺的神神道道也传给他？

程恪想起了今天江予夺在水池前伸着胳膊冲水时的样子。

还有他的眼神。

也许是江予夺的恢复能力太强，程恪一直到现在夜深人静胡思乱想的时候，才想起了这些。

我不敢动。

他们看到你了。

之前程恪没有太在意这两句话，相比之下江予夺整个人都不对劲的状态吸引了他全部注意力。

现在想起来的时候，他才猛地觉得后背一阵发毛。

他忍不住往后靠了靠，把两人之间的被子挤紧，顶着背了才停下来，又忍不住撑起身体往后看了看。

江予夺还是仰面朝天的睡姿，一直也没动过。

不过他的眉头皱着。

程恪躺回枕头上，轻轻叹了口气。

他真没想过自己离开家之后会迎来这样的新生活。

他一直觉得不过就是换个地方住，换个环境继续他无所事事想怎样就怎样的生活而已。

结果这两个月……真精彩啊。

他二十七年的废物生涯加一块儿要是写下来估计都抵不过这两个月的字多。

但他肯定不会去写，他连小说都不看……

雪白的大腿。

程恪闭着眼睛笑了笑。

窗外有公鸡打鸣。

程恪有些吃惊地摸过手机，就他这么满脑子一会儿东一会儿西地胡跑着，居然鸡都叫了？

手机上显示的时间是三点十一分。

程恪愣了愣，把手机塞回枕头下面。

这什么破鸡？

三点就打鸣是不是太不专业了？！

……鸡应该是几点打鸣的呢？

四点？五点？

江予夺一直平缓的呼吸突然慢慢变快。

他被鸡吵醒了？

程恪赶紧躺好闭上眼睛，这个时间要是江予夺醒了，他实在找不出话题来聊。

江予夺的呼吸越来越快，开始有些粗重，听上去喘得厉害。

程恪睁开了眼睛。

这是什么动静？

犯病了？

程恪顿时有些紧张地翻了个身，借着窗帘外的月光盯着江予夺的脸。

江予夺眉头紧紧皱着，喘得很急。

程恪发现江予夺像是……喘不上气了。

“哎，”程恪赶紧推了推他，“江予夺？”

江予夺的身体跟着他晃了晃，但并没有醒过来，还是艰难地喘着。

“江予夺！”程恪坐了起来，扳着他的肩又晃了晃，提高了声音，“你怎么了？”

江予夺很低地说了一句什么，因为还在喘，这句话说得很含混，听着像梦话，程恪没听清。

“你说什么？”程恪拍了拍他的脸，“醒醒。”

江予夺侧了侧头，程恪能清楚地看到江予夺脸上那道刀疤，不知道为什么，眼下这样的状态下，这道疤突然让他觉得害怕。

“不是……真的。”江予夺又说了一句。

这次程恪听清了。

“什么不是真的？”他愣了愣，接着猛地反应过来，江予夺这是做噩梦了？

“不是真的。”江予夺说，依旧喘得很艰难。

“对，不是真的。”程恪有种他快憋死了的感觉，一着急直接扳着江予夺的肩把江予夺拉了起来，江予夺往前靠在了程恪肩上。

“不是真的、不是真的。”程恪在他后背上拍着，拍了两下忍不住又对着他背上甩了一巴掌，“你快醒过来啊！”

江予夺呼吸顿了一下，然后狠狠地吸气，接着长长地舒出一口气来。

“醒了？”程恪又拍了江予夺两下，偏过头想看看，但江予夺还趴在他肩上，看不到脸。

“嗯。”江予夺应了一声，很重的鼻音，满满的迷糊。

“你是不是做噩梦了啊？”程恪问。

“嗯。”江予夺继续应着，过了一会儿又“嗯”了一声。

“嗯个屁啊？”程恪皱着眉，“你醒没醒啊？”

江予夺没了声音，两秒钟之后猛地坐直了，一把推开了他。

“哎！”程恪背后没有支撑，被他一掌拍得直接躺到了床上，还好后脑勺砸下去的时候下面是被子，要是磕在床脚，他现在就能蹦起来拿那个猫头烟灰缸拍到江予夺脸上，“我刚真应该几巴掌扇醒你。”

江予夺瞪了他一会儿，伸手把他拉了起来。

“我做噩梦了。”江予夺搓了搓脸。

“看出来了，”程恪说，“还梦得挺投入的，叫半天都叫不醒。”

“非常……吓人。”江予夺低头，胳膊撑在膝盖上抱着头，又在自己头上胡乱扒拉了几下。

“梦见什么了啊？”程恪问，“气儿都喘不上来了。”

江予夺没说话。

“喝点儿水接着睡吧。”程恪说。

江予夺抱着头沉默了一会儿，突然抬起头看着他：“别怕。”

“什……”程恪愣住了，“我怕什么？”

“有我呢。”江予夺又抱住了脑袋。

这话说得程恪莫名其妙里带着些害怕：“你在说什么？”

“他们看到你了，”江予夺说，“我有点儿担心，这几天你不要出门，我明天送你回去。”

“他们是谁？”程恪问。

“……我现在没法跟你说明白，”江予夺抬起了头，“我现在乱得很。”

“行吧，”程恪看他表情的确有些迷茫，“等你……睡醒了再说。”

江予夺看了他一眼，往后靠到床头，点了根烟叼着：“你睡吧，我这会儿睡不着了。”

“嗯。”程恪拉过被子，躺回了枕头上。

大概是受了惊吓，江予夺说睡不着以后，他倒是闭上眼睛没几分钟就睡着了。

但是没睡多久，跟平时起床的时间差不多，程恪醒过来的时候手机显示时间是早上八点十分。

程恪扭头往江予夺那边看了一眼，人没在，被子乱七八糟地卷成一团放着。

他下了床，穿上衣服去洗漱，发现江予夺也没在屋里。

洗漱完了之后程恪拿过手机一边翻着联系人，一边走到了窗户边儿上，往外看了看。

他一眼就看到江予夺正蹲在街对面的人行道边，手里夹着根烟。

程恪把手机放到旁边，看着他。

没过多久，一个中年瘦男人跑了过去，把一个东西递到了江予夺手里。

江予夺接过东西站了起来，往两边看了看之后过了街。

“起床了？”江予夺进屋的时候看到他愣了愣，“我以为你要睡到下午呢。”

“刚起。”程恪说。

“给。”江予夺把手里的东西扔了过来。

程恪接住看了一眼，是钥匙，猫头还在上面。

“陈庆买了早点马上就过来，”江予夺说，“吃完了我送你回去。”

“……好。”程恪点点头。

“你今天不出门了吧？”江予夺问。

“应该……”程恪想了想，“不出吧。”

“行。”江予夺说。

“怎么了？”程恪问，“昨天晚上你说……”

“这段时间我会跟着你，”江予夺看着他，“你在哪儿，我就在哪儿。”

“什么？”程恪以为自己没听清。

“你在哪儿，我就在哪儿，”江予夺说，“失眠半宿怎么还耳背了？”

“为什么啊？！”程恪觉得自己从头到脚写满了莫名其妙。

“不为什么，”江予夺说，“我的地盘，我想干吗就干吗。”

程恪本来想今天再问问江予夺那个“他们”是怎么回事，但在听到江予夺说“你在哪儿，我就在哪儿”之后，什么都顾不上问了。

“能给我解释一下这是什么意思吗？”他看着江予夺。

“就是字面上的意思，”江予夺走到窗边往外看了看，“陈庆来了。”

程恪根本不关心陈庆来不来，也不想吃早点，他站在桌子旁边一片茫然，本来早上刚起来就不是特别清醒，昨天晚上又没睡足，这会儿脑子简直没办法消化江予夺的话。

江予夺过去开了门，陈庆拎着早点走了进来。

“你这钥匙扔了得了，”他把早点放到桌上，“这么嫌弃人家。”

“他打算换个指纹锁了。”江予夺说。

“指纹锁？”陈庆愣了愣，“哦我知道了！你家原来用的就是指纹锁吧，所以你从来不拿钥匙？”

“终于被你发现了。”程恪说。

“那你家也不是太有钱嘛，指纹锁好多人用呢。”陈庆说。

“嗯。”程恪感觉跟陈庆连三句话都说不下去。

早点是程恪一直想吃的豆浆油条，他看了一眼突然很有食欲。

他这俩月都没怎么吃过早点，早上起来的时候倒是不晚，但是懒得出门吃，自己又不会做，所以一般都拖到中午叫个外卖。

据说不吃早点时间长了会变笨，他不知道自己最近智力有没有下降。

就老是蒙。

“这早点你凑合吃吧，”陈庆说，“我没钱买鲍鱼之类的，三哥有时候还赖账。”

“滚。”江予夺说。

“一会儿滚，”陈庆坐到桌子边，“我还没吃呢。”

“这些我还挺喜欢的。”程恪也坐下了，看了看袋子里的早点，拿了一根油条出来。

“豆浆。”陈庆把豆浆放到了他和江予夺面前，“还有油饼，我比较爱吃油饼，还有几个馅饼，纯肉馅儿的卖光了，买的夹菜的那种。”

“韭菜的？”程恪问。

“对。”陈庆点头。

“哦，那我就吃油条和油饼吧。”程恪说。

“为什么？”陈庆问。

“怕味儿！”江予夺不耐烦地说。

“事儿真多啊，”陈庆叹了口气看着程恪，“哎积家，你家到底什么来头啊？你爸是干什么的？”

程恪没说话，咬了一口油条。

“肯定是做生意的吧？”陈庆问，“做什么生意？”

程恪笑了笑还是没说话。

“没事儿，我也没把你想得多有钱，毕竟人家真有钱的都戴几十万上百万的表，”陈庆说，“你那块表才十七万。”

“嗯。”程恪点了点头。

陈庆看着他，等了一会儿之后有些不爽：“那你说啊，我这等半天了。”

程恪转头看了一眼江予夺，希望他能制止一下自己总护法这种没有礼貌刨根问底的行为，但江予夺拿着一块油饼，一边吃一边很有兴趣地看着他。

江予夺似乎也在等着他的回答。

“就，”程恪叹了口气，“房地产什么的。”

“哦——房地产啊，”陈庆拉长声音，“那就真没什么了，咱们这儿房地产排得上号的也就……就……那个什么集团来着？”

陈庆转向江予夺，江予夺边吃边说：“什么？我哪知道。”

“就咱这两条街不都是他们开发的吗？”陈庆一脸使劲想的表情，“就老总姓程的那……”

陈庆说到一半停下了，顿了一下转回头看着程恪：“你姓什么来着？”

“积。”程恪说。

“你姓程是吧！”陈庆猛地一巴掌拍到了桌子上，江予夺吓得一哆嗦，手里的油饼掉到了桌上，陈庆继续激动地看着他，“程恪！你是不是跟你爸姓？是吧？就那什么集团！是吧！”

“你！”江予夺对着他胳膊甩了一巴掌，“是不是有病？！”

“没想到啊，”陈庆对这一巴掌全然无感，搓了搓胳膊，“那你家是挺有钱的了……”

“拿着你的早点滚！”江予夺拿起油饼看了看，咬了一口想想又往陈庆胳膊上拍了一掌，把陈庆拿着的半根油条拍到了桌上，“快滚！”

陈庆拿起油条两口塞到嘴里，看了一眼手机上的时间，拿起豆浆，又从袋子里拿了个馅饼，往门口急急忙忙地走过去：“滚了。”

“别到处广播。”江予夺补了一句。

“放心。”陈庆出了门。

程恪觉得自己想事儿的确想得少，江予夺补了那一句之后，他才猛地有些担心，他不愿意莫名其妙地被一堆人知道他是那个什么集团被赶出家门的少爷，还一度翻过垃圾桶……

“重要的事他嘴紧，不用担心。”江予夺说。

“嗯。”程恪点点头。

“你爸那个什么集团，很牛吗？”江予夺问。

程恪看了他一眼，这会儿才反应过来，江予夺估计根本不知道那个什么集团，突然有点儿想笑。

那是老爸引以为豪的事业呢。

“还行吧，”程恪笑了笑，“你租我的那个房子没准儿就是他开发的。”

“哦，”江予夺点点头，“挺贵的，卢茜买的时候一直骂来着。”

程恪没说话，低头喝了口豆浆：“有糖吗？淡的不好喝。”

“厨房，自己去拿。”江予夺说。

程恪拿着豆浆进了厨房，案台上一排小罐子，里面有粉状的、有小颗粒的、有大颗粒的，颜色都差不多。

他对糖的概念基本就是方糖，犹豫了一下，他拿起了一个罐子打开，捏了一点儿放到嘴里尝了尝，咸的，而且因为不小心舔多了，咸得他都有点儿想哆嗦，赶紧到旁边水池漱了漱口。

他又拿了另一罐看上去差不多的，打开小心地用手指蘸了一丁点儿。

他正伸了舌头要舔的时候，门那边传来了江予夺的声音："就是这个。"

"……哦。"程恪回头看了他一眼。

江予夺转身坐回了桌子旁边。

程恪拿了个勺，估摸着放了四勺，然后搅了搅，回到了客厅。

"已经放了？"江予夺问。

"嗯，"程恪点点头，"这个跟盐太像了，分不清。"

"我有时候也分不清，"江予夺犹豫了一下又问了一句，"放了多少？"

程恪拿着豆浆一边喝一边冲他伸出四根手指头。

江予夺看着他没说话。

只喝了一口豆浆，他放下了杯子，盯着里面的豆浆。

什么糖这么甜？

都齁嗓子了！

江予夺站了起来，拿着自己那杯豆浆进了厨房，过了一会儿走出来，把自己的豆浆放到他面前，换走了之前那杯。

"嗯？"程恪看着他。

"我就喝了一口，"江予夺说，"你喝我那杯吧，我喜欢甜一点儿的。"

"好。"程恪拿起他那杯尝了尝，不错。

江予夺喝了一口豆浆，皱了皱眉，一脸痛苦："你用的哪个勺？"

"就……那个塑料圆勺子，"程恪有些过意不去，"要不还是换回来吧？"

"没事儿。"江予夺仰头把一杯豆浆都灌了下去，又去接了杯水喝了，"你……慢慢来吧。"

吃完早点，程恪准备回去，站起来之后才想起自己现在没有外套。

“商场这会儿应该开门了吧？”他走到窗边看了一眼，“下雪了！”

“你先穿我的吧，”江予夺去卧室拿了件羽绒服出来递给他，“今天先别到处转了，你又不是只有一件外套。”

“就两件羽绒服。”程恪接过衣服。

“那就先穿那件。”江予夺说。

“那件太薄了，而且……”程恪叹了口气，“洗了以后它就变成一坨一坨的了。”

“……那就先穿我这件，”江予夺打开了门，“我送你回去。”

“好吧。”程恪拿了钥匙，跟他一块儿出了门。

一出门程恪就缩了缩脖子，今天明显比昨天冷了不少，他拿出手机看了一眼，降温了差不多十摄氏度。

还好江予夺给他的这件羽绒服很厚，他把帽子戴上了，然后看了看江予夺。

这人还是穿长袖T恤，外头套了件棉服，拉链都没拉，只是戴了顶滑雪帽，居然还能在风里走得全身舒展。

“你不冷吗？”程恪忍不住问。

“有点儿冷。”江予夺说。

“冷就把拉链拉上啊，”程恪简直觉得莫名其妙，“玩什么潇洒？”

“习惯了。”江予夺说。

“习惯什么？”程恪没听懂。

“就比如你这个冬天只有一件厚外套，”江予夺说，“你在一开始冷的时候就穿上了，那再冷些的时候怎么办？最冷的时候呢？”

程恪看着他。

“冷得不行了，加件长袖，”江予夺说，“再冷得不行了，再穿件毛衣，然后再……以此类推，懂了吗？”

“以此类个鬼的推啊，”程恪拉起衣服遮住半张脸，“你现在只有一件厚外套吗？”

“以前，”江予夺说，拉上了外套的拉链，“不过我不是特别怕冷。”

“是吗？”程恪不知道应该说什么。

以前？多久以前？那个“不怎么好”的小时候吗？

江予夺没说话，突然把手伸进了他的外套兜里，抓着他的手握了握。

程恪反应过来之后有一瞬间的晕，风从背后兜着拍过来的时候踉跄了两步，转头瞪着江予夺。

“怎么样？”江予夺问。

“什么？”程恪还是瞪着他。

“我手一直在外面都还是暖的，”江予夺说的时候脸上表情居然有点儿小得意，“你手一直揣兜里还冰凉的呢。”

“……哦！”程恪恍然大悟，尴尬中下意识地提高了声音，强调自己的恍然大悟，“哦！”

“哦什么哦啊。”江予夺扫了他一眼。

程恪无言以对。

走到路口的时候，江予夺停了停，回头看了看，程恪跟着他回过头，一眼看过去只看到埋头飞快地在风里走着的行人。

“你昨天说的……他们，”程恪说，“是怎么回事儿？”

“他们跟了我很多年。”江予夺说。

“是什么人？”程恪问。

江予夺没有回答。

“你昨天受伤，是他们干的吗？”程恪又问。

“嗯。”江予夺皱了皱眉。

“为什么不报警？”程恪继续问。

“报警？”江予夺转过头，“你什么时候看到过我们这种人报警？”

“你都受到人身威胁了。”程恪说。

“这些伤吗？”江予夺笑了笑，“这些不算什么。”

程恪张了张嘴没说出话来。

“哪天我要伤得动不了，”江予夺说，“你再帮我报警吧。”

程恪不知道应该说什么。

程恪有时候觉得江予夺是在抽风，有时候觉得他敏感过头了，有时候又觉得江予夺说的都是真的。

如果都是真的，现在似乎都牵扯到他了，报警吗？

报警了说什么？

走到一半，江予夺推了他一下，带着他拐进了一条小街，进了一个看上去很有年头的市场，里头全是卖香料的，一进去就能闻到各种神奇的气味。

程恪在这块儿住了两个月，第一次知道还有这么个地方。

从市场的侧门再出来，过了街转过路口，他看到了一扇写着他们小区名字的大门，并不是他平时出入的那扇。

“这是后门？”程恪问。

“东门，”江予夺说，“你平时走的那个是南门。”

“哦。”程恪应着。

到了他家楼下的时候，江予夺停下了：“我不上去了。”

“好，”程恪说，犹豫了一下又说了一句，“谢谢。”

“入乡随俗吧，跟我们这些人就别这么客气了，”江予夺在兜里掏着，“你每次一说谢谢，我都不想再说话了。”

“我也就是习惯性说一句。”程恪看着他从兜里掏出了一张烟壳纸，顿时觉得一阵无奈，“我能问问吗？”

“问。”江予夺又从兜里拿出了一支笔，在烟壳纸上写字。

“你每天都带着一摞烟壳纸出门吗？”程恪问，“带便利贴不行吗？还能多带点儿呢。”

“这个不容易皱，”江予夺写完把烟壳纸递给了他，“这是陈庆的电话，如果你这儿有什么事又联系不上我，可以打电话给他。”

“……哦。”程恪接过烟壳纸。

“上去吧，”江予夺说，“要是看到可疑的人就给我打电话。”

程恪想说我住的是顶层，往楼下看人就只能看到个头顶，但想想他还是点了点头，转身往楼里走。

“你那个一坨一坨的羽绒服——”江予夺在后头说了一句。

“嗯？”程恪愣了愣，回过头看着他，“什么？”

“拿个衣架子拍一拍就行，”江予夺说，“把绒拍松，以后洗完了晾的时候平着放。”

“啊……”程恪点了点头。

进了屋之后他脱掉外套，坐到暖气旁边的地板上，好一会儿才把这一路走过来的透心凉逼散了。

为什么没打个车？

是啊，为什么？

江予夺一直没提打车，他居然也就没想起来。

他叹了口气，起身把扔在沙发上的江予夺的外套拎起来抖了抖，叠好了放到一个袋子里。

犹豫了一下，他又去衣柜里拿出了那件一坨一坨的羽绒服，他原来的计划是把它扔了。

但现在他想试试江予夺的方法。

他拎着衣领，然后用衣架对着羽绒服啪啪抽了两下。

它似乎扛得住。

于是他挥舞着衣架，上上下下里里外外噼里啪啦把羽绒服抽了一遍，再摸摸，好像是比之前要强点儿了？

不过他胳膊有点儿酸，这是个体力活。

程恪把衣服扔回柜子，还是重新去买一件吧。

他拿了换洗衣服进了浴室，打算洗个澡补补觉。

从浴室出来的时候经过客厅的窗户，程恪停了下来，往外看了看。

他平时很少看楼下，现在天冷了，楼下小花园的花草都已经枯黄了，看上去灰扑扑的没什么生气，人也基本看不见，显得特别寂寞。

不过他看了两眼之后就愣住了，盯着小花园喷水池旁边的长椅又看了一会儿。

为了确定自己没有看错，他又拿过手机，对着长椅拍了一张照片，然后放大。

江予夺坐在长椅上，嘴里叼着根烟，胳膊撑着膝盖正在玩手机。

本来看着就非常寂寞的小花园，因为这个场景而变得更加寂寞。

程恪在窗口站了快十分钟，江予夺一直坐在那儿，嘴里的烟已经掐了，但还是专心致志地看着手机。

估计是在看那本修仙小说。

程恪实在是很佩服他，又看了一会儿，感觉一时半会儿他没有要走的意思，于是拿过手机拨了江予夺的号。

听筒里开始振铃的时候，江予夺抬头往他窗口这边看了一眼，然后接起了电话 ：“怎么了？看到什么可疑的人了？”

“三哥，”程恪打开窗户，趴到窗口，狠狠地挥着手往小花园里到处指着，“你自己看一看，这楼底下除了你，还有别的人吗？”

“那你紧张什么？”江予夺说。

“我没紧张，”程恪说，“我就是跟你说，让你回去。”

“我一会儿就走，”江予夺说，“看完这章。”

“你现在就走，”就开窗这么一会儿，程恪已经觉得脸都冻疼了，“打车回去，太冷了。”

“嗯。”江予夺应了一声，站了起来。

“要真有什么不对劲我肯定给你打电话，”程恪说，“你不用这么一直守着。”

“好。”江予夺转身往小区大门那边走过去。

“那我挂了啊。”程恪看着他的背影，心里有点儿说不上来的滋味，情绪突然有点儿低落。

“挂吧。”江予夺说。

接下去的几天，江予夺没有再在楼下出现，也没有联系过他，程恪松了口气。

他没有接触过江予夺这类仿佛生活在世界边缘的人，刺激而寂寞，也许这样的人性格就是这样吧，一天天地闲着，总得找点儿乐子。

今天程恪起得比平时要早，许丁的那场现场表演安排在十一点，怕他睡过头，许丁给他打了叫早电话。

程恪洗漱完看了看，时间还比较充足，于是拿过手机准备叫个外卖来吃，以防一会儿表演还没开始他就饿了。

早点可以选择的范围很小，就那几家店，他在屏幕上来回翻着，走到窗边点了根烟。

虽然觉得江予夺只是在找乐子，但他站到窗边的时候，还是下意识地往楼下看了看。

没有可疑的人，可以放心出门。

其实不可疑的人也没有，这种天气，连强壮的花式早起锻炼的大爷都没有。

在手机上翻了半天，硬是连一口想吃的东西都没找到，程恪叹了口气，坐到了沙发上，给自己拨了个闹钟，躺到了沙发上。

一小时之后闹钟响了，他起来收拾一下出了门。

先去吃点儿东西，然后直接去活动现场。

外套他穿的还是江予夺的那件，这几天他有点儿犯懒，就去了两趟超市，几次想再走几步去商场买衣服，最后都放弃了。

天儿一冷，人就会丧失勇气，出门买点儿吃的都得拿出赴死的豪迈来。

江予夺的这件羽绒服还挺厚的，很暖，样式也还挺好看，有时间可以问问他在哪儿买的……不过走出楼道的时候北风扇到脸上，还是冻得他打了个喷嚏。

他今天打算从东门出去，那天江予夺带他从东门过来的时候，他发现那条街更繁华一些，打车应该更容易。

刚走了没几步，他听到了身后有脚步声。

这脚步声跟他的脚步声节奏差不多，几乎同时踩在雪地里，不仔细听都发现不了。

程恪猛地停下了，转过了头。

看到身后的江予夺时，他起码十秒钟都没能说出话来。

“去哪儿？”江予夺问。

“……搞艺术。”程恪回答。

“哦。”江予夺点了点头。

程恪看到他冻红了的鼻尖，都不知道自己这会儿是愤怒、无奈、烦躁还是莫名感动。

对瞪了半天，程恪才开口：“你是来收房租的吗？”

“你还知道你拖了一周啊？”江予夺说。

“我忘了。”程恪说。

“走吧，一块儿去，”江予夺偏了偏头，“你搞完艺术再交房租吧。”

程恪这时才突然明白，江予夺果然是个说话算数的人，说了会一直跟着，还真就会一直跟着。

“你这几天不会都在楼下吧？”程恪问。

“没，”江予夺说，“我没事儿的时候才会过来。”

我感觉你一天二十四小时都没什么事儿。

这句程恪没敢说出口。

“你不用管我，”江予夺说，“我就是……害怕再有人因为我出事。”

程恪叹了口气，这会儿他突然非常希望总护法能在旁边，陈庆话多，这种情况下，估计从陈庆那儿能听到些东西。

“我今天这个活动……”程恪说得有些艰难，“是私人性质的，得有邀请函才能进场……”

“我又不进去。”江予夺说。

程恪看了他一会儿，最后一转身：“走吧。”

总护法你好。

请问你们三哥是不是有什么毛病？

“你吃早点了吗？”江予夺问。

“没。”程恪回答。

江予夺把手从兜里拿了出来，把手里的东西递到了他前面。

程恪看了一眼，是一个还冒着热气的糯米团子。

“这个超级好吃，”江予夺说，“一早就得排队，起码排半小时才能买到。”

“你排了半小时的队？”程恪接过了团子。

“没，”江予夺笑了起来，“我过去直接买了走人。”

程恪看了看团子，咬了一口。

糯米很软弹，里面有豆沙和切碎了的香肠，挺好吃的。

“怎么样？”江予夺问，“好吃吧？你要晚下来五分钟我就吃掉了。”

“嗯。”程恪点了点头，不知道为什么，这会儿他看着江予夺的笑容，鼻子突然有点儿发酸。

21

程恪没有吃过这样的糯米团子，确切说他没吃过任何形式的早点摊上的糯米团子。

就这么底下垫了一小片荷叶的糯米团子居然能这么好吃，他感觉挺意外的。

就是小了点儿，刚走到东门口，他就已经吃完了。

“这个团子多少钱啊？”他问江予夺，“挺好吃的。”

“你要给钱吗？”江予夺说，“十块。”

“……我没想给钱。”程恪说。

“哦，”江予夺看了他一眼，“五块，加了一块钱肉，一共六块。”

“你这怎么还前后两个价啊？”程恪看着他，江予夺没说话，目视前方，程恪反应过来，“怎么，我要给钱你还想赚我四块啊？”

“不服气就吐出来。”江予夺说。

程恪冲他竖了竖拇指：“我非常服气。”

一辆出租车开了过来，江予夺招了招手。

出租车靠了过来，在离他们还有几米远的时候，他们身后传来了声音：“出租车！正好！”

程恪没回过神，几个一看就是小混混的人跑过去拉开车门就上了车。

程恪愣了，转头看着江予夺。

江予夺没出声，就那么看着。

出租车起步，开出去十米左右，突然又停下了。

车门打开，刚才上车的几个人又都下了车，一个光头小子往他们这边跑了过来，一边跑一边回头指着出租车："等着啊！"

"三哥，"光头跑到他们跟前停下了，冲江予夺尴尬地笑了笑，"没看到是你。"

江予夺"啧"了一声："抢习惯了吧？"

"那不能，主要是也没看出来你俩要打车。"光头抓了抓脑袋。

江予夺说："我俩不打车他跑这儿停着干吗来了？你意念叫车呢！"

"三哥您上车。"光头冲他弯了弯腰。

江予夺往车那边走过去，又回头看了他一眼："昨儿晚上没回去吧？"

"嗯，这您都看出来了？"光头问。

"废话！今天降温，你要是从家里出来的能光着吗？！"江予夺指着他的头，"头皮都冻青了！"

"没事儿。"光头又摸了摸脑袋，嘿嘿笑了两声。

江予夺把自己的帽子拿了下来扔给他："滚！"

"谢谢三哥！"光头喊。

上了车之后程恪还能听到光头在外面追着车又喊了一嗓子："三哥！谢谢！"

"谢个毛线，没完了。"江予夺小声说了一句。

程恪看了看他，也小声说："我以为你们街面儿上混的都不说谢谢呢。"

"他跟我差着辈儿呢。"江予夺说。

"他不跟你差不多年纪吗？"程恪没明白。

"他是我小弟的小弟，"江予夺说，"孙子辈儿，懂了吗？"

"……懂了。"程恪点了点头。

江予夺没再说话，拿了手机出来打开，估计又开始看小说了。

程恪靠着车窗玻璃，外面气温低得吓人，风也大，但是阳光很好，坐在车里开着暖气吹不着风就非常舒服了。

他眯缝着眼睛看着江予夺的侧脸。

江予夺看得挺认真，但他的阅读速度挺慢的，一页小说看好半天。

"还是那个大腿文吗？"程恪问。

江予夺转脸瞅了瞅他："是。"

程恪笑了笑。

“现在没什么意思了，”江予夺皱着眉头，“我最喜欢的那个配角死了，早知道这章他要死，我就不买了。”

“小说里死几个人不是挺正常的吗？”程恪说，“主角又没死，死个配角你就不看了啊？”

“主角要真死了我都没什么感觉，毕竟那么多人看的就是主角，高兴啊，伤心啊，好了不好了，活着还是死了，”江予夺退出了小说界面，低声说，“配角就不一定了，特别是小配角，没人在意。”

程恪看着他没说话。

“像我这样的。”江予夺又小声补了一句。

“哎，”司机说话了，“小伙子想得还真多，我跟你讲，你自己就是自己生活的主角啊。”

“我不是。”江予夺说。

程恪愣了愣。

司机大概只能熟练运用这一句鸡汤，碰上江予夺这种回答，就接不下去了，于是叹了口气没再出声。

许丁弄的这场活动在一个格调挺高的艺术馆里，一个小展厅，活动主题是“茫然”，有一些画和摄影作品。

程恪觉得“茫然”这个主题很好，让人从看到主题名的时候就开始茫然了。

不过他也从来不去研究活动的内涵，他只管他自己的那一部分，今天他只需要即兴发挥，没有限制，想怎么弄就怎么弄。

“你画出什么来，都可以茫然。”许丁说。

很有道理，毕竟主题就是这样，大多数人会自觉地强行贴近主题，没贴近的都不好意思说出来。

“一会儿你进不去，”程恪看了看四周，“也没地方待着，你回去吧，总不能一直站在这儿。”

“你不用管我，”江予夺说，“我还能找不着个地儿待着了？我又不是你。”

“……行吧，”程恪点点头，“那我进去了，我东西还得准备一下。”

“嗯。”江予夺应了一声。

程恪又看了他一眼，转身从侧门进了小展厅。

江予夺从来没来过这么高级的地方。

以艺术为主要内容的场所，他接触过的大概只有商场里那种搭个台子拍卖油画的。

一块钱起拍，超过三百就没人要了。

他看了看四周，有很多展厅，每个展厅里都有不同的“艺术”，这样寒冷的天气里，居然也有不少人。

每一个人都很安静，静静地看，偶尔说话，声音也很轻。

江予夺在里头转了转，本来想找个地方坐着，结果没找着，而且这样的气氛让他有些不适应，所有人都是来欣赏的，只有他看着像是走错门的。

他溜达着到了艺术馆门口，墙边有个垃圾桶。

不过要不是有个手指夹着烟的姑娘正站在旁边往里弹烟灰，他还真没看出来那个东西是垃圾桶。

他走过去，点了根烟。

姑娘看了他一眼，往边儿上让了让，给他空出了一块，然后问了一句：“怎么没进去？”

“嗯？”江予夺看着她。

“你不是跟程恪一块儿来的吗？”姑娘说。

“你认识程恪？”江予夺问。

“吃过几次饭，”姑娘笑了笑，“不过玩沙画的差不多都认识他。”

“哦。”江予夺点了点头，他倒是没想过程恪还是个业内名人。

姑娘抽了口烟，上下打量了一番他：“以前没见过你。”

“程恪身边的人你都见过吗？”江予夺问。

“差不多吧，”姑娘掐了烟，伸出手，“我叫米粒儿。”

江予夺看了她一眼，这听着就不是什么正经名字，于是伸手在她手心里拍了一下：“我叫老三。”

“挺好听，”米粒儿笑着说，目光落到他身后，冲大门那边挥了挥手，“小怿也来了。”

江予夺回过头，看到了程恪的那个弟弟，程开心。

“程恪他弟，你们认识吗？”米粒儿问。

“见过。”江予夺说。

程怿跟米粒儿点了点头，看到他的时候明显愣了一下，江予夺正想走开，程怿已经往这边走了过来。

“你怎么来了？”米粒儿看着程怿，笑着说，“你以前不是对这些没什么兴趣的吗？”

“现在也没什么兴趣，路过了就来看看。”程怿说，“你男神马上要开始表演了，不进去吗？”

“走了。”米粒儿冲他俩挥挥手，跑进了大门。

垃圾桶旁边就剩了江予夺和程怿两个人。

一阵北风刮过来，程怿拉了拉围巾，遮住了半张脸。

江予夺发现这么看，他们兄弟俩长得非常像。

不过他俩眼神的差别就非常大了，江予夺对人的判断差不多都是靠眼神，动作可以伪装，表情可以伪装，笑容都可以伪装，只有眼神很难伪装。

有些眼神他这辈子都忘不掉。

程恪哪怕是在发火的时候，也不会像他弟弟这样眼神透着犀利——一眼想要扎透的那种侵略感。

江予夺并不害怕这样的眼神，但会觉得不舒服。

他跟这个人并不认识，不知道名字，没说过话，他转身绕过垃圾桶准备走人。

“是在等我哥吗？”程怿在他身后问了一句。

江予夺回过头看着他没说话。

“他怎么没让你进去？”程怿说，“他带人进去不需要邀请函。”

“我进去干吗？”江予夺问。

“里边儿暖和啊。”程怿笑了笑。

“你看我这样子是怕冷的人吗？”江予夺问。

“不怕冷也不表示不冷，”程怿还是笑着，“我带你进去吧，我哥不会说什么的。”

江予夺皱了皱眉。

这话实在让他不爽，虽然程怿说得很隐晦，还面带笑容语气温和，但意思就是一个，程恪不让他进去。

这就很没有面子了。

“你是不是不太听得懂人话？”江予夺有些不耐烦地说。

程怿居然并没有生气，依然微笑看着他。

江予夺没跟这些少爷打过交道，唯一接触过的“积家大少爷”还是个没什么脾气的废物，他不知道程怿要干什么想说什么，也不想知道，但他不会跟着程怿的节奏走。

他拿出手机拨了许丁的号码。

“喂？三哥？”那边许丁接了电话。

听听人许丁这语气！

“我在外头呢，”江予夺说，“你出来一下。”

“现在？”许丁似乎愣了愣，“艺术馆外头？”

“是。”江予夺看了程怿一眼。

“好的，”许丁说，“等我两分钟。”

“嗯。”江予夺应了一声。

正要挂电话的时候，许丁又追问了一句：“你一个人？”

“不是，”江予夺说，“我跟程恪他弟聊着呢。”

“我马上出去。”许丁说。

江予夺挂了电话，又点了根烟叼着，看着垃圾桶发愣，他跟程怿也没什么可聊的，眼不见为净。

只是他越想越觉得不安全。

上回程怿开着车在他地盘上转悠的事儿还没有答案，这会儿却似乎能联系起来了。

如果那些人注意到了程恪，那程怿就是个最大的威胁。

江予夺猛地感觉手有些发凉。

“你跟我哥认识很久了吗？”程怿问，语气依旧是温和的，不看脸的话，就这么听他说话，其实很舒服。

“不久。”江予夺看了他一眼。

“上回吃饭看到你的时候我还挺吃惊的，”程怿说，“跟他走得近的都不是你这种人，都……蛮漂亮可爱的。”

江予夺没说话。

好几秒钟他才反应过来程怿说的是什么，顿时有点儿烦躁。

“不是吗？”程怿看着他，眼角带笑。

什么不是吗？不是什么？

这是在反问什么？

江予夺对这样的对话实在无法忍受，掐掉了烟：“跟你有什么关系？你在这儿‘不是吗’个什么啊？这么有兴趣你接着开车上那边儿转悠去呗。”

程怿看了他一眼，微笑有一瞬间的定格。

“别看我，”江予夺说，“你在这儿放个屁，三分钟之后就会有人告诉我你上顿吃的是什么。”

程怿脸上的微笑终于因为他这句话而消失，转而皱了皱眉。

许丁从大门里走了出来。

“这儿！”江予夺喊了一声，往那边走过去，他一秒都不想跟程怿多待。

许丁走了过来，低声问了一句：“你怎么跟小怿碰上了？”

“你问他呗，”江予夺没好气地说，“我吃多了去碰他吗？我早点都没吃呢。”

许丁笑了笑：“你进去吧，我跟门口工作人员说了。”

“我……”江予夺犹豫了一下，“行吧我进去。”

“嗯。”许丁点点头，走过去跟他身后的程怿打了个招呼：“怎么没进去？”

“没有被邀请，哪敢随便进去？”程怿笑着说。

“你什么时候需要邀请了？”许丁说。

这几句话感觉挺正常，但江予夺怎么听都有些别扭，感觉许丁跟程怿的关系也不怎么样。

但他没心思偷听，烦躁。

许丁也没告诉他要怎么进去，不过小展厅门口站着的工作人员看到他过来，迎了上来：“江先生吗？”

“是。”江予夺对这个称呼有些不习惯，他好像没被人这么叫过。

“请跟我来。”工作人员说。

江予夺跟在这人身后进了展厅。

一进去就能感觉到这儿比商场油画拍卖台高出了一万九千多档。

展厅里有很多画，还有照片，不都在墙上，有些就放在展厅中间，这里一根柱子，那里一个墩子，上面都放着东西，还有不少他看不出来是个什么玩意儿的，几个方块摞一块儿也算一个作品——一只没有头的狗坐在自己脑袋上也算一个……

什么玩意。

他唯一看着顺眼的，大概就只有那边的程恪了。

程恪站在一块空地中间，面前放着张亮着灯的台子，手边是几个装着沙子的盒子，身后还有块投影，能看到台面和他的手。

“您随意。”工作人员把他带到了程恪附近，轻声说了一句。

“嗯，谢谢。”江予夺说。

他对沙画没什么概念，唯一接触过的就是程恪用盐在桌上画的喵和他，还有一堆画得还不如隔壁三岁半小孩儿画的你画我猜。

但这会儿的程恪，感觉跟坐在桌子旁边用手指头戳盐的程恪完全不一样了。

展厅里响着音乐，很低很轻，听不清是什么，不过挺好听的。

江予夺看了看四周，这展厅里就角落里有几张围成圈的沙发，已经坐着人了，大多数人是站着的。

他找了根柱子轻轻靠了一下，柱子挺结实，看来不会倒，于是他靠在了柱子上，看着程恪。

有个服务员端着个盘子从他身边走过，他一眼就看到了上面的小蛋糕，于是伸手拿了一块，两口就塞完了。

程恪真是个少爷，把他的早点吃掉了居然完全没有给他再买一份的觉悟，应该说程恪根本就没想到这一层。

啧。

程恪低着头，从旁边抓了一把沙子，轻轻地撒在了台面上。

展厅里轻轻的说话声消失了，所有的人都看向投影，还有人拿着手机对着那边拍。

江予夺摸了摸兜里的手机，想想还是没有拿出来。

感觉有点儿傻。

程恪的指尖落在了台面的细沙上，他开始画。

天空，有云。

远处的……山？对，是山，啊看出来是山了，妈呀真像。

树吗？哦不是，是个人……人下面这个是什么？草地？啊是雪地！

又抹什么？

欸，是河？

人呢？抹成一条船了？

哦这居然还是动画片儿……一幕一幕变化着的……

江予夺感觉眼睛有些忙不过来，看一眼程恪，又看一眼投影。

其实他只需要看投影就行，大家多数时间对着投影拍。

但最后他选择了看着程恪。

程恪画的东西挺牛的，但他觉得相比之下，看程恪更有意思。

程恪的手也就是普通人的手，偏瘦，但细沙从他手里滑出落下的时候，非常好看。

还有他脸上专注而又淡定的神情，就好像身边的人都不存在，无论身边有多少人，有多少目光，对他来说，就只有眼前的那一块，他甚至一直都没抬眼往四周看过。

江予夺看得有些出神。

除了“大腿小说”，他已经很久没有这么认真地看过什么了。

特别是这种“艺术”。

当然，他看的也不是艺术，他一直看的都是程恪，脸啊手啊，挽着袖子的衬衣啊，中途还担心了一下程恪后脑勺没贴纱布伤口会感染……

一直到周围的人群里发出了轻轻的笑声，他才往投影上看了一眼。

他发现程恪已经没在画各种连续动画了，现在画的是一个举着手机的姑娘，他顺着大家看的方向扫了一眼，看到了正举着手机笑着的米粒儿。

看来他们的确是熟人。

程恪依旧没有看四周，只低头看着自己眼前的台子，江予夺有些奇怪他是怎么看到米粒儿还能画出来的。

正琢磨着，画面变了，举着手机的米粒儿消失了，画面上出现的是一根……柱子？

柱子旁边靠着一个人。

……江予夺愣住了。

有人往他这边看了过来，一时之间他不知道自己是该笑一下还是应该站直了，抑或是保持原状。

画面在程恪的手掠过时又开始变化，柱子和人都消失了，渐渐出现的是一张脸，就像是之前画面的近景。

最后画面定格在他的嘴呈 O 字形、一脸不知道是茫然还是惊讶的表情上。

四周笑声和掌声同时响起时，江予夺才猛地回过神来站直了。

程恪的表演结束，跟大家点了点头之后，抹掉了台面上的沙子，几个工作人员过去帮他收拾。

投影仪也关掉了，身边的人有些意犹未尽地小声聊着。

程恪往他这边走了过来。

走到跟前儿的时候江予夺瞪着他：“我是那样的吗？”

“你全程都那样。”程恪说。

“不可能，”江予夺摸了摸自己的嘴，“我从来没有过那么傻的表情。”

“一会儿让许丁回放一下录像就知道了，”程恪抬手冲正走过来的许丁招了招，“让他给你截一段。”

“……不用了，”江予夺“啧”了一声，“你什么时候看到我的啊？”

“你一进来我就看到了，”程恪说，“你怎么进来的？”

“跟门口的打了一架就进来了，”江予夺说，“我看你也没往这边看啊，居然看到我了？”

“余光，”程恪说，“你等我一会儿，我跟许丁说两句就走了。”

“嗯。”江予夺点点头。

看着程恪和许丁一边往旁边走过去，一边跟人点头打招呼的样子，他突然觉得有些陌生，他从来没有想过，程恪之前的生活就是这样的吗？

挺高级的。

这跟程恪连燃气灶都不会开的废物形象完全联系不到一块儿。

22

“效果很棒，”许丁看了看四周的人，“现在就要走？不再待会儿了？一块儿吃个饭。”

“不了，”程恪说，“刚表演完我没什么食欲，这些东西我也看不懂。”

“都蒙事儿的，跟你还差着档次呢。”许丁笑笑。

“别拍马屁。”程恪也笑了笑。

“刚才……”许丁犹豫了一下，“小怿来了。”

程恪愣了愣，皱起了眉：“这事儿我之前没告诉别人。”

“他知道也正常，”许丁说，“请了那么多人，我主要是不想让他太早知道……不过也没想到他能真的过来。”

“他进来了？”程恪问。

“没，”许丁说，“我给挡外头了。”

程恪看着他，一时不知道要说什么，以程怿的性格，无论是多么技巧高明多么婉转的“挡”，都会让他不爽。

“没事儿，”许丁说，“我说过，我不掺和你们的事，我跟小怿也没有生意要做，面子我想给就给，不给也就不给了。”

“以前没发现你这么犟呢！”程恪说。

“不犟哪有今天？”许丁看了看那边正皱着眉看着一幅画的江予夺，“小怿跟老三碰上了，估计还聊了。”

“……是吗？”程恪咬了咬嘴唇。

“他们应该也没说什么，无非就是那些事。”许丁说，“你刚怎么没让他进来？”

“我以前从来没带人参加过活动，又没邀请函，”程恪说，“我看他好像也没什么兴趣，我都没兴趣。”

许丁笑了起来：“下回带人来的话直接进就行。”

“嗯。”程恪叹了口气。他没想这么多，江予夺让他不用管，他也就没管了，早知道会碰上程怿，他根本就不会让江予夺一块儿过来。

江予夺虽然没把他当朋友，但在他看来，江予夺已经不单单是个房东或者是个“认识的人”了，跟程怿有任何冲突，都会让他不安。

“我派车送你们回去吧？这么冷。”许丁往江予夺那边走过去。

“不用，你这儿还一堆事儿呢，”程恪说，“我们打个车就行，之前就是打车过来的，这会儿有活动，外面肯定也有出租车等着。”

“那行。”许丁冲江予夺笑了笑：“三哥，感觉怎么样？”

“不懂你们这些艺术，”江予夺说，“我也就刚看看沙画还觉得有点儿意思，要没有程恪这段儿，我还不如出去吹风呢。”

“行，下回我再请小恪表演，一定给你发邀请函，”许丁说完又转头看着程恪：“真不吃个饭？米粒儿他们也一块儿。”

“真不吃了，”程恪说，“我回去睡觉。”

许丁没再坚持，送他们往外走。

参加这次活动的人程恪大多不认识，但熟人也有一些，一路出来他都在跟人打招呼，恍惚有种回到了几个月之前生活里的感觉。

不过他谈不上有什么感触，没有怅然，也没有怀念，只有久违了的熟悉感。

离开艺术馆之后，他跟江予夺一路走到路中央居然都没看到出租车，他有些郁闷地拿出手机：“叫个车吧。”

“就这么杵北风里头，”江予夺往路口另一边走，“车到的时候都冻成路标了。”

“走回去？”程恪瞪着他，“那也不走那边啊，反了！你路痴啊……”

“往前一百米是地铁站，”江予夺回过头看着他，“没坐过地铁吧少爷？今儿我带你开开眼。”

“不好意思，我已经开过眼了。”程恪往前看了看，的确看到了没多远的地方就有地铁标志。

“刷过一卡通吗？”江予夺从兜里掏出张卡扔了过来。

程恪接过卡看了看：“……没有。”

“一会儿你刷卡玩吧，”江予夺说，“我买票。”

“我又不是隔壁三岁半小孩儿，”程恪说，“还玩这个。”

“人小孩儿早不稀罕玩这个了，天天跟他奶奶坐地铁去买便宜菜。”江予夺说。

程恪叹了口气，把卡放进了兜里。

进了地铁站之后江予夺去买了票，进站的时候一直盯着他。

“我不至于连卡都不会刷！”他咬着牙说。

“谁知道呢，燃气灶你都打不着，”江予夺说，想想又小声问了一句，“你弟会吗？”

“什么？”程恪愣了愣。

“我觉得他大概也不会，反正现在看着像有钱人的，我都觉得他们打不着燃气灶，”江予夺说，“何况他连车都不会开……这么说起来，他比你废物啊。”

程恪没忍住笑了起来。

江予夺的这个问题他还真从来没想过，他不会的这些生活基本操作，程怿会吗？

不过无论会不会，程怿应该都不可能让自己处于需要掌握这些的境地。

他们上车的这一站人很多，程恪几次想问问江予夺今天碰到程怿说了什么，但一直没找着机会问，周围都是人，各种杂乱的声音。

江予夺看上去倒是跟平时一样，看不出有什么异常。

在车门旁边站着等车的时候，江予夺突然皱了皱眉。

“怎么了？”程恪马上问。

“饿了，”江予夺说，“刚许丁让一块儿吃饭，你干吗拒绝？”

“嗯？”程恪愣了愣，“我以为你不愿意，除了许丁还有别的人，我也不是特别熟。”

“我对着什么样的人都吃得下，”江予夺摸了摸肚子，“反正我只管吃，也不跟人说话。”

“那要不，”程恪想了想，“一会儿我请你吃个饭吧？地方你定。”

“行，”江予夺马上抬头看了看地铁站名，“坐四站下车。”

地铁进站，门还没打开的时候，有两个人就挤了过去，门一开就往里头冲，以两人之力跟下车的人对抗着居然还让他俩挤进去了一半。

“先下后上啊！”后面队伍里有人喊了一声。

那俩跟没听见似的继续挤。

江予夺过去抓着他俩的衣服往后一拽，直接给他俩拽了出来，一屁股坐到了地上。

“干什么？你干什么？”一个人跳了起来指着他。

“我干什么关你什么事？”江予夺很快一把捏住了他的手指，又按着另一个准备起来的脑袋把那人推回了地上坐着。

那人的手立马垂了下去。

“上车。”程恪推了他一下。

江予夺松了手，他俩上了车，江予夺也没往里走，就站在门口转过了身，看着还没上来的两个人：“上不来了。”

程恪站在江予夺身后，看不到他的表情，但是能想象出来，那俩居然就那么站在原地，眼睁睁地看着车门关上了。

“去那边。”江予夺转身抓着程恪的胳膊往旁边拉了拉，找到处人少的地方站住了。

“我以为你要跟他们打起来呢。”程恪低声说。

“怎么可能？”江予夺说，“我要真动手，也是单方面揍他们，打不起来。”

程恪笑了笑没说话。

江予夺这种一言不合就上手的风格，哪怕是在刚才那种情况下，以前的他也不太看得上，但跟江予夺接触了一段时间之后，现在看到江予夺这种样子，居然觉得还挺有意思。

堕落！

这就是堕落！

他耳边响起老爸的声音。

大概吧。

两站之后，身边的人少了一些，程恪终于有机会跟江予夺说起之前的事。

“你今天碰上程怿了？”他小声问。

“嗯。”江予夺看了他一眼。

“他跟你说什么了？”他还是压着声音，“他说话有时候挺气人，你……”

“他跟我能说什么？”江予夺说，“你是不是担心我揍他啊？”

“那倒不是，”程恪笑了笑，“你应该不会揍他。”

“那可不一定，今天要是许丁不出来，我就动手了。”江予夺“啧”了一声。

程恪愣了愣：“真的？”

“假的，”江予夺叹了口气，“我又不是傻子，你弟那种人，我真动了手就是给他送人头，起码得在拘留所里蹲几天。”

程恪没说话，心里有些不是滋味。

“不过有个事儿……”江予夺压低声音。

“什么？”程恪问。

“……算了，”江予夺看了看四周，“没事儿。”

“你这人咋回事啊？”程恪有点儿急了，“没事儿你就别开口啊。”

江予夺笑了笑：“一会儿吧，下了车再说。”

这几站地让程恪觉得有点难熬，其实他能猜到大概是什么。

他只是想知道程怿是不是真的说了，又说了些什么。

出了地铁站，江予夺带着他从繁华的大街转进了一条老旧的小街。

“你挑了个什么地方啊？”程恪问。

“你是不是挺喜欢吃火锅的？”江予夺说，“带你去吃顿好吃不贵的。”

“我以为你只在这块儿活动呢。”程恪说。

“这个城市没有我没去过的地方，”江予夺一挥胳膊，“我比出租车司机熟多了。”

“是吗？”程恪笑笑，“你是不是挺闲的？”

“也不是，”江予夺说，“我算是给卢茜打工吧，她不愿意跑的事儿都扔给我了。”

“工资高吗？”程恪问。

“看她心情，”江予夺拉着他又转进一条小街，“不过她心情一直都不错。”

这条街是典型的旧城区老街，两边都是小饭店，间或有几家便利店和奶茶店，不算脏，但都非常旧，房子看着都比他年纪大。

"就这家，"江予夺指着前面一个门脸儿，"这会儿时间正好，再晚点儿得等座了。"

程恪看了一眼，挺不起眼的一家店，跟这条街完美地融为一体。

"小诸葛火锅二分店，"他看了一眼，就这么一家店，门口居然停满了车，"还开了不少分店吗？"

"没有分店，"江予夺说，"我问过老板，就这一家。"

"那为什么写个二分店？"程恪不理解。

"显得气派呗，要我是老板，我就写个十八分店，这才够气派。"江予夺说。

"要是有人问你那十七家在哪儿怎么办？"程恪问。

"您好，这是我们进军本市餐饮业的第一家分店，"江予夺一掀帘子，"香吗？"

帘子里扑面而来的热气和辣椒花椒的香味让程恪顿时感觉到了饥饿。

江予夺挑了靠里的一张小桌："就这儿吧，有点儿挤，不过不用跟人拼桌了。"

"这店还有人拼桌？"程恪问。

"别看不起小店，"江予夺拿过菜单飞快地往上打着钩，"这顿你请是吧？"

"嗯。"程恪点头。

江予夺又唰唰唰地一通勾，然后喊了一声："服务员！"

程恪正拿了筷子要拆包装，被他这一嗓子震得手一抖，筷子穿过包装袋直接飞出去落在了地上。

"再拿双筷子！"江予夺又喊了一声。

"好嘞——"那边不知道哪个服务员以同样的音量回应了他。

这家店的面积不大，二三十桌的样子，现在还有几桌没有人，但店里已经人声鼎沸了，感觉所有的人都在喊着说话、喊着笑。

程恪整个人都有些蒙，弥漫着的热气和香气里，上下左右似乎都是人，各种声音在响，又一句也听不清。

但这种乱哄哄的气氛没有让他烦躁，他倒是觉得有些新奇，还有些莫名的畅快。

一直到菜都上来了，江予夺伸手在他脑门儿上弹了一下，他才回过神来。

“我开涮了啊！”江予夺给他倒了一满杯酒。

“好。”程恪点点头。

江予夺拿过一盘肉哗啦一下倒进了锅里，他这才猛地想起来，这人吃火锅是狂野的上辈子饿死派。

“快吃！”江予夺冲他说，“一会儿老了！”

“……你少搁点儿不就不会老了吗？”程恪有些无奈，从锅里夹了一筷子肉。

“那多没意思，”江予夺拿着漏勺在锅里兜了一下，把一大勺肉倒进了他碗里，“吃肉就得一塞一满口。”

程恪犹豫了一下，把江予夺舀到他碗里的肉在蘸料里滚了滚，全都塞进了嘴里。

“爽吗？”江予夺看着他。

“……嚼不开，”程恪皱着眉很费劲地裹着满嘴的肉说，“我天……烫……”

江予夺冲着他一阵乐。

几大口肉塞下去，程恪放下了筷子，喝了一口酒。

爽的确挺爽的，就是腮帮子累，而且这么几口下去，他感觉自己已经饱了……

“你在地铁上想说什么事儿？”他看着江予夺。

江予夺喝了一口酒，趴到桌上往他这边凑了凑：“你……”

程恪看着他。

“你以前……”江予夺说得比他刚才吃肉还艰难，“以前也有过朋友圈子是吧？”

程恪眯缝了一下眼睛：“就问这个？”

“不是，”江予夺顿了一下，拿起一盘肉又倒进了锅里，拿着勺边搅边说，“就你弟说你周围都是那种……”

程恪拿着杯子慢慢喝了一口酒，耐着性子听他说。

“就那种，”江予夺一咬牙，“漂亮的小可爱？”

程恪呛了一口，赶紧偏开头。

“你身边是不是就很多那种……”江予夺给他舀了一大勺肉。

“什么？”程恪咳了两声，感觉自己声音都是挂着问号出来的，打着转儿。

江予夺顿时说得更艰难了：“漂亮……可爱的人——”

“闭嘴！”程恪压低声音把他的话“腰斩”了，“江予夺你是不是个傻子啊？”

程恪喝了口酒给自己压了压惊，过了一会儿才皱着眉又问了一句：“程怿说的？”

“他就说漂亮的小可爱。”江予夺给他倒上酒。

程恪叹了口气。

“你这个弟弟，挺阴险的，会挑拨，”大概是问出口之后放松下来了，江予夺脸上恢复了平时的表情，“都到这份儿上了，还不放过你。”

程恪笑了笑没说话。

江予夺低头吃了好儿口肉才又抬眼看着他。

“还有什么不解之谜需要我给你讲解的？”程恪问。

“没了，”江予夺说，“就有点儿理解不了。”

“这个没法跟你说了，”程恪说，以前身边的人不会有谁像这样把礼貌踩在脚下求知欲旺盛地跟他打听他的事儿，看着江予夺这样子，他居然没有反感，倒是觉得挺有意思，“你要不去试试？”

“你滚开，”江予夺猛地往后靠到了椅背上，“少恶心我。”

把礼貌踩在脚下的人，有时候很可爱，有时候却会让人心情猛的一下像闪着腰。

江予夺直白而又真诚的反应，说实话，让程恪有些受伤。

程恪自顾自地笑了笑。

江予夺看着他没吭声。

程恪没说下去，拿了杯子喝了口酒，夹了点儿青菜在锅里涮着。

“程恪，”江予夺愣了一会儿之后把椅子往他这边拉了拉，“你生气了？”

“没，”程恪说，“这就生气我十年前就气死了，吃你的吧。”

江予夺有些后悔问了那些问题，虽然之后他们没有继续这个话题，但他能感觉到一直到吃完饭，程恪的情绪都不太好。

程恪依旧会微笑，说话也还是那样，甚至食欲都没有被影响，吃得一点儿也不比他少。

可程恪眼神里某些他已经挺熟悉的东西没了，好几次江予夺都有种跟程恪昨天刚认识的错觉。

程恪结完账之后，江予夺点了根烟叼着，拿出手机："我叫个车吧，这会儿风大了。"

"嗯。"程恪应了一声。

"要吗？"江予夺把烟盒递给他。

"不了，"程恪摇摇头，"闷得慌。"

江予夺把烟盒收起来，沉默地盯着手机，车距离这边还有五十米的时候，他站了起来："到了，走吧。"

走出饭店，程恪深呼吸了一下，长长舒出一口气。

"里边空气不太好吧？"江予夺说，"这种店就这样，都抽烟。"

"也没什么，"程恪说，"我以前跟朋友在包厢吃饭要没女孩儿在，也都抽烟。"

江予夺冲开过来的那辆车招了招手，车停到了他俩跟前，程恪上了后座，他犹豫了一下，坐到了副驾的位置上。

他估计程恪是不高兴了，但他实在没什么招，更拉不下面子再道歉，于是决定坐前头，不招人烦就行了。

一路上他俩都没说话，程恪在后座上闭着眼睛，昏昏欲睡的样子，车开到他家楼下停了，江予夺叫了他两声他都没反应。

“哎！”江予夺回头在他腿上拍了一巴掌，“到了！”

程恪这才睁开了眼睛，往窗外看了看：“到了？”

“嗯，”江予夺看着他，“下车。”

程恪打开车门下了车，走了一步又回头在副驾窗户上敲了敲。

江予夺放下车窗。

“明天我过去找你交房租，”程恪说，“我买衣服顺路过去。”

“嗯，几点？”江予夺问。

“下午吧，三点？”程恪问。

“行。”江予夺点头。

程恪转身进了楼道。

江予夺看着他进去，又看了看四周，司机问了，他才报了自己家地址。

车往小区外面开的时候，他总感觉有人，但探着脑袋几次往程恪家楼下看，什么也没看着。

他皱了皱眉。

有那么几个瞬间，就是程恪突然变得很冷淡的过程中，他几次都想不再管程恪的事了。程恪是不是被人盯上了，被谁盯上了，会不会有危险，他都不想管了。

毕竟他自己都一堆麻烦处理不了，睁开眼睛无聊，闭上眼睛做噩梦。

程恪是个大少爷，就算被赶出了家门，真要碰上了什么事儿，也轮不着他去操心。

今天跟着程恪和许丁走出那个艺术馆的时候，看着一个又一个跟程恪打招呼的人，他算是第一次对程恪过去的生活有了那么一丝丝的感觉，哪怕只露出冰山一角，他也知道他们处于完全不同的两个世界。

他叹了口气。

回到家的时候，他看到楼道口停着一辆车，这种高档车只要停在这儿，就肯定是陈庆的。

他过去看了一眼，车已经熄了火，里面没有人，陈庆每次自己进了屋都把车留在这儿，以免他进屋的时候发现有人会误伤。

江予夺打开门进了屋，陈庆正在厨房里叮当折腾着。

“你叫个外卖多好！”他走过去看了一眼。

“吃腻了，”陈庆回过头，“你吃了没？”

“吃了，你弄你自己的就行，”他说，“去把你的车停好。”

“我正腌肉呢，”陈庆说，“钥匙在桌上，你帮我停一下吧。”

江予夺没出声，转身到客厅桌上拿上车钥匙出了门。

“老三，你考本儿啦？”一个稚嫩的声音在旁边响起。

江予夺转头看了一眼隔壁三岁半的小孩儿，他正拿个鸡腿站在门边啃着。

“你还在你爸肚子里的时候我就考了本儿。”江予夺说。

“我怎么会在我爸肚子里？”小孩儿非常响亮地笑了起来，“你瞎说。”

“没瞎说。”江予夺笑笑。

“老三！”小孩儿的奶奶跑了出来，把小孩儿一把拽回了屋里，指着他，“你就没一句好话！他才多大啊你跟这么小的孩子说什么呢？！”

“……您居然听懂了？”江予夺有些意外。

“呸！”老太太瞪着他，“下回再让我听到你跟他说这些，我打断你的腿！”

他没说话，笑着上了车。

老太太骂骂咧咧地把门关上了。

江予夺发动了车子，看了一眼前面的车位，都已经满了，他又看了一眼后视镜，想看看后面还有没有位置。

还有一个空着的车位。

但他手扶着方向盘没有动。

面对这样的场景他不会再吃惊害怕，这段时间没有在家附近看到他们的身影，他甚至会有些焦虑。

有危险他不害怕，他怕的是不知道危险在哪里。

这才是真正的恐惧，没有时间，没有地点。

那个空着的位置上站着一个人，兜帽一直压到眼睛上，脸被遮在阴影里，看不清样子。

不过江予夺能感觉到他的视线。

太熟悉的感觉。

这么多年来，他一直逃不掉的视线。

如影随形，阴魂不散。

没有多大的伤害，没有多严重的后果，但像一根扎在肉里的针，伤口永远不能愈合，不会死，但伤口会发红，会疼，会感染，让人永远不能安宁。

他低头看了看脚下，把方向盘锁从座位下抽了出来，打开车门下了车。

那个一直没有动的人微微抬了抬头，似乎正看向他身后。

江予夺心里沉了沉。

他的注意力都在那人身上，忽略了身后。

来不及再回头看，他直接弓下了腰，但还是没能躲开。

甚至没有来得及感觉到疼痛，他就被眼前突然袭来的黑暗吞没。

沉入黑暗前他最后的记忆是发软的双膝重重跪到地上，还有一句模糊不清的“程恪”。

程恪打开酒柜，从里面拿出了一瓶红酒。

这个酒柜是他之前买的，只随便放了几瓶酒，他也不知道自己为什么要买个恒温酒柜，他对红酒没什么特别的兴趣。

大概是因为房子装修的时候，柜子上就做了几排放酒的“叉叉”，他看着那几排“叉叉”不太顺眼，这样存酒湿度温度都无法控制，所以他买了个酒柜也许是为了向那些完全没有意义的“叉叉”示威。

他拿着酒坐到沙发上，愣了一会儿又起身把酒放了回去。

他根本不想喝酒，也不知道拿酒出来干吗。

闲的。

他回到沙发上躺下，闭上眼睛轻轻舒了一口气。

今天的这顿火锅，他吃得还是很爽的，大口吃肉，大碗喝酒。

美中不足的是后来他跟江予夺都没怎么再说话。

江予夺的态度的确影响了他的心情，但不至于让他沉默半顿饭，主要是江予夺后来也不再出声，他并不擅长在这种情况下挽回气氛。

如果对方沉默，他也不会再出声了。

随便好了，他懒得费神去找回节奏，也不愿意多想下一句话该说什么。

他想怎么样就怎么样，怎么舒服怎么来。

认识他的人差不多都知道，不知道的大概也都能忍着努力把聊天继续下去，毕竟他是大少爷。

手机响了一声，许丁发了消息过来。

——这周之内结账，账号再确认一下。

——确认。你能不能不要每次都确认？我要是换了账号肯定会告诉你的。

——万一呢？又不费事。今天视频拍到老三了，是不是要帮他单截一份？

程恪笑了笑。

——好。

江予夺不一定愿意看自己一脸认真张着个嘴看表演时的样子，程恪倒是想看看镜头里的他是什么样的。

想到江予夺，程恪又想到了程怿。

虽然程怿会跟江予夺说话他并不算太吃惊，程怿的性格从小就这样，哪怕对方认输，只要程怿没觉得已经走到最后一步，就不会停。

但他还是对程怿会选择这样一个话题去跟江予夺聊而感到郁闷。

大概他还没有真的去翻垃圾桶，在程怿看来就不算结束。

不过江予夺的反应……还是挺有意思的，他想起来就有点儿想笑。

这样的反应要让程怿知道了，程怿应该会有些失望吧。

程恪笑了笑。

酒足饭饱又没什么事儿，最愉快的事就是睡觉了。

在沙发上睡觉程恪也会很愉快。

中途程恪醒过几次，第一次是五点多的时候，他的胃告诉他中午吃的东西还没消化完，第二次是晚上十点多，这时间不早不晚的起来也没什么意义不如继续睡了，第三次是半夜有人在楼下吵架，俩男的，吵得很凶，他迷迷糊糊地从沙发蹭到了床上。

他再醒过来的时候已经是第二天中午了，确切地说，午饭时间都过了。

他从床上下来的时候感觉整个人的精神面貌都不好，跟他身上没脱的衣服似的皱皱巴巴的。

洗了澡出来他才稍微清醒了一些。

主要是晚上被吵醒一次……程恪顿了顿。

他飞快地两步就跨到窗边，一把推开了窗户。

他觉得自己反应有些过头了，但这段时间以来江予夺身上的伤和江予夺说的那些话，多多少少会让他在半信半疑中变得敏感。

楼下依旧是灰扑扑的一片，残雪和已经跟地面融为一体了的落叶，跟平时一样寂寞。

他盯着楼下的地面仔细看了看，没有看出哪里有打斗的痕迹，松了口气，为自己的莫名其妙默哀三秒钟。

不过出门去商场买衣服的时候，他还是在楼下又看了看。

没有血迹，楼下的保安也很平静。

疯了……

程恪打了个车去了商场，因为距离太近，他还没坐稳就到地方了。

他买衣服挺快的，不看牌子也不琢磨质量，看着顺眼就拿了，一百多的棉服他也穿过，还觉得挺舒服。

今天他就是想找找身上这件江予夺羽绒服的同款，很舒服，暖和，样式也挺好看的。

不过男装两层他转了三圈也没找到，最后只能随便拿了两件。

他走出商场的时候差不多三点，这里离江予夺家很近，走过去时间正好。

拎着几个袋子走到一半他就后悔了，无论怎么迈步子，袋子都会在腿上来回撞，烦得要命。

他一怒之下把衣服从袋子里都拿了出来夹在胳膊下，把袋子都扔了。

夹着四件衣服走到江予夺家门口的时候他感觉自己像个傻子。

“江予夺！”路过窗口的时候他喊了一声。

“欸！”里面有人应着，但声音不是江予夺的。

窗帘被掀开了，陈庆的脸出现在了窗口：“积家？”

“他没在？”程恪问。

“在呢，不过……”陈庆看着他手里的衣服，“你是让人抢了吗？”

“嗯，”程恪往楼道里走，“抢了袋子，留下了衣服。”

陈庆过来给他开了门，一脸惊讶：“你被人抢了怎么不说？你报三哥的名字人家也不敢动你啊！你是不是傻了？！”

程恪看着他，总护法大概只听到了一个“抢”字就激动了。程恪叹了口气：“不用了，我钱多不怕抢。”

“你有什么事儿吗？”陈庆问。

“交房租，我昨天跟江予夺说了的。”程恪站在客厅里看了看，没看到江予夺，卧室里也没人。

“哦。”陈庆转头冲着浴室那边喊了一声：“三哥——积家来交——”

浴室门打开了，江予夺皱着眉走了出来：“喊什么？！”

陈庆闭了嘴，坐到沙发上拿了手机玩着。

江予夺看了看他抱着的一堆衣服，伸手拿起吊牌看了看：“刚买的？”

“嗯。”程恪点了点头。

“没有东西装吗？”江予夺看着他。

“扔了。”程恪把衣服放到沙发上，放下去之后又拿了起来，确定这个位置不是喵撒过尿的才又放了下去。

“……挺有个性。”江予夺从抽屉里拿出了收据，低头往上写字。

程恪看着江予夺，感觉他脸色很差，不是那种失眠过后的脸色差，是很苍白，看着像是病了。

但是陈庆就坐在旁边，程恪不好开口多问。

江予夺低着头，字写得很慢，一笔一画的，写两笔就停一下。

程恪看了一会儿还是没忍住，凑近了轻声问了一句 ：“你是不是病了？”

“昨天下午又晕了，早上刚好。”陈庆在旁边说。

“哦。”程恪不知道说什么好，坐到了椅子上等着。

“脑袋还被砸了个大包。”陈庆叹了口气。

“怎么了？”程恪愣了愣。

江予夺停了笔，抬眼瞅着陈庆，陈庆低头继续玩手机。

收据终于写好，程恪接过来放到兜里，拿出钱包，把刚取的现金拿出来给了江予夺。

“你的外套，”程恪拿起江予夺的羽绒服，“我先洗洗再还给你吧？”

“不用了，”江予夺说，“我这些衣服都开春了才洗。”

“行吧，”程恪没坚持，想想又问了一问，“你这衣服在哪儿买的？我今天转了半天也没找着这个牌子。”

“……批发市场。”江予夺看着他。

“哦，”程恪又看了看衣服，“挺好的。”

“你要买我带你去。”江予夺说。

“这衣服才四百多，”陈庆的手机响了，他一边掏手机一边说，“你也要？”

没等程恪回答，他冲着电话“喂”了一声，接着就皱了皱眉。

“谁？”江予夺看着他。

“都有谁？”陈庆问，“嗯，就四个人吗？嗯我知道了。”

“谁？”江予夺又问了一遍。

“八撇的人在茜姐那儿呢，”陈庆站了起来，拿着手机拨着号，“我带几个人去看看，万一八撇也过去了就麻烦了。”

“你去有什么用？”江予夺从程恪手里拿过羽绒服穿上了，“八撇什么时候怕过你？”

“谁也没怕过我，”陈庆说，“那怎么办？你这样子过去吗？”

江予夺进了浴室洗了洗脸，出来的时候脸上挂着水珠 ：“叫大斌那几个直接过去。”

陈庆看着他，没有说话。

程恪还坐在椅子上，也看着江予夺。

大概就在这一瞬间，他才突然清晰地觉察到，江予夺跟自己完全不一样的那个世界到底有多不一样。

就这么洗个脸的时间，江予夺依旧苍白的脸上那种有些疲惫的表情已经消失了，恢复了平时带着一丝狠劲的嚣张。

“你……”江予夺转头看着他，“回去吧。”

“嗯。”程恪站了起来，拿起一件新的外套穿上。

江予夺从柜子里拿了个环保袋，把他另外三件衣服卷了卷，都塞进了袋子里。

程恪接过袋子，跟在江予夺和陈庆身后走出了楼道。

往路口走了没几步，江予夺停了下来：“我们往那边儿了。”

“嗯，你们……”他感觉这种时候他需要说点儿什么。

不要去。

注意安全。

报个警。

哪句似乎都不合适，哪句似乎也都没有意义。

他莫名其妙地突然有些丧气，郁闷到了极点。

他对江予夺的感觉已经回不到刚见面的时候，所以也做不到把江予夺真正当成一个跟他完全不在一条路上的陌生人。

江予夺骨子里有些东西，跟陈庆，跟他那些小弟，跟那些大笑着踢翻垃圾桶的街头混混不一样。

是什么，他不知道。

这种东西会让他在江予夺要去“解决”麻烦时感到强烈不安。

“老三！”街对面突然有人喊了一声，声音很大，带着明显的戏谑。

江予夺回了头。

街对面有三个人慢悠悠地走到了他们正对面停了下来，这条小街很窄，两边的人这么站着，差不多就跟面对面似的，能看到对面人脸上得意扬扬的笑容。

“他怎么在这儿？”陈庆骂了一句。

程恪马上反应过来，中间那个大冷天跟个傻子似的只穿一件紧身运动服就为了绷出一身肌肉块儿的人，就是八撇。

而江予夺和陈庆显然没想到他会在这里出现，叫的人都去了茜姐那里。

不错。

调虎离山用得还挺熟练。

“程恪你回去，”江予夺迅速从兜里拿出钥匙塞到了他手里，“马上。”

程恪接过了钥匙，但没有动。

理智告诉他应该马上离开，回江予夺那儿，或者另外找一条路走，这不关他的事，也不是他应该掺和的事。

按程怿的话来说，这太低级。

但他并不想离开。

陈庆没什么战斗力，不用试，光看他跟劈柴似的身材就知道他这个总护法是“暗箱”来的，如果自己走了，江予夺就只剩了一个人。

对面的三个人都是一秒前刚越狱型的，江予夺不是对手。

“那位帅哥，”八撇冲这边抬了抬下巴，“是那天把我新收的小弟一顿揍的那位吧？”

“就是他。”他右边的人往程恪脸上死死瞪着，“正好一块儿解决了。”

陈庆咬着牙，小声说：“解什么解？解手去吧，怎么办，三哥？”

“怕什么？你没让人打过吗？”江予夺说。

“行吧，”陈庆晃了晃脑袋，脖子咔地响了一声，“怕个头。”

“我数一二三，”江予夺看着程恪，“你就跑。”

程恪看着他。

“然后报警。”江予夺说。

“什么？”陈庆猛地转头看着他，“报什么警？”

程恪也愣住了，江予夺让他跑他能理解，但让他报警，这让他非常意外，而陈庆这话的意思也很清楚，这种情况下要是报了警，江予夺这个“三哥”的地位估计就保不住了。

虽然他并不觉得会有什么不同。

那边的人已经走了过来，就这条街，十步就能走个脸贴脸。

“一二三。”江予夺伸手对着他的肩猛地一推，然后转身对着那几个人冲了出去。

陈庆吼了一声，跟着他冲了过去。

程恪脑子里闪过了能有二百多幕电视剧里关于“你走吧”“我不走”“你快走！不要管我”“不，我不能走”的纠结画面。

这种场景的结局一般都是主角双双赴死还得让观众吐槽个十句八句的。

他转身拔腿就往回跑。

跑出去十几步之后他掏出了手机，然后回头看了一眼。

八撇一胳膊肘砸在了江予夺背后，而陈庆已经倒在了旁边，正奋力地以蹬自行车的姿势对抗着。

程恪猛地刹住了脚步。

在亲眼见到之前，哪怕程恪已经认定了陈庆是个“暗箱”护法，也想象不到他能弱到这种程度，怎么说也是跟着这片儿“老大”混的，居然就这样的业务水平。

程恪觉得这十几步格外漫长。

这十几步里，他看到江予夺背上被胳膊肘砸了一下，看到江予夺反手同样一记肘击砸到了对方鼻子上，鼻血是在那人把头甩回来的时候才飞溅出来的，还看到了八撇不知道从哪儿抽出了一把刀。

虽然程恪对这种混混打架的具体形式不太了解，但知道轻易不会用刀，跟拳脚棍棒不同，用刀太容易出大事。

但江予夺的下一个动作让程恪似乎明白他是怎么坐到老大这个位置上的了。

侧身对着八撇的江予夺不知道是用眼睛的哪个部位看到刀的，伸手就抓在了刀刃上，接着就握着刀刃反向猛地一推。

刀从八撇手里飞了出去，落在了旁边的地上。

程恪只觉得这一瞬间自己掌心都跟着尖锐地一阵疼。

八撇没有管刀，猛地抬起胳膊肘对着江予夺的肩又想砸下去，这一下要是砸中了，江予夺起码得单膝跪地，换作陈庆，估计得趴下。

但在八撇胳膊肘落下去之前，江予夺的胳膊肘已经砸到了他小腹上，八撇的叫声是从腹腔深处挤出来的，带着层层撕裂的痛。

与陈庆蹬车奋战的那个人抬脚要往陈庆肚子上踩，程恪冲过去，借着惯性起脚，把那人直接踹倒在地，滚出了两三米。

而那边八撇惨叫过后暂时丧失战斗力，另一个人扑过去捡起了地上的刀。

程恪正想出声提醒江予夺小心，江予夺已经跨了过去，在那人还没有直起身的时候，胳膊从他肩上伸过去，一把兜住了他的下巴。

"江予夺！"程恪吼了一声。

那个动作让他整个人都僵住了，寒意从脚底迅速蹿到了头上，脑子里一片空白。

江予夺就像是没听到他的声音，兜着那人下巴一扳，另一只手在另一侧肩上一推，那人顿时跟个陀螺似的在空中旋转了一圈，脸冲下摔到了地上。

程恪冲过去抓住了江予夺的胳膊，狠狠地把他往后拽了两步。

江予夺这时才转过头，盯着他看了一会儿："说了让你跑。"

程恪想说点儿什么，但没能说出来，江予夺的眼神就跟他刚才的动作一样冷。

他转头又看了看身后。

八撇在地上捂着肚子一脸狰狞地痛苦呻吟着，另一个人趴在地上艰难地扭动了两下就不动了。

被程恪踹倒的人爬了起来，陈庆从地上蹦起来撞到他身上，把他再次撞倒在地。

"你，"江予夺指了指刚被撞的那位，"能动吗？"

那人坐在地上，犹豫了一会儿之后摇了摇头。

"不能？"江予夺偏了偏头。

那人愣了愣，赶紧又点了点头。

"打电话告诉那边的人，"江予夺说，"我五分钟之后到，我到的时候他们要是没走，那今天就别走了。"

那人看了看八撇，拿出了手机。

"走。"江予夺走过去捡起被程恪扔在一边的袋子，又抓着程恪的胳膊，把他往旁边的那条路带了过去。

"那个人……"程恪还有些不放心，转头又看着还趴地上的那个人。

"就是晕了，"江予夺转头看着他，"你是不是以为我会把他脖子拧断？"

程恪皱了皱眉没说话。

“不可能的，三哥手上有数，”陈庆在后头一边甩胳膊甩腿一边说，“这么多年都没对谁下过重手。”

程恪无言以对。

走过那条小路之后，江予夺停了下来，看着程恪。

“我回家。”程恪伸手去拿袋子。

看到江予夺满手血时，他才猛地想起之前江予夺空手夺……不，空手抓白刃的那一幕，顿时觉得自己手都有些发软。

“算了，”江予夺把袋子往身后移了移，“你跟着我，一会儿打个车回去。”

“这个伤得处理。”程恪说。

“一会儿去茜姐那儿包一下就行。”江予夺说。

程恪这会儿脑子挺混乱，也没多说，继续跟着他走。

穿出这条路没多大一会儿，他们就到了另一条看上去跟江予夺住的那条街仿佛是双胞胎的小街。

同样是各种“养生毁容院”和某某幼儿教育，还有早点铺和杂货店。

江予夺在一个没有挂牌子的门脸儿前停下了。

“那边儿呢。”陈庆往前面抬了抬下巴。

程恪往那边看过去，几个抱着胳膊的人站在十几米之外的电线杆子旁边，那些应该就是八撇的人。

江予夺扫了他们一眼，进了这家没有牌子的店里。

“进去，”陈庆在程恪旁边小声说，“不进去他们这会儿就敢过来动手。”

程恪跟着进了店。

这是个棋牌室，四五张牌桌，一张麻将桌被掀翻在地，麻将撒了一地。

里面有几个人，或坐或站，都没在打牌。

程恪看了看，有几个应该是来打牌的，还有几个是江予夺的人，他认出了大斌。

“三哥，”大斌走了过来，“没事儿吧？”

“没事儿。”江予夺说。

“外面那几个怎么弄？”大斌问。

“撵走，”江予夺说，“尽量不动手。”

大斌点了点头，带着几个小兄弟出去了。

“这事儿还真得老三来解决才行啊。”一个站在角落里的男人说。

“少在这儿放屁！”一个女人很冲地吼了一声，“你在我这儿干这种事，不想活了吧！”

程恪吓了一跳，这才看到茶水室门口还站着个女人。

看上去四十出头的样子，个儿很高，年轻时应该挺漂亮，一看就知道不太好惹，能骂得你原地下跪的那种。

这应该就是他租的那套房子的房主卢茜，江予夺他们说的茜姐。

“我没……”那个男人想要争辩。

“钱拿出来！”卢茜指着他，“给我搜，一分不剩！”

“我也没赢着钱啊！”那个男人喊了起来，“老三！老三！你不能让你姐这么不讲道理吧！”

“庆儿，”江予夺开了口，“他再说一句，把他扒光了扔出去。”

“好嘞。”陈庆一甩脖子，咔的一声响。

那个人没了声音，屋里几个牌友在卢茜的指挥下把他身上的钱都翻了出来。

“我今天话放在这儿，”卢茜说，“玩牌就图个开心，谁再敢在我这儿不干不净的，我让你全家都不好过！”

那人没说话，顺着墙边想往门口走。

“我让你走了吗？”卢茜瞪着他，“今儿要没你，八撇的人能给我弄这么一出？你这就想走了？你想得也忒美了！”

“那我还要怎么样？不也没出什么大事儿吗？”那人很没面子，“茜姐，我也是老客人了……”

“老客人了你给我这么玩！”卢茜说，“我这桌子也坏了！椅子也散了！”

“我钱都在那儿了。”那人说。

“这是你今天不干不净赢的，两码事！”卢茜说，“明天下午五点之前，钱给我送过来，五点之前我没见着钱你就试试。”

说实话程恪没见过这样的场面，全程都愣在一边儿，一直到卢茜开了个三千的价，那人极其不爽地离开之后，他才缓过来一些。

屋里的人把桌子和椅子都扶起来摆好了，麻将也都收拾回了桌子上。

陈庆拿了个药箱，把江予夺手上的伤清理了一下，包扎好了，程恪感觉陈庆的包扎技术不错，比江予夺强点儿。

不过这个伤没有程恪想象的那么吓人，江予夺抓着刀之后手没有移动，所以口子不深，只是他娇气的血小板不太争气，血流得有点儿多，地上都滴了不少。

“还伤哪儿了？”卢茜问江予夺。

“没了。”江予夺说。

“这是你朋友吗？”卢茜又看了看程恪。

“嗯，租你那套房子的就是他，”江予夺说，“程恪。”

程恪冲卢茜点了点头，不知道该说点儿什么，干脆继续沉默。

卢茜眉头皱了起来：“你怎么把一个正经人扯进来了？！”

“不是故意的，”陈庆在旁边说，“他过来交房租，出门就让八撇堵了。”

“八撇去堵你了？”卢茜有些吃惊。

“没事儿了，”江予夺说，“以后他也不敢怎么样了。”

“赶紧送人回去，”卢茜挥挥手，“别在这儿杵着了。”

“嗯。”江予夺应了一声。

“程恪是吧？”卢茜转头看着程恪，“你怎么还跟他们混在一块儿呢？以后交房租让老三上门去收，你不要过来。”

“啊。”程恪点了点头。

“你车呢？”卢茜看着陈庆，“送人回去。”

“没开过来，你这儿车进来了掉不了头。”陈庆说。

“你开航母吗？掉不了头你不知道从前头出去啊！”卢茜说。

“我去把车开过来。”陈庆叹了口气，转身快步往门口走。

“打个车就行了，”江予夺说，从兜里把程恪的房租拿出来递给卢茜，“给。”

“这些你拿着，下月的再给我，”卢茜挥挥手，“赶紧走，我看着你们这一堆人眼晕。”

程恪这才注意到大斌那几个不知道什么时候已经都回来了，堵在门口。

出了门之后，江予夺让大斌那几个散了，又让陈庆先回去。

“你一个人送他？”陈庆问。

“你跟着也没什么区别，”江予夺说，“你今天不是四点过去值班吗？”

“……行吧。”陈庆点点头，转身走了。

江予夺指了指路的另一头：“往那边过去是大街，能打着车。”

“不打车了。”程恪说。

“嗯？”江予夺看着他。

“还会有麻烦吗？”程恪问。

“不会，”江予夺说，“我主要是看你好像特别不愿意走路。”

“走走吧，”程恪把拉链拉到头，帽子扣到头上，“我这会儿坐车会晕车。”

“好。”江予夺说。

“你的手……”程恪看了看他的手，血又从纱布下面渗了出来，几个血点子。

“没事儿，”江予夺把手抬起来看了看，“都没感觉到疼。”

走到大街上之后，感觉北风刮得没那么急了，程恪背着风深呼吸，然后长长地舒出一口气。

不过他跟江予夺都没说话。

江予夺为什么沉默他不知道，反正从昨天吃完饭到刚才，话都很少。

他不说话是因为想说的太多了，脑子里全是之前江予夺干净利索收拾那几个人的身影，穿插着总护法蹬自行车的画面。

“那个八撇，”又走了一段路之后，程恪问了一句，“伤哪儿了？肠子断了？膀胱裂了？”

“……不知道，”江予夺转过头，“我没用太大劲，你别在这儿帮我使劲。”

程恪笑了笑。

“你冷吗？”江予夺问。

“冷，”程恪说，“但是不想打车。”

“我不是让你打车，”江予夺指指前面，“我请你喝点儿热的吧。”

“什么？”程恪往前看过去，一排装修很漂亮的小店，咖啡奶茶甜品。

“鲜姜撞奶。”江予夺说。

“什么撞什么？”程恪愣了愣，“鲜姜吗？”

“嗯，撞奶。”江予夺说。

程恪犹豫了一下，跟着江予夺走进了一家小店，这东西怎么听都有些不太文明，但是又莫名其妙地有点儿想尝尝。

其实就是鲜姜打碎了跟奶混合在一块儿。

看上去非常简单文明，一点儿也不好喝的样子。

“尝尝。”江予夺把杯子递给他，一脸期待。

程恪对江予夺这个样子实在是太熟悉，每次江予夺让他尝点儿什么的时候，脸上都会是这种期待的表情，看上去特别……幼稚而真诚。

尤其是现在，在程恪看完他眼神冷漠地把人拧成陀螺之后，这个对比有些强烈。

于是程恪接过杯子，喝了一口。

他并不喜欢喝奶茶，也不爱吃放了姜的东西，更不要说直接吃姜末了，但面对江予夺这样的眼神，他在喝下这一口的时候就决定了，无论多难喝，他都得说好喝。

“怎么样？”江予夺问。

“好喝，”程恪回答，让他意外的是这个回答居然是真诚的，他又喝了一口，“嗯，挺好喝的。”

“我不爱吃姜，”江予夺拿过另一杯喝了一大口，“但是我就觉得这个好喝，姜味儿也不重。”

“是。”程恪点点头。

从奶茶店出来，他俩依旧没什么话，但是气氛不像之前那么生硬。

回到小区楼下的时候，程恪犹豫了一下：“上去坐坐吗？”

江予夺看着他没说话。

“那你回去吧，”估计他是不愿意，觉得自己问得有点儿突兀，程恪转身往电梯走过去，“谢谢了。”

“不客气。”江予夺回答。

这个回答让程恪连头都不想回了，按下电梯按钮之后就瞪着电梯门出神。

电梯很快下来了，门打开，他走了进去。

刚转身，他就发现身后还有个人，那人差不多是贴着他身后走进电梯的。

他吓了一跳，赶紧往后错开了一步，看过去的时候发现居然是江予夺。

“你咋回事儿？”程恪看着江予夺，“你没走吗？”

“你不是让我上去坐坐吗？”江予夺按下楼层按钮，看了他一眼，“你真挺迟钝的，我一直站你后头你没感觉吗？”

“……没有。”程恪说。

“真要有人偷袭你，”江予夺说，“你估计连一招都挡不住。”

“谁没事儿会偷袭我啊？”程恪说。

说完他想起来了江予夺之前说的那些话，以及他在楼下来回转悠的那几天。

“你说的‘他们’，是不是八撇？”他问。

“不是。”江予夺说。

“那到底是谁？”程恪又问。

“这几天他们又没在这边儿了，”江予夺没有正面回答，“我还奇怪呢。”

程恪问不下去了，只能沉默。

进屋之后江予夺脱掉外套，在客厅里转了转：“这是个保险柜吗？”

“哪个？”程恪转过头，看到他站在酒柜跟前，“谁家保险柜是透明的啊？谁把酒放保险柜里啊？”

“哦，酒柜是吧，”江予夺弯腰看了看，“不是我说啊，少爷，都没到三百块的红酒也配放这里头吗？”

“超市随便拿的，”程恪笑了起来，“你这么清楚价格？”

“贵的不清楚，”江予夺坐到沙发上，“超市货我还是比较了解的，我每星期都去买菜。”

程恪看着江予夺，有时候觉得江予夺是个挺复杂的人，除了推荐食物时一脸期待的样子，他不太能把每周去超市推着购物车买菜的江予夺和刚才在街头跟人干仗的江予夺联系到一起。

“我想喝水。”江予夺说。

“哦，”程恪赶紧拿了杯子，往直饮机那边走，“我忘了。”

“我玩玩。”江予夺起身跟了过来。

“玩什么？”程恪愣了愣。

“这个饮水机，”江予夺拿过杯子，“是拧这个龙头吗？”

“对。”程恪看着他。

江予夺把杯子放在龙头下面，打开了水，又马上弯腰打开水池下面的门，往里看着：“哦，就是从下面这个机子里过滤的。”

“嗯。”程恪应着。

一直到水接满了，江予夺才关上柜门，拿过杯子喝了一口：“这个挺方便。”

程恪看着他没说话，过了一会儿才问了一句：“那天你让我教你跆拳道？”

“嗯，”江予夺点头，“怎么了？”

“没什么，”程恪笑了笑，“就觉得真打起来，我打不过你。”

“太看得起我了，”江予夺靠着水池，“上回咱俩打架我也没占着什么便宜……”

“我是说像今天这样打。”程恪说。

江予夺喝了口水，没吭声。

“为什么让我跑？”程恪问，“还让我报警？他们都不是你对手。”

“万一呢。”江予夺说。

“什么万一？”程恪又问。

“万一打不过呢？”江予夺皱了皱眉，“我以前也没跟八撇动过手，他不在这片儿。”

程恪不知道自己心里是什么滋味儿。

“要没你在，我肯定不会让报警啊，”江予夺点了根烟叼着，“你跟我们这些人不一样。”

“哦。”程恪轻轻叹了口气，想了想还是没忍住又问了一句，“你……打架总这么……”

“看碰上什么人。”江予夺说。

“我其实是想问……你那几招，从哪儿学来的？”程恪问，普通人打一辈子架，也不见得能悟出那样的技巧。

江予夺沉默了一会儿，抽了口烟：“我从能记事起，就是那么打架的。”

程恪感觉这话他有些接不下去。

“程恪，”江予夺放下杯子，“我……就，我就想问问啊。”

“又想问什么？”程恪一听到他这样提出问题，就觉得一阵无奈。

“你昨天，”江予夺清了清嗓子，“是不是生气了？”

程恪愣了两秒之后松了口气：“嗯，我不是昨天生气了，我现在也没有不生气。”

“……哦，”江予夺又清了清嗓子，跟下决心似的站直了，“对不起啊。”

“啊。”程恪再次愣住。

“我把你当朋友的。”江予夺说，“你跟陈庆不太一样。”

程恪没太明白他拿陈庆做比较的逻辑，但心里还是轻轻动了一下。

“朋友吗？”他看着江予夺。

“嗯。”江予夺点头，从叼着的烟上掉下来一坨烟灰，他拿掉烟，又点了点头。

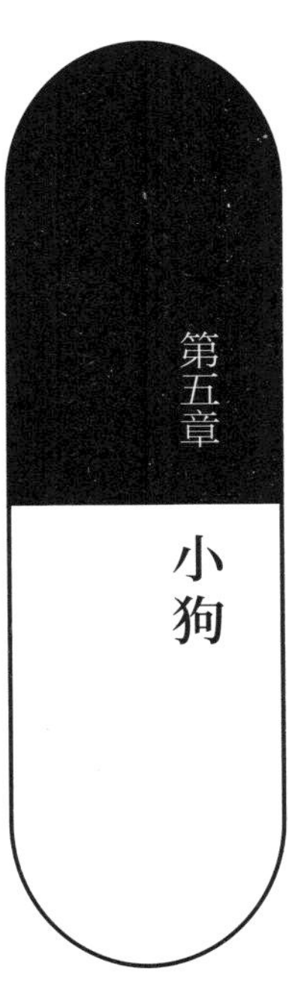

第五章 小狗

25

程恪记得没多久之前，江予夺很严肃地告诉过他——我不会随便觉得谁是我朋友，朋友在我这儿是很重的。

他一直认为江予夺没把他当朋友，他倒是可以把江予夺当朋友，毕竟他的朋友门槛比较低，吃几顿饭就能介绍“这是我朋友”了，至于江予夺这个朋友的分量，他其实没细想过。

现在突然听到江予夺宣布他俩是朋友，除去心里有些软软的感慨之外，程恪还有点儿迷茫。

前后也没多长时间，江予夺对朋友的定义就跟他这个人似的飘忽不定。

“你不是说……朋友很重……”程恪看着他。

“就冲你今天冲回来。”江予夺说。

“是吗？”程恪愣了愣，“我主要是怕出事儿，我本来以为陈庆能扛一阵儿，结果他一秒就倒地了。”

江予夺笑了笑：“他不会打架，从小他妈可宝贝他了。”

“我其实也不是……”程恪跑回去，的确是担心了，但他本来就不是个特别冷漠的人，眼睁睁看着自己认识的人一对三，何况对方还点了他的名，而江予夺为了保证他的安全，宁可混不下去了也要让他报警，这种情况下他要真跑了，实在说不过去，“陈庆和你那些小兄弟也不会扔下你不管。”

“不一样，”江予夺说，“除了陈庆，那些兄弟都知道，这次不管我，以后我也不会管他们。”

程恪差不多能明白他的意思，江予夺给兄弟们扛事儿，那些兄弟也会为他出力，但江予夺相比别的那些“老大”，比如八撇，是不一样的，就算同样的利益交换，天寒地冻急着打车的时候还能看到兄弟头皮被冻青了的江予夺也不太一样。

程恪觉得这也许就是他看到江予夺有麻烦时会着急的原因之一。

“也从来没有人这样对我。”江予夺抽了口烟。

“哪样？”程恪笑笑，“不是你小弟但是跑回来帮你吗……”

“从来没有人在我动手的时候拉过我。”江予夺打断了他的话。

程恪看着他，半天才应了一声：“哦。”

“跟跑回来帮我不一样，”江予夺说，“第一次有人担心我手太重的，以前从来没有过，他们都告诉我出手就要用全力。”

又是“他们”。

程恪听得出江予夺的这个“他们”指的不是陈庆和那些小兄弟，这些人只是希望他能赢而已。

但是程恪没有追问“他们”到底是谁，江予夺一次次地答非所问，以他的教养，他实在不可能再问。

也许等哪天江予夺自己就想说了吧。

站了一会儿，程恪放在客厅的闹钟响了。

“什么声儿？”江予夺愣了愣。

“闹钟，”程恪回到客厅，按停了闹钟，“提醒我差不多可以吃晚饭了。”

江予夺跟过来瞪了他好一会儿：“你要不要去测个智商啊？”

“我有时候这会儿还在睡觉。”程恪说。

“我第一次看到有人吃晚饭还要专门定个闹钟的，”江予夺说，“手机也能定闹钟你是不是不知道？”

“我喜欢闹钟，”程恪又拨了个闹钟，一分钟之后会响，他把闹钟放到桌上，看着江予夺，“就这样。”

“哪样？”江予夺莫名其妙地看着他。

“等着。”程恪说。

“等什么？”江予夺问。

程恪没说话，看着他。

江予夺皱着眉跟他对视着。

一分钟之后闹钟响亮地喊出一串丁零零。

“哎！”江予夺吓得往旁边一蹦，吼了一嗓子，“怎么还响啊？！”

程恪伸手在闹钟脑袋上拍了一巴掌，铃声停下了。

“就这样，”他说，“我就喜欢啪的这一下，一拍，它就停了。”

“你这每天的日子是不是都过得挺无聊的？”江予夺说，“都沦落到要这么玩了。”

“你没有这种，小小的打发时间的爱好吗？”程恪问。

“没有，”江予夺摇摇头，“我大大中中小小的爱好都没有，我用不着打发时间。”

“……你每天都从早忙到晚吗？”程恪“啧”了一声，“数垃圾桶？”

“不啊，”江予夺说，“我没数过，不过我知道就酒吧街那边，一百米两个，有些分类，有些不分类，旁边人少点儿的街上间隔是一百五十米。”

程恪看着他，有些无奈。

“时间打发不掉的。”江予夺说。

“嗯？”程恪看着闹钟上的指针。

“时间都过得很慢，永远都那么慢，越打发发现它过得越慢，”江予夺说，“你忘了它，才能好受些。”

程恪笑了笑。

他不太明白江予夺这样的感受，在他看来，只有特别难受的时候，病了，不舒服了，情绪低落了，才会感觉时间过得太慢。

他突然想起江予夺关于主角的那个回答。

我不是。

人处于什么样的生活状态才会觉得时间永远是慢的？

两人站在客厅里愣了一会儿，江予夺走到了窗边往外看着，程恪发现江予夺往窗外看的时候，从来不会掀开窗帘。

他看着江予夺的侧影，愣了一会儿后又看了一眼时间。

现在是晚饭时间了，对程恪来说，这个时间有点儿尴尬，主要是江予夺在这儿，而且似乎没有要走的意思。

如果是他自己一个人，饿的话会叫个外卖，不太饿的话就随便泡碗方便面，或者煮俩鸡蛋吃。

现在他要是留江予夺吃饭，拿不出可以招待的食物，出去吃他不太愿意，他这辈子都没有连续两天请人吃饭的经历。

但直接让江予夺走人，他又说不出口。

“你……饿吗？”他挣扎了半天，问江予夺。

“饿。”江予夺回答得很干脆，并且似乎没有听出他的潜台词，说完这个字之后，这个回答就算是完成了。

“那你想……吃点儿什么？”程恪只好又问。

“你一个燃气灶都打不着的人，”江予夺转头看着他，“居然有勇气问出这么一句来？”

“我能打着！”程恪说。

“川菜。”江予夺说。

“……什么？”程恪愣了愣。

“你问我想吃什么，”江予夺勾了勾嘴角，一脸挑衅的小得意，“我告诉你我想吃川菜，然后呢？”

“你自己出去吃。”程恪说。

“你不吃饭？”江予夺问。

“我泡方便面吃，”程恪说完也勾了勾嘴角，“你吃吗？”

“吃。”江予夺说。

程恪张了张嘴没说出话来。

“你其实连方便面也不会泡吧？”江予夺问。

“行吧，”程恪转身往厨房走，“你等着，你说要吃的啊，别反悔。”

“嗯。”江予夺应了一声。

方便面还是很好泡的，程恪拿了个水壶装了水放到燃气灶上烧着，他有时候还能提高一个层次，煮一碗方便面，放个鸡蛋。

比起他在家的时候，现在的进步他简直都要对自己刮目相看了。

不过今天他不打算煮，泡两碗方便面就行了。

他从橱柜里拿出了几碗方便面："你要香辣的、酸菜的还是三鲜的？"

"香辣，"江予夺走到厨房门口靠着门框，"这么多种？"

"总要换换口味。"程恪拿了两碗香辣的放到案台上。

"再换不也是方便面吗？"江予夺说。

"你能不能安静地看着？或者你去看会儿小说？"程恪一边拆开方便面的包装一边皱着眉说。

"我安静地看着吧。"江予夺说。

程恪没再理他，撕开了方便面的盖子，把调料包拿了出来，一包一包撕开往里倒，两碗都准备好之后，站到燃气灶跟前等着水烧开。

水刚开始冒汽儿，他的手机就在客厅里响了。

他愣了愣，自从他离开家，就几乎没有什么电话了，以前的"朋友"除了刘天成偶尔会发个消息，别人都跟从来没认识过一样再也没有了联系，而许丁一般也是有事了才给他发个消息，他这阵儿连诈骗和广告推销电话都没收到过。

他回了客厅拿起手机看到上面显示的电话号码时，顿时一阵郁闷。

他没有存程怿的电话号码，但他记得程怿这个跟车牌号一样迷信的电话号码的尾号。

程怿为什么会给他打电话？这种不能展现兄弟情深的私下联系对程怿来说应该属于无效投资。

盯着电话号码看了一会儿之后，程恪接起了电话："喂。"

"哥，我小怿，"那边传来程怿温和的声音，不过听着似乎离手机有些远，"你现在在哪儿呢？"

"准备登船呢。"程恪说。

"什么船？你去旅行了？"程怿有些吃惊。

"宇宙飞船，"程恪说，"我准备出发拯救全人类。"

"你在家吗？"程怿没有理会他，又问了一句。

"你有什么事儿？"程恪不耐烦地问。

“想去看看你。”程怿说。

“看了二十五年还没看烦吗？”程恪一阵烦躁，“能不这么虚伪吗？我怎么就一点儿也不想看到你呢？”

“小恪啊。”那边突然传来了一个女声。

程恪猛地一愣，这是老妈的声音。

“我跟妈在一块儿呢，开着免提的，”程怿说，“妈想看看你。”

“……有什么好看的？”程恪顿时反应过来为什么程怿的声音听着有点儿远。

这一瞬间他觉得有种想当场把程怿按在地上踩上几脚的愤怒。

程怿知道自己对他会是这样的态度，所以开了免提让老妈听听。

厉害了亲弟弟！

他烦躁地在客厅里转了好几圈。

“出来这么久了，”程怿说，“妈想看看你不是很正常吗？”

正常个头！

老妈是个无视世间沧桑，只管吃斋念佛的人，不能说她对家人不关心，她每天念佛全都是在求保佑家人身体健康、事业顺利，但老妈是家里所有人包括亲戚里对他最不能接受需要以阿弥陀佛平复心情的人，如果不是程怿，老妈绝对不会想到要过来看看他。

“我这会儿不方便。”程恪咬了咬牙。

“怎么了？是……有朋友在吗？”程怿问。

程怿的这个停顿非常巧妙。

“没有。”程恪想摔手机，“你们这个时间怎么在外面，不吃饭吗？”

“妈这一星期过午不食。”程怿说。

“车在楼下了，”老妈的声音再次传来，“小恪啊，你在家里吧？”

“……在。”程恪一屁股坐到了沙发上。

“几楼啊？”老妈又问。

“16 楼。”程恪说。

挂掉电话之后，程恪往屋里看了一圈，如果让老妈看到江予夺，“小恪都被赶出家门了居然还有心情跟狐朋狗友混在一起”这样的结论基本就可以得出来了，特别是之前他还说了家里没有人。

他不介意被下这样的结论，但不愿意在已经被扫地出门之后还被下这样的结论。

程恪看着江予夺，今天多这么一句嘴让江予夺上来坐坐简直是个重大失误，但这会儿让江予夺走人也来不及了，以程怿的风格，说不定会找个借口让老妈在楼下多等一会儿，看到江予夺出来再上前打个招呼。

让江予夺现在出去躲在楼道里，等人进屋了再走……这算什么事儿？

“怎么了？”江予夺看着他。

“我妈和我弟马上上来。”程恪说。

“来看你吗？”江予夺问。

“嗯。”程恪扯着嘴角笑了笑。

“那我走了，”江予夺马上拿起了外套又犹豫了一下，“他们进电梯了吗？会不会撞上？你弟认识我。”

程恪有些意外，江予夺不是个脸皮薄的人，不会介意面对陌生人，更不会害怕撞见程怿。

他没想到江予夺会这么着急要走。

“我就是觉得不太好。”江予夺说。

“怎么？”程恪问。

“你弟也就算了，要让你妈看到……”江予夺皱了皱眉，“跟我这样的人混在一块儿，你还怎么重返豪门？”

程恪一脑袋都是烦躁，但听到江予夺这句话的时候还是没忍住乐了。

笑了一会儿他又觉得有些笑不出来，莫名其妙地有些心疼。

“坐着吧，”程恪站起来拿过他手里的外套，挂到了衣帽架上，“只要你不介意我妈误会，别的不用担心。”

江予夺顿时有些紧张：“你妈是跟你弟一样风格的人吗？”

程恪转过身看着他。

不知道为什么，一向不在意别人态度的他，总能接二连三被江予夺这种无意的反应戳得一阵伤感。

“嗯，”他点了点头，把江予夺的外套从衣帽架上又拿了下来，“要不你先到楼道里待一会儿，他们进屋了你再走？”

江予夺愣了，猛地冲着他一通摆手：“不不不，我不走，我不是那个意思。”

程恪眯缝了一下眼睛。

“误会我不介意，”江予夺说，“我就是感叹一下你妈的风格，跟你弟是一路的。”

“毕竟亲生的。”程恪说。

“我不走。”江予夺像是为了证明什么，立马一屁股坐到了沙发上，还把腿伸长了，看着就跟已经在这儿瘫了一整天似的。

程恪把屋里随手扔着的东西收拾了一下，门铃就被按响了。

他看了还瘫在沙发上的江予夺一眼，过去打开了门。

老妈和程怿站在门外，他让到一边：“妈。”

“瘦了啊，”老妈先上下打量了他一下才进屋，“是不是吃住都不适……”

看到坐在沙发上的江予夺时，几个人都没了声音。

江予夺大概长这么大没有经历过这样的场景，他甚至没有站起来，只是从瘫坐变成了正坐，冲老妈和程怿点了点头，说了一句：“晚上好。”

不知道为什么，程恪猛地有点儿想笑。

“啊，晚上好。”老妈点了点头，克制住震惊和不满之后转过头看着程恪：“这位是你朋友吗？”

“是。”程恪点头。

“房东，”江予夺说，程恪看着他，他又强调了一遍，“房东，我是来收租的。”

“哦。”老妈点了点头，又看了看程怿。

“是，人挺好的，”程怿笑了笑，“上回我哥表演的时候他还陪着去呢。”

程恪接过老妈脱下来的外套挂好，有种不想再回头了的感觉，就想抱着这个衣帽架，等所有的人都走掉。

他不善于也不愿意处理这样的状况，特别是还有个程怿这样反应速度一流的人，很烦。

“没，”江予夺说，“我是许丁请过去的。”

“哦。”程怿笑了笑：“妈，坐吧。”

程恪回过头，看到老妈看了一眼沙发之后，坐到了餐桌旁边的椅子上。

程怿也拿了把椅子坐到了老妈身边。

程恪刚想过去坐到沙发上，厨房里的水壶就叫了起来。

“水开了。”他往厨房走了过去。

进厨房的时候他听到老妈说了一句：“还会烧水了。”

他把火关了，对着水壶愣了一会儿，转身回到客厅。

客厅里没有人说话，江予夺从正坐回到了瘫坐，低头玩着手机，老妈百无聊赖地转头四处看着，一向非常懂得把握气氛让人不会尴尬的程怿这会儿也一言不发，任凭气氛尴尬到凝固。

“这房子还可以，新的。”程恪说。

“看得出来，”老妈点点头，“会有点儿吵吧？我看楼下是个公共花园。”

“楼层高，听不到什么声音。”程恪坐到了沙发上。

“怎么一直也……”老妈看了一眼江予夺，“没跟家里联系一下？”

“都挺好的，也没什么事儿需要联系。”程恪说。

老妈估计想说点儿什么，但因为江予夺杵在旁边，最终就问了这一句，之后随便聊了聊房子和他平时的生活，然后就站了起来：“都挺好就行，我们就先走了。”

“我送你下去。”程恪跟着站起来。

“别送了，外头冷。”老妈拍了拍他胳膊。

“你朋友还在这儿呢，”程怿说，“不用送了。”

程恪咬了咬牙没出声。

老妈和程怿走出门的时候，江予夺起身走了过来：“阿姨慢走。”

“欸，好的。”老妈笑了笑。

两人进了电梯之后，程恪也没进屋，对着已经关上的电梯门愣神。

有一股火在他脚底下烧着，他努力控制着不让火势蔓延，但收效甚微。

他从来没有过这样的情绪，对自己亲弟弟的讨厌，在这一瞬间达到了峰值，他不明白程怿这种穷寇必追不打死不算完的劲头为什么非要用在他身上。

愤怒和无奈混在一起，烧得他手脚冰凉。

“冷不冷啊你？”江予夺在门边问了一句。

程恪转过头，看到江予夺的瞬间就想起了自己的那个“是”和江予夺的那句“房东”，无处可去的怒火顿时就喷了出来。

“关你什么事？”程恪说，“你就一个房东！”

江予夺愣了愣：“我不就是不想让你妈觉得你交了这么个朋友吗？！”

“真的吗？”程恪冷笑了一声，“那你一个房东刚才为什么不走？房客家里来客人了，房东还坐沙发上玩手机啊！”

“你别跟我这儿瞎嚷嚷，”江予夺瞪着他，“今儿给你找事儿的可不是我！”

“谁给我找事儿了？”程恪吼了一声，“谁给我找事儿了？！全都是事儿找我！”

江予夺没说话，盯了他两秒之后抓过外套走了出来，把门一甩，过来推开他按下了电梯按钮。

程恪看着他，两秒钟之后又爆发出一声怒吼：“我没拿钥匙！”

江予夺愣了愣，猛地转过头：“有没有搞错？！”

26

江予夺转身就扑回了门边，抓着门把手晃了几下，门纹丝不动，一看就是质量非常好的。

“锁上了。”江予夺回头看着他。

“废话，”程恪说，“你劲儿再大点儿它不光能锁上，还能把玻璃震碎了呢。”

“唉，”江予夺有些郁闷地继续抓着门把疯狂晃动着，晃了一会儿又猛地转头，“你关燃气灶了没？”

“关了。”程恪说。

江予夺松了口气，抓着门把再次开始疯狂晃动。

“你过电呢？”程恪看到他手上有些渗血的纱布，实在觉得无奈，总觉得江予夺可能没有痛觉，“锁晃坏了我不赔啊。”

江予夺停了手，转身靠在了门上叹了口气。

程恪这会儿已经不知道自己的情绪是什么了，暴躁得想抓着谁打一顿，但又郁闷得全身都没劲，手都抬不起来。

他一动也不想动，就这么盯着电梯门，感觉这个姿势能保持到明天早上。

电梯门打开了。

“你回去吧。”程恪说。

“我去给你拿钥匙。”江予夺说。

程恪没说话，他这会儿什么都不愿意多想。

江予夺走进了电梯，看着他。

电梯门关上了，两秒之后又打开了，江予夺又走了出来。

“你穿我衣服。”他把外套脱了下来。

程恪这会儿才想起来自己就穿了件薄羊毛衫，里头是空的了。

不过之前没什么感觉，一直到江予夺说了这句话，他才猛地感到了冷。

然后他过电了似的开始哆嗦，怎么也控制不住。

其实平时真要这么冷，他也不至于哆嗦成这样，今天也不知道是不是被气着了，这会儿他就感觉自己抖得跟个傻子似的。

“我天，”江予夺赶紧把衣服披到他身上，“你也太不抗冻了，这都打摆子了！”

“滚……”程恪牙齿一通敲，一个“滚”字碎成了十多片。

但在江予夺要进电梯的时候，他又回过神来，拉住了江予夺的胳膊。

江予夺永远都是里头一件长袖 T 恤，外面一件羽绒服，现在外套一脱，就剩一件长袖 T 恤，再抗冻也不可能抗得住现在这种气温。

“叫陈庆开车过来吧，送件衣服。”程恪说。

“嗯。”江予夺点点头，拿出手机拨了号。

他跟陈庆打完电话，楼道里就没有了一点声音。

程恪往江予夺外套口袋里摸了摸，拿出了烟和打火机，走进了消防通道，在窗边点了根烟叼着。

外面天已经黑透，灯光下能看到细小的飞舞着的黑影。

居然下雪了。

程恪吐出一口烟，烟雾和哈出的气混合着，在窗口疯狂地扭动了一瞬间之后就消失了。

他再吐出一口，消失。

再吐，再消失。

“给我根儿烟。”江予夺从防火门里探出脑袋。

“别在楼道里抽。”程恪把烟盒和打火机递给他。

“嗯。”江予夺点了烟，没走进防火通道就把脑袋伸了过来，“我就这么抽。”

“……脖子给你卡断了才好，”程恪说，“你非得这样吗？”

“废话，”江予夺说，“楼道里还暖和点儿，这儿风刮得飕飕的，我就穿件

T恤……"

程恪这才反应过来，自己这么舒坦地站在窗边是因为江予夺的衣服在他身上，他赶紧脱了下来："你穿着，我上楼道里待着去。"

江予夺犹豫了一下，接过衣服："一会儿去楼下吧，保安室有暖气。"

"有吗？"程恪问。

"没暖气保安怎么值班？"江予夺看着他。

"哦。"程恪点点头。

保安室的确有暖气，不过不是特别足，但保安还点了个炉子，这就非常暖和了。

程恪进去的时候整个人都松了口气。

保安正在炉子上煮茶，很香，要不是那个茶缸看上去实在太惊悚，程恪还挺想喝一口的。

江予夺明显就没程恪那么讲究了，保安把茶缸递给他，他接过去就喝了两口，还很愉快地抹了抹嘴："你这茶还放糖了？"

"放了，英国红茶都放糖，我放的是桂花糖，"保安说，"特别香吧？"

"是。"江予夺点点头。

程恪倒是没喝过这样的"英国红茶"，实在没忍住，在保安要喝的时候抢先说了一句："我尝尝。"

"给。"保安很大方地把茶缸递给了他。

桂花甜普洱。

这是程恪长这么大喝到过的味道最奇特的茶了。

"怎么样，我这英国红茶不错吧？"保安问。

程恪竖了竖大拇指。

陈庆也不知道在哪儿上班，江予夺打完电话差不多一小时，才有一辆车停在了楼下。

他往电梯跑过去的时候程恪都没看到人，就看到了一大团衣服。

"这儿！"江予夺喊了一声。

一大团衣服又转头往保安室跑了过来。

“来，赶紧地，穿上。”陈庆一进保安室，本来就没多大的小屋子瞬间就没了空隙。

“你拿了个什么玩意儿？”江予夺皱着眉。

“我爸的皮猴儿，”陈庆说，“我的衣服你俩也穿不上啊，都是修身款，跟你俩差了两三个号吧？”

程恪看着他拿来的这件皮猴儿，货真价实，质量上乘，外头的皮看着不错，里面的毛也又厚又软……这衣服看着比人还强壮。

江予夺看了他一眼，他迅速拿过江予夺的羽绒服穿上了：“我有这件就够了。”

“你爸冬天的外套就这一件吗？这是他进山打猎穿的吧？”江予夺无奈地穿上了皮猴儿，“就没有别的了？”

“这件最暖和。”陈庆的回答很体贴，无懈可击。

江予夺穿上外套走出了保安室。

程恪跟出去，看了看，这件衣服穿在江予夺身上居然非常……合适，换个背景就是个土匪头子。

“走吧，”江予夺说，“去卢茜那儿拿钥匙。”

“不用了，”陈庆从兜里掏出了一串钥匙，“我刚去茜姐那儿拿了钥匙。”

程恪愣了愣。

看到钥匙的这一秒，他突然有些不爽。

是的，就是非常不爽。

之前都没有觉察，看到钥匙的时候，他才发现，自己有些……失望。

江予夺劈手拿过钥匙，瞪着陈庆：“你拿了钥匙还拿什么衣服啊！直接把钥匙送过来不就行了吗？！”

“你让我拿衣服的啊。”陈庆说。

“我让你拿衣服是因为要过去拿钥匙！”江予夺说。

“反正钥匙拿来了，”陈庆看了看手机，“衣服你穿着吧，明天给我，我这会儿要回店里交车，衣服没地儿放了。”

“滚吧。”江予夺说。

陈庆转身跑了。

“给。”江予夺把钥匙递了过来。

程恪接过钥匙，犹豫了一下，外套拉链拉开了。

“先上去再脱吧。”江予夺往电梯走过去。

程恪跟着他走进了电梯，打开了房门。

“赶紧换个指纹锁吧。”江予夺说。

“嗯。”程恪脱下了外套，“你还吃方便面吗？”

“……吃。”江予夺按了按肚子，“我能吃两碗吗？”

程恪看了他一眼：“行。”

进了厨房，程恪看了看案台上放着的两碗拆开的方便面，顿时又一阵烦躁。

老妈刚在屋里转悠过，没进卧室和另一间房，但厨房门口肯定经过了，也肯定能看到这儿放着两碗方便面。

他和跟他口径不统一的房东正要共进晚餐，而且是吃方便面这种比较熟的人才会一块儿凑合的晚餐，这会让老妈有诸多联想，她回去会不会再跟老爸抱怨就不知道了。

虽然老爸对他的事无所谓也不屑一顾，但老妈要是说了这些，老爸心里关于他是个废物的判断又会多加一成。

程恪从十岁之后就不再希望得到任何人的肯定了，老爸怎么判断都不会影响他的心情，唯一会戳痛他的是某些基于误会的判断，没有人在意他的辩解。

程怿在这一点上跟老爸很像，认定了的东西，很难再改变。

“我来弄吧？”江予夺进了厨房。

“出去。”程恪说。

“你愣在这儿好几分钟了，”江予夺说，“你不饿我还饿呢，我眼睛都快饿绿了。”

程恪看了他一眼，转身走出了厨房。

一直到江予夺拿着两个大碗走出来，他都窝在沙发上没动过。

“行了，可以吃了。”江予夺说。

程恪起身坐到餐桌旁边：“谢谢。”

江予夺没理他，坐下低头就开始吃。

“怎么还把面倒出来了？”程恪皱了皱眉，莫名其妙的烦躁一直都没消失，一不小心就会爆发一次，“一会儿还得多洗两个碗。”

江予夺看了他一眼，把手里的筷子拍到了桌上。

啪的一声，挺响。

程恪看着他。

“还有两双筷子呢，”江予夺说，“洗完就累死你了吧？”

程恪没说话，低头开始吃面。

“我不知道你们家那些破事儿，反正你再冲我发一次邪火，”江予夺瞪着他，“我保证你这个月都站不起来！”

程恪从方便面里挑了一点儿肉丁出来看了看，放进了嘴里慢慢嚼着。

不知道为什么，方便面里的肉丁一丝肉味儿都没有，吃着特别没意思。

“你脾气好过头了，”江予夺边吃边说，“就你弟那样的，我十年前就抽得他见了我就跪着走。”

“我从两岁的时候开始，”程恪说，“就一直听我爸我妈说，这是你弟弟，你要让着他，他比你小，你让着他点儿，你比他大，为什么不能懂事一点儿……我特别不爱听这些，特别反感，我就大他两岁，又不是大他二十岁……不过小时候想不了这么多，就是觉得烦。”

“嗯。”江予夺应着。

“但是时间长了，就会发现，我虽然一边很反感，但一边还是照着做了，不知道为什么，”程恪说，“就跟洗脑了一样，你懂我的意思吗？”

“洗脑吗？”江予夺看着他。

“对。”程恪点点头。

“我懂，”江予夺低下头夹了一筷子面，像是想说什么，但最后什么也没说，只是重复了一遍，“我懂。”

“程怿比我聪明，”程恪叹了口气，“大家看到的永远都是我在欺负他。”

“那叫有心眼儿，”江予夺说，“这个你的确比不了他。”

“其实从家里出来，”程恪看着碗里的面，“我还觉得挺愉快的，我就想着，以后不见面了，各走各的路，我帮不了家里什么，也不需要家里再帮我什么。”

“嗯。”江予夺应着，端起碗仰头把碗里的汤喝光了。

程恪看着他放回桌上的空碗，有些震惊："你吃完了？两份？"

"我刚说了我快饿疯了，"江予夺说，"你妈他们还在这儿的时候我都想进厨房自己先吃了。"

程恪看着他，突然笑了起来。

"怎么了？"江予夺"啧"了一声。

"你刚太没礼貌了，"程恪笑着说，"见了长辈居然都不站起来。"

"要只是你妈一个人，我肯定站起来，"江予夺摆摆手，"关键不是还有你弟吗？我看着他特别来气，我才不站，我没躺着就不错了。"

程恪没说话，看着他一通乐。

"你没事儿吧？"江予夺皱了皱眉，"刚还气得跟个傻子一样，这会儿又笑个没完了。"

"没，"程恪揉了揉鼻子，"就是想笑。"

吃了两口面之后他放下了筷子，叹了口气："没什么胃口，吃不下了。"

"……你一共就吃了三筷子，"江予夺说，"你这胃口也太小了，我什么时候都吃得下。"

程恪看着他。

"不吃了？"江予夺问。

"我真吃不下了。"程恪说。

"给我，"江予夺伸手把碗拿了过去，"我刚都没好意思说我其实还没吃饱……"

"你倒是不讲究。"程恪愣了愣。

"你也讲究不到哪儿去，"江予夺笑了笑，"那么嫌弃保安的杯子不也喝了人家的茶吗？"

"可别提了。"程恪又想起了那个桂花糖味儿的普洱茶。

江予夺很快把他那半碗方便面也吃光了，靠在椅子上舒了口气："饱了。"

程恪起身拿了碗去厨房。

"你要是不想洗就放着，我来洗，"江予夺说，"别又找个借口冲我发火。"

程恪没理他，把碗洗了。

走出厨房的时候，江予夺已经站了起来，正要去拿外套。

"我走了啊，"他看着程恪，"卢茜的钥匙给我。"

程恪把钥匙扔给了他。

看着江予夺穿上外套往门口走的时候，他突然觉得有些慌。

说不上来为什么，他不愿意一个人待着。

这会儿哪怕是陈庆坐在这儿，也能让他踏实些。

“老三。”程恪叫了江予夺一声。

“嗯？”江予夺回头。

“今儿晚上在我这儿待着吧。”程恪说。

“怎么了？”江予夺愣了。

“我不想一个人，”程恪说，“太空了。”

江予夺看着他，好半天才点了点头。

“你睡床吧，”程恪马上说，“我睡沙发。”

“嗯。”江予夺脱掉了外套，走到卧室门口，推开门往里看了看。

这个动作要搁以前，程恪绝对会直接开口制止，不给一点儿面子，但这会儿看着江予夺推开他卧室的门，他竟然没有什么感觉。

人在脆弱的时候居然能有这么强的忍耐力。

“其实我睡沙……”江予夺看着里头，说到一半又回头看了他一眼，“少爷，这样的床你也好意思让人睡？”

“床怎么了？”程恪非常震惊，江予夺这种在床上抽烟往地上弹烟灰的人，居然有脸挑剔他的床？

“你被罩不会套也就算了，”江予夺说，“你居然连枕套都套不上去吗？”

江予夺知道程恪对各种生活小常识和家务不熟练，但是还真没想到他连被罩都不会套。

床上收拾得倒是挺整齐，被子铺平了，被头还翻折过来……然后就能清楚地看到被子下面是被罩，枕头上面是枕套。

他一直觉得就是头猪，实在要套个被罩，也不会套不上，顶多就是费点儿时间而已，而现在程恪用事实向他证明，搬进来之后可能一直是这么层次分明地睡觉的。

江予夺之前时不时地就会感觉到程恪有那么一些让人怀疑的细节，认真数起来还挺多的，但他对程恪的判断一直摇摆不定，因为更多的时候程恪看上去像个好脾气的傻子。

今天他决定不再去怀疑程恪，如果真的有什么问题，程恪只能是被害的那个。

除去在跟八撇动手的时候，他已经把程恪划到了朋友那个圈里之外，这就是第二个原因了吧。

睡觉是件很幸福的事，所有的人都会让自己睡得更舒服，这种被罩裹胳膊裹腿，上头再压床随时会跑偏的被子的睡法，再次证明了程恪是无害的。

卢茜很多年前跟他说过，要试着相信朋友。

不过这个要求对江予夺来说，实在太难了，一直到现在，他都认为没有什么人是真的不会带来伤害的。

如果一定要相信朋友，那就只能尽可能地减少朋友。

卢茜和陈庆都是他的朋友——他可以相信的朋友，他还有过几个别的朋友，但他已经不记得他们是谁，甚至不记得他们是男是女。

所以说相信朋友的代价是很大的，他们不一定会伤害你，却会在不知不觉中从你的生活里消失，再也不出现。

程恪也许就会是这样的朋友。

某一天，这个连被罩都不会套的少爷会重返豪门，或者是在跟弟弟的斗争中获胜，或者是当一条不再挣扎的肉虫子，然后也就消失在他的生活里了。

慢慢地，他就会不再想起这个人。

“被罩的作用就是保护被子不被弄脏，”程恪说，“全包和半包，有什么本质上的区别吗？反正都把人和被子隔开了。”

“……睡着不难受吗？”江予夺关上卧室门。

“难受啊，”程恪说，“不过我现在已经习惯了，挺好的，洗被罩的时候也很方便，都不用拆。”

“哦，”江予夺看着他，“我本来还想教你怎么套的，你连拆都不愿意拆，那就算了。”

“你会？”程恪马上问。

“不是我想刺激你啊程恪，”江予夺叹了口气，“这个恐怕没几个人不会，只是快慢的问题。”

“……哦，”程恪“啧”了一声，想想又站了起来，“你要不帮我套一下吧，我看看能不能学会。”

“行吧。”江予夺点了点头，他很少对人这样，就连陈庆他也不会帮到这种程度，但不知道为什么，每次看到程恪这样子，他都觉得有点儿可怜，“其实我也就是凑合能套上去的水平，不过教你肯定富余。”

“不用提前铺垫，”程恪说，“你套不上去我也不会笑你的。”

江予夺进了卧室，走到床边，程恪跟了进来，靠在柜子旁看着他。

其实江予夺挺烦套被罩的，水平也的确不怎么样，但总归能套上，不过他套被罩还是第一次有人观摩，这让他有点儿别扭。

他站在床前不知道是不是应该边套边解说。

“你这个被子，”江予夺把被子随便叠了一下，抱起来递给了程恪，“先放旁边，我告诉你一个简单的办法。”

“嗯。”程恪接过被子，放到了桌上。

“首先……”江予夺在被子被拿走之后才看清了被罩的全貌，基本上就是拧成一团的，“你把被子铺那么平，其实就是被罩这德行了想挡一下吧？”

“是。”程恪回答得很诚实，“它已经抖不平了。”

“怎么可能？”江予夺叹了口气，抓过被罩抖了抖。

被罩被拧成一团。

他又抖了抖。

接着他再抖了抖。

被罩始终都是一团。

江予夺只得在被罩上又找了半天，然后转过头：“你到底是怎么睡的？被罩的四个角呢？！”

“我哪儿知道？”程恪叹了口气，“卷到里头去了吧。”

江予夺有点儿郁闷，但还是耐着性子弯腰找着被罩的角。

找了半天，总算摸到了其中的一个角，他赶紧抓着这个角又抖了抖，没什么收获。

于是他决定放弃，抓着一团被罩来回扯了几下，找到了被罩的开口。

看到开口的一瞬间，他对程恪充满了鄙视：“你好歹把拉链拉一下吧！这一半里头一半外头！你是个猪吗？”

他两手抓着被罩的开口狠狠抖了一下：“这能抖平……”

他听到了刺啦一声，立马停下了动作。

屋里一下安静了。

他过了一会儿才偷偷往被罩上看了一眼，开口位置顺着缝线被他撕开了一条口子，一直撕到了头。

“你是不是，”程恪清了清嗓子，“把我被罩撕了？”

江予夺转过头：“是，我赔给你。”

程恪没说话，靠在柜子上，冲着他一通狂笑，刹都刹不住。

“你有针线吗？”江予夺非常没有面子。

“怎么，”程恪大概是因为太吃惊，停止了笑声，“你还会缝啊？”

“缝过衣服，没缝过被罩，”江予夺皱着眉，“应该差不多吧。”

“没有，”程恪又开始笑，边笑边打开柜子，拿出了另一床被罩，“来，把这个也撕了吧。”

“滚。”江予夺接过被罩。

他发现程恪的被罩，大概是从用的那天开始就没扯平过，所以哪怕是洗完了叠好了再从柜子里拿出来，都还是皱巴巴的一团。

“你大概也不会叠衣服吧？”江予夺把后备被罩放到床上，开始慢慢地找四个角。

“会，不过衣服都挂着，”程恪说，“没叠过。”

江予夺对这个回答不是特别相信，不过他也没多说，毕竟得集中注意力，以免再把这床被罩撕了。

说起来，这床被罩质量也不怎么样，估计大少爷不会挑。

这床被罩终于被抖平整了，江予夺把它完美地平铺在床上时，松了口气。

“你看啊，先把被罩反过来，铺平，”他冲程恪招了招手，“然后把被子对齐也铺平在它上头。”

“那不就是我那样吗？”程恪把被子抱了过来，跟他一块儿抖开铺在了床上。

“这是第一步，”江予夺说，被子扑出来的风刮到他脸上，他闻到了淡淡的香味，“你还喷香水呢？”

“只往被子上喷，闻着好睡觉。”程恪说。

“遮味儿吗？”江予夺问。

“你干过这事儿？”程恪皱着眉。

“没有，”江予夺说，“我被子没事儿就抱出去晒晒，香喷喷的，我估计你不会晒被子……”

“那你给我好好闻闻！”程恪抓过被子按着他的脑袋就往被子上捂，“有味儿没有？！”

江予夺没说话，在被他按到被子上之后，身体保持了两秒钟的凝固状态。

“一样香喷……”程恪松开了手，话还没有说完，江予夺突然猛地直起身，胳膊往后一捞。

程恪还没有收回来的手被他一把抓住，接着一拧一掀，没等程恪反应过来，就觉得肩膀上一阵酸痛。

回过神的时候，他已经被江予夺掀翻在地。

“你干什么？”他吼了一声。

江予夺没有说话，只是边喘边低下了头看着他。

程恪看到了他有些发红的眼睛，顿时感觉心里有点儿毛毛的，赶紧又喊了一声：“老三！”

江予夺顿了顿，看上去像是刚发现他倒地了似的，冲过来拉住了他的胳膊，然后很慢地把他从地上拽了起来。

“先别动，”江予夺抓着他胳膊没放，“有哪儿不舒服吗？”

“没有，”程恪看着他，“我屁股先着地的。”

“……哦，”江予夺松了手，好半天才说了一句，“我……吓了一跳，条件反射。”

“嗯。”程恪搓了搓胳膊肘，刚撑了一下地，撞得有点儿疼。

“对不起啊。”江予夺说。

“没事儿。”程恪不知道他这种过激的条件反射是为什么，但很多人都有不能戳的那个点，他刚才的动作也有点儿过头。

“没味儿。”江予夺说。

“什么？”程恪愣了愣。

“被子是香的，没臭味儿。”江予夺说。

“废话，”程恪看着他，“我前天刚晒过，铺阳台上晒的。”

“地上吗？”江予夺问。

“啊。”程恪应着。

“你拿两把椅子放着，被子架在上头，这样晒得透，还干净。”江予夺说。

“啊。”程恪又应了一声。

进行完这些神奇的对话之后，江予夺清了清嗓子，站回了床边，把被扯乱的被子重新铺平：“现在你看啊，从开口对面的那一头开始，连着被罩一块儿往里卷。”

“哦，”程恪赶紧过去，跟他一块儿卷被子，“这么卷的意义何在啊？”

江予夺没说话，卷到头之后才开了口：“现在把卷好的这两头，从开口这里掏出来。”

程恪学着他的样子，从开口那儿把手伸进去，抓着卷好的被子头从里面掏了出来，看到被罩突然开始正面冲外的一瞬间，他立马明白了：“然后就这么一路把被子翻出来就套上了是吧？”

“没错，”江予夺点点头，“挺聪明。”

被子一路翻出来，最后平整地铺在了床上，程恪拎起被角抖了抖，成就感油然而生：“我从来不知道被子还能这么套。”

“我看视频学的，”江予夺说，“上个月刚学会。”

程恪笑了笑。

“你那个……撕了的……”江予夺犹豫着，“我拿回去帮你缝一下吧。”

“不用，”程恪说，“这被罩用好几次了，差不多可以扔了。”

江予夺看着他，没说出话来。

程恪也没说话，打开推拉门，走到了阳台上，把窗户推开一条缝，点了根烟，他不知道被罩用多久扔掉算是比较正常的，总不能用烂了才扔……就算用烂了才扔，那这床被罩也已经烂了。

江予夺跟了出来，站在他旁边。

程恪把烟盒递给他，他拿了一根出来点了叼着，看着窗外。

“你……小时候，”程恪看着他脸上的疤，“是一个人住吗？”

“不是，”江予夺说，“好几个。”

“哦，我以为你从小就一个人，所以什么都会。”程恪点点头。

“大概是十岁以后我才一个人住的。”江予夺说。

“十岁也算是小时候。”程恪说。

“是吗？”江予夺看了他一眼，“我没有小时候。”

程恪沉默了。

“你小时候呢？”江予夺问，“一直被你弟欺负吗？”

“也不是，”程恪笑了笑，“我自己玩，我爸在院子里搭了个小木屋，特别小，程怿不喜欢，我一般在那里头看书。”

“挺好的，”江予夺说，“很安全的感觉。”

“不安全，”程恪收了笑容，“后来程怿养了条狗，我爸把那个屋子给狗住了，说帮我再做一个，一直也没做。”

“有钱人家的大少爷，”江予夺叹气，“也这么受气。”

“那会儿我爸已经对我挺失望的了……”程恪伸了个懒腰，“其实程怿要弄个狗窝，肯定马上就会有人帮他做好，但是他就跟我争，烦死了。”

“你不应该让步，”江予夺说，“你让了一次，就会有第二次、第三次，然后就没有人能看见你了。”

程恪看着他没说话。

“一次都不能让，头破血流也不能让，”江予夺脸上的表情变得有些茫然，“不过……”

“什么？”程恪轻声问。

“你想让谁看到你呢？”江予夺说，“我不知道想让谁看到我。”

程恪掐掉烟，沉默了一会儿才开口：“你小时候是在福利院住着吗？”

“不是，”江予夺摇摇头，“我住在家里。”

“跟爸爸妈妈？”程恪小心地又问。

“嗯，我叫他们爸爸妈妈，”江予夺意外地回答了他的问题，“还有别的几个小狗。”

程恪听着有点儿不对劲：“小狗？”

“跟我一样的小狗。”江予夺说。

程恪愣住了，过了一会儿想再问的时候，江予夺竖起食指：“别问了，知道太多，他们就会找到你。”

不等程恪再说话，江予夺就在窗台上掐掉了烟，转身回了房间。

程恪看着窗台上被按出来的一坨黑印子，一时间不知道是该继续琢磨江予夺的话，还是该警告他不许这么粗鲁地在窗台上掐烟，明明旁边有个烟灰缸。

“我没看到那个烟灰缸。”江予夺的声音从身后传来。

“哎！”程恪吓了一跳，回过头。

江予夺从推拉门里探出头：“我按掉以后才看到有个烟灰缸的。”

“……没事儿，”程恪说，“能擦掉。”

“擦不掉，那儿就是白灰墙，没刮腻子也没贴瓷砖，”江予夺说，“其实我原来都在窗户外头掐……”

程恪推开窗往外面窗台上看了一眼，看到了一溜小黑坨，排得还很整齐。

“都是你按的？”他回过头。

“嗯。”江予夺笑了笑。

“你现在是要气我吗？”程恪问。

“没，我就是告诉你一声。”江予夺说。

“……好了，我知道了。”程恪点点头。

江予夺关上了门，去了客厅。

程恪有些哭笑不得地在阳台又杵了一会儿，最后还是没忍住，伸手在黑坨上搓了搓。

真的擦不掉。

他叹了口气，开门进了屋。

江予夺坐在沙发上看着手机。

他去洗了个手，回到客厅把电视打开了。

“你还看电视啊？”江予夺说。

“屋里没声音不踏实。”他坐到沙发上，靠在另一头。

“有声音才不踏实，什么都听不见了。”江予夺低头继续看着手机。

“你还在看那个大腿文吗？”程恪问。

“弃了，”江予夺说，“我现在看另一个，有点儿看不懂。”

“字儿认不全？”程恪有些吃惊，接着突然想到，按江予夺说的这个“童年”，他可能没上过学。

“不是，它说的是，有一天，三次元突然消失了，变成了虚空，”江予夺说，“就剩下二次元那点儿了。”

“哦，”程恪点点头，“那我这种不怎么上网的人呢？”

“‘虚空’了呗。”江予夺说。

程恪笑了起来：“这么可怕。”

"'虚空'了挺好的，都没了，又都在，"江予夺说，"就是不太看得懂，我还是比较喜欢看修仙。"

"看电影吗？"程恪问。

江予夺放下手机想了想："看吧。"

程恪拿过投影仪的遥控器时犹豫了一下："我先跟你说一声啊，装投影仪就打了几颗钉子，以后拆了能填上。"

江予夺看着他，好一会儿才说："你还装投影仪了？"

"嗯。"程恪点头。

"你不是被扫地出门的吗？"江予夺非常不解，"你哪儿来的这么多钱啊？"

"我有存款。"程恪说。

"居然有存款，我以为你的钱是许丁救济的呢，"江予夺说，"按套路来说，你的卡不是应该被冻结吗。"

"三哥，法治社会，我名下的卡，是谁想冻结就能冻结的吗？"程恪看着他，"你不是喜欢看修仙吧，是喜欢看霸道总裁吧？"

江予夺笑了半天，一挥手："看电影。"

"我这儿存了部经典的，"程恪拿出手机点着，"我换手机以后专门又下载了，没事儿就看一遍，你年纪小，估计没看过。"

"那就看经典的吧。"江予夺说。

"好。"程恪打开投影仪，连上手机，然后点开了手机的视频文件夹。

往下翻的时候，一直盯着投影的江予夺在旁边说了一句："我以为你会存点儿小黄片儿呢，你不说你看吗？"

程恪转过头："怎么，你想看？"

"没！"江予夺一脸惊恐，"我就随便说说！"

程恪"啧"了一声，点开了视频。

为了有看电影的效果，他还弄了音响，不过一直没机会用，这会儿听着声音还可以，就是片源音质太差，毕竟是老片子了。

他起身去把客厅的灯关掉了。

“这音乐怎么……”江予夺声音里透着紧张，“这么……吓……”

他话还没说话，片名打了出来。

“《山村老尸》！”江予夺吼了一声。

“你知道？”程恪坐回沙发上，“这个算是经典了吧，我每次看都……”

“是，特别吓人，”江予夺一边说着一边从沙发那头往他这边蹭了过来，一直蹭到他旁边，跟他挤上了才停下，“我……”

“……你不是吧，”程恪乐了，“这么害怕？”

“怎么，我不能害怕啊？”江予夺有些不爽。

“能。”程恪笑着点头，想想又压低声音，“其实我也怕得不行，我每次看都吓得半死。”

“那你还看？”江予夺瞪着他。

程恪小声说：“有你在啊，两个人看就没那么……”

“开始了！”江予夺转头瞪着投影。

程恪也赶紧瞪过去。

两个人神经紧张地瞪了半天，江予夺突然笑了起来：“服了，太丢人了。”

“你一会儿害怕了不要突然抓我，”程恪说，“我会骂人的。”

江予夺点点头：“你也一样。”

28

程恪不记得自己第一次看《山村老尸》是在什么时候了，反正是挺小的时候，他和程怿叫了各自的同学到家里玩，大家一块儿看的。

当时所有的人都吓得半死，女生连尖叫都没顾上。

除了片子挺吓人，程恪的另一个印象就是程怿全程平静，脸上连一丝害怕的表情都没有，甚至看到一帮人被吓到的时候，他会忍不住笑。

程恪不知道这么多年自己一直执着地存着这个片子，时不时就会拿出来看看，除了印象深刻的恐怖之外，是不是还因为程怿的嘲笑。

他一直觉得自己潜意识里还是非常介意程怿的各种嘲笑的，而无论程怿嘲笑的是谁，他无法觉察到的敏感都会往自己身上联系。

他注意到这种让自己非常不愉快的状态时却又很难控制得住。

也许他想要试试，有一天看到这片子不再觉得害怕，是不是就能让自己从程怿的嘲笑里真正走出来。

偏偏“芸芸众恐”里，只有这一部，他每次看都会害怕。

小时候的恐惧，才是真的恐惧。

想到这儿，程恪忍不住看了看江予夺。

江予夺有害怕的东西，虽然他一直不知道“他们”是谁——是人，是虚无，还是别的什么，但江予夺嚣张外表之下的那些恐惧，是真实存在的，也许跟小时候的经历有关。

至于是什么……他就不知道了。

小狗。

别的小狗。

什么人会把孩子称为狗?

程恪对很多东西不愿意费神，江予夺算是他琢磨得比较多的人了，这会儿也觉得费神得很，想得累。

人与人之间，哪怕是“朋友”，也不要太深究。

会累。

累了就不长久。

“沙发上原来不是有个几个靠枕吗？”江予夺直瞪着投影，一副目不转睛的样子。

“我总躺着，就收起来了，”程恪说，“你要吗？”

“来一个，”江予夺还是瞪着投影，“我抱个东西就没那么害怕了，总不能抱你吧，那么大个儿。”

程恪起身，进了卧室，打开柜门拿靠枕的时候，江予夺又在客厅里喊了一声：“快点儿！”

程恪拿出一个靠枕，犹豫了一下又拿出一个。

万一他自己也想抱个什么玩意儿呢。

两人一人抱着一个靠枕坐在沙发上看一部老掉牙的恐怖片儿，程恪莫名觉得有些好笑。

本来想着两个人一块儿看，他可能就没那么害怕了，结果碰上江予夺这么一个看上去凶神恶煞却比他还怕看恐怖片儿的……

不过江予夺跟他不太一样，他要是怕了，会移开视线，只用余光扫扫，等恐怖镜头过了再看，江予夺却一直盯着画面，连眼睛都是瞪大的。

他不懂这是什么操作。

因为关了灯，外面还下雪，这会儿屋里除了投影幕布那一块是亮的，其他所有的地方都是黑的。

特别有气氛。

一开始程恪感觉还行，江予夺虽然害怕，但始终稳稳地坐着，没有乱动，也没有发出什么奇怪的声音。

程恪因为记得剧情，所以也能承受。

一直到主角的朋友在酒吧去洗手间，一个长发女鬼一直扶着她的肩膀跟着走，程恪才开始感觉到害怕。

就因为这个镜头，他在酒吧去洗手间的时候都会东张西望。

江予夺在旁边轻轻骂了一声。

程恪觉得自己受到了惊吓，需要喝口水压压惊，放下靠枕刚要起身，江予夺一把抓住了他的胳膊："去哪儿？"

"倒杯水。"程恪说。

"我也要，"江予夺点点头，"我渴了。"

"嗯。"程恪起身，走进厨房，开灯的时候都没敢看开关，总怕看到另一只手。

倒了杯水飞快地喝掉之后，他又接了一杯，蹿回了客厅。

江予夺接过杯子灌了两口，抹了抹嘴："刚才你进厨房，我一直看着你背后，怕有人摸你肩膀。"

"滚！"程恪顿时感觉后背一阵发凉，赶紧狠狠地把自己砸在沙发背上，后背贴着沙发了才踏实了一些。

"一会儿还有什么恐怖的镜头你提醒我一下，"江予夺说，"这种时候就得剧透，不剧透不是人。"

"哦。"程恪应了一声。

要提醒江予夺，就不得不注意看内容了……

"村子里的人死光了，"程恪小声剧透着，"就这个灵位上的人是鬼，楚人美。"

"嗯，"江予夺也小声说，"鬼要出来了吗？"

"来了！后面！"程恪迅速转开视线。

鬼出现在小明身后的时候，江予夺咬着牙骂了一句后说："吓我一跳……这不是个男的吗？"

"村民，被楚人美杀的。"程恪说。

"哦。"江予夺点点头。

为了给江予夺预警，程恪不得不把对诡异场景的关注放在了剧情进展上，也许是注意力被转移，他发现自己居然没有以前那么害怕了。

“马桶！”程恪说。

“马桶怎……”江予夺还没问完，马桶里冒出了头发，他猛地往程恪这边挤了过来。

程恪本来还挺镇定，被他这么一挤，突然找回了以前的恐怖感觉，顿时也往他那边挤了过去。

两个人使劲挤着，一块儿瞪着投影。

“我问你啊，”程恪为了缓解紧张情绪，岔了个话题，“你这么害怕，为什么还一直盯着？”

“嗯？”江予夺看了他一眼，又很快转回去盯着投影，“他们说过，越是害怕，就越要看着。”

程恪没有出声。

江予夺的这个回答，莫名加重了他的恐惧。

不过接下去因为要继续给江予夺预告吓人镜头，他的情绪慢慢平复，一直到最后，黎姿的脸在吴镇宇面前变成鬼脸，这个其实不算太吓人的镜头，但大概是他预警得不够全面，还是把江予夺吓着了。

“我的妈！”他吼了一声，一把搂住了程恪的胳膊。

恐怖片观影过程中最可怕的就是被人抓胳膊抓手抓脚，任何一把都会让人觉得是鬼抓的。

程恪顿时被这一搂惊得也吼了一声，反手也箍住了江予夺的胳膊。

两人就跟要跳舞似的相互拐着胳膊，一直到片子里的鬼脸消失。

听到那句“你真的很爱她”之后，程恪才松开了江予夺，靠回了沙发背上。

“……服了，”江予夺磨蹭半天才也靠回了沙发背上，“最后这里明明是最不吓人的，猜都能猜到要干吗了，特效也是三十年前的。”

“是啊，”程恪说，“那你还吓成这样？”

“我也不知道，”江予夺摆摆手，“赶紧地，关了关了。”

程恪笑笑，把视频关掉，投影切换到了电视节目，他再起来把客厅的灯打开了，才猛的一下完全松弛下来。

“喝水吗？”程恪拿起杯子问了一句。

"……喝了水会被附身吗？"江予夺问。

"你能不这样吗？"程恪转头看着他。

江予夺笑了起来："喝。"

程恪进厨房接水的时候还是忍不住往四周看了看，一杯水没接满就跑回了客厅，江予夺伸了手要接杯子的时候，他才开始喝水。

"欸？"江予夺举着胳膊看着他。

"等会儿。"程恪喝完了水又跑进了厨房，飞快地接了半杯水后跑回客厅。

"我自己来吧，"江予夺站了起来，"你不比我吓得轻啊，你都看多少回了，还这样？"

"恐怖片儿的意义就在于自己吓自己。"程恪说，"能吓着自己的也就是自己了。"

江予夺走到厨房门边了，听到他这话又停了下来，转头看着他："是吗？"

"嗯，我们害怕的东西，大多……"程恪指了指自己的脑袋，"来自这里。"

"经历过的呢，也是想象吗？"江予夺问。

"越害怕的经历，就越会被加工，"程恪说完又笑了笑，"我随便说说，反正我觉得是这样。"

江予夺没说话，转身进了厨房。

不知道是不是为了表示自己胆子比较大，他坚持在厨房里喝完了水才走出来。

"先看一会儿正气凛然的电视节目吧，"程恪拿着遥控器换了台，"看完好睡觉。"

"这不是农业台吗？"江予夺看了看，"有什么正气的？"

"农业，军事，"程恪指了指屏幕，"看到没？军旅人生，非常正气，看完鬼片就得看点儿阳刚爷们儿的压压惊。"

"……哦。"江予夺跟着看了看屏幕，又转回头来看着他。

程恪过了一会儿感觉江予夺一直没动，才抬眼往他那边瞅了瞅，发现他满脸的一言难尽。

程恪顿时反应过来，叹了口气："我看这类节目是心无旁骛的，你别这种表情。"

"我觉得这就跟我看选美节目一样啊，"江予夺坐了下来，"全程我都'心有所骛'。"

"那是你，"程恪"啧"了一声，想想又觉得有些意外，"你还知道心无旁骛的意思呢？我一直以为你没上过学。”

“是没上过，”江予夺点了根烟，“但是……反正我认识字儿，看过很多书。”

“那也挺好，有书看，我小时候就爱看书。”程恪莫名松了口气，江予夺的童年如果还能看书，应该不算太恶劣。

“跟你不一样。”江予夺说。

“怎么？”程恪问。

“我看书要挨打的。”江予夺说。

程恪沉默了。

这句话说完之后，江予夺就一直看着电视不再出声，甚至一眼都没往程恪这边看过。

程恪也被迫在这种无话可说的状态里第一次这么认真地看完了军旅生涯。

广告过后开始下一个节目，江予夺打了个哈欠，程恪像是被传染了，也跟着打了一个。

“困了。”江予夺揉了揉眼睛。

“洗澡吗？”程恪问，“我给你拿毛巾。”

江予夺犹豫了一下点了点头：“好。”

程恪感觉自己这话问得似乎有点儿不合适，仿佛是嫌江予夺脏，洗了澡才能上床睡觉似的，于是又补了一句：“不想洗的话也没事儿。”

但补完这句好像更明显了。

好在江予夺并没有什么感觉：“洗吧，洗了睡觉舒服。”

程恪给他找了套自己的睡衣，拿了条新的内裤，还有新毛巾和牙刷。

“真齐全，”江予夺接过去感叹了一句，“我那儿就不行，所有东西都只有一件。”

“我买了一堆。”程恪笑笑。

不知道江予夺带着手上的伤要怎么洗澡，反正洗了挺长时间的，他从浴室出来的时候程恪坐在沙发上快睡着了。

“我以为你要洗到明天了。”程恪站了起来。

“我站那儿冲水的时候，”江予夺有些不好意思地清了清嗓子，“不小心睡着了。”

程恪愣了愣：“你是马啊？站着都能睡着？”

“嗯，”江予夺点点头，“如果站一天一夜，中间不睡会儿怎么撑得住？”

程恪没听懂他这句话，想再问问的时候，他已经进了卧室，往床上一躺就不动了。

他倒是很自觉，让睡床就睡床，都不带假意推辞一下的。

程恪进了浴室，打开喷头冲着水的时候，用手撑着墙，试了一下能不能站着睡。

但是没有成功。

不知道这是一种什么样的神奇技能，又是在什么样的状态下练就的。

从浴室出来的时候，程恪往卧室那边看了一眼，江予夺没有关门，能看到他还是以刚才的姿势躺在床上，被子都没盖。

程恪进了卧室，抱了床被子出来，在沙发上躺下了。

他挺困，闭眼就能睡着的那种困，所以哪怕是关了灯闭上眼睛脑海中立马就浮现出穿蓝色衣服的女鬼，也没恐惧几秒就睡过去了。

不过这种快速入睡的后果大概就是这些没来得及细细惊吓的内容，全都会出现在梦里。

这些会因为这是个梦而变得格外真实，全方位全角度，真实的影音效果。

程恪被活活吓醒的时候还能听到自己呼哧呼哧地喘，不知道的以为他干了点儿什么。

外面天有些亮了，程恪摸过手机看了一眼，六点了。

一个噩梦做了一晚上？

他喘得都有些口渴了。

他坐了起来，拿过茶几上的杯子去了厨房，接了杯水灌下去之后舒服多了。

回到客厅的时候他往卧室里扫了一眼，猛地愣住了。

床上没有人。

“老三？”他压着声音叫了一声，“江予夺？你起床了？”

没有人回答。

走了？

程恪往卧室走了过去，江予夺在阳台？

他走进卧室，掀开了窗帘，透过落地窗能看到阳台上也没有人。

他有些茫然，准备回客厅给江予夺打个电话。

刚转身，他突然看到了在衣柜和墙角之间有个人。

这个惊吓让他往后退了两步才停下，心跳得都能听得见了。

好在他马上反应过来，那是江予夺。

“你怎么在这儿？”程恪问，“吓我一跳。”

江予夺没说话，但是慢慢抬起了头。

屋里没有开灯，程恪看不清江予夺脸上的表情，只觉得有些不对劲，这让他想起之前套被罩，江予夺把他掀翻在地时的眼神。

“你醒了吗？”程恪又问了一句，往床头那边走，这屋有两个灯开关，一个在门边，一个在床头。

江予夺还是没说话。

这个状态让程恪心里有些不踏实，程恪紧走两步想快些过去把灯打开。

程恪经过江予夺身边时，江予夺突然站了起来。

程恪下意识抬起胳膊的动作架住了江予夺往他脸上抡过来的一拳，他在心里狠狠骂了一句。

但他没有骂出声，因为江予夺紧跟着又是一拳。

这一拳对着他的肚子。

程恪的胳膊迅速往下，压着江予夺的手腕往旁边一带，这一拳擦着他的腰过去了。

“江予夺！”程恪吼了一声，他只能庆幸自己已经醒过来了，要不这一拳他肯定躲不开。

江予夺没有停顿，直接扑了上来，把他按倒在了床上，对着他的脸就是一拳砸了上来。

因为肩膀被按着没法移动，胳膊也没来得及抬上来，他脸上结结实实挨了一拳。

这一拳很重，砸得他眼前都有些星光灿烂。

江予夺出手的力度让他心里一阵惊恐，比看《山村老尸》要惊恐一万倍，因为这一拳他能清楚地感觉到，江予夺是认真的。

江予夺在全力以赴地，揍他。

“江予夺！”程恪提高了声音又吼了一嗓子，双臂从身体中间穿过，狠狠地把江予夺的胳膊往两边拨开，“梦游吗？！”

这是他此时此刻唯一能想到的解释了。

梦游。

否则他无法理解为什么江予夺会突然这样。

失去胳膊支撑的江予夺摔在了他身上，他正要把江予夺掀下去的时候，肩上传来一阵钻心的疼痛。

这疼痛让他连喊都喊不出声了。

江予夺一口咬在了他肩上，接着对着他肋骨下方又是一拳。

这一瞬间程恪脑子里只冒出了一个念头——

江予夺的精神状态，绝对有问题。

他咬了咬牙，让自己冷静下来，抓住了江予夺的手腕，狠狠地一拧。

这一拧他用了全力，正常人会疼得立马顺着劲翻过身。

但江予夺似乎没有感觉，另一只手又按到了他肩上没有松劲。

程恪感觉，下一秒他这只手就会移到自己脖子上，于是横下心抓着他的手继续往后拧了过去。

一秒钟之后，程恪听到了“咔”的一声响。

江予夺失去平衡，倒了下来，他趁机猛地翻过身，膝盖狠狠往江予夺肚子上顶了一下。

床垫太软，他支撑身体的腿晃了一下。

这一瞬间如果江予夺反击，他会立刻被踹下床摔到地上，以江予夺的武力值，这一幕如果发生，他基本就没有胜算了。

阿弥陀佛。

程恪不知道为什么自己在这种时候脑子里想的不是对策而是这么一句没用的话。

但他没有被踹下床，江予夺已经抬起的手突然定在了空中，接着就狠狠砸在了床垫上。

程恪也顾不上细想，一把扯起床单，猛地扳着江予夺的身体，把他连人带床单滚了360度，江予夺被卷在了床单里。

这种姿势，江予夺使不上劲。

“你清醒了没有？”程恪膝盖顶在他肚子上，手卡着他的脖子。

江予夺看着他，外面透进的光亮，让他终于看清了江予夺的脸。

不知道之前江予夺是什么样的表情，但现在，江予夺看着他，眼神里全是悲伤。

“江予夺！”程恪又喊了一声。

江予夺没出声，闭上了眼睛。

如果之前他是在发疯，那么现在，程恪能感觉出来，他应该是清醒了。

“你手腕可能脱臼了，”程恪说，“不要乱动。”

江予夺闭着眼睛，不说话也没动。

程恪小心地松开他，下了床。

盯着一动不动的江予夺看了一会儿之后，程恪打开了灯。

江予夺眼角有一小条湿润的反光痕迹。

程恪盯着他，走到床头，拿起了他的手机：“我叫陈庆过来。”

江予夺还是沉默。

程恪找出陈庆的号码，拨了过去。

“三哥？”陈庆很快接了电话。

“我程恪，”程恪看着江予夺，“你现在马上到我家来，江予夺他……”

“他怎么了？”陈庆马上问，“晕了？”

“不是，”程恪不知道该怎么说，江予夺还躺在那儿，万一哪句话没说对……于是他选择了一个比较中性的说法，“我跟他打了一架。”

“是他打你了吧？”陈庆问。

程恪愣了愣。

“他认错人了……他已经好几年没这么认错人了，”陈庆声音里透着担心，“我马上过去。”

陈庆挂掉电话之后，程恪举着手机站在原地愣了好半天才把手机放回了床头。

虽然平时跟陈庆每次沟通都非常费劲，说不了两句就盼着结束，但这会儿他并不希望陈庆挂电话。

因为挂掉电话之后，他就得继续自己一个人面对还裹在床单里的江予夺。

江予夺应该已经恢复正常了，只是他还会不会再次攻击，攻击强度会有多惊人，程恪都无法判断。

其实从认识江予夺的时候开始，他就时不时觉得这人神神道道的，不过他没有仔细琢磨，除去因为他跟江予夺并没有熟到可以探究得这么深的程度之外，大概也因为他对江予夺有些不被觉察的好感。

无论这种好感是来自这个人本身，还是来自他正经历的人生最大的变化，总之它是客观存在的。

现在猛地需要面对这样一个江予夺，程恪感觉有些迷茫了。

他站在床边，看着还在床单里安静躺着的江予夺，不知道这会儿是应该说点儿什么还是应该就这么守着，或者是应该把床单打开看看江予夺的手。

站了一会儿，他右边肩膀开始有点儿疼，这是之前被江予夺咬了一口的位置。

他走到衣柜前，打开柜门把里面的穿衣镜拉了出来，不过镜子对着他之后他第一眼看的是床上的江予夺，看到江予夺并没有动，他才往自己肩上看了看，白色T恤上能看到渗出来的血迹。

江予夺这一口咬得的确相当认真，他扯开衣领，看到破了三个口子，都是圆的，已经肿了起来。

不过比起这个咬伤，他脸上被砸的那一拳更让他介意。

太明显了。

右眼角下方又红又肿还带着青。

他叹了口气，关上柜门，又往江予夺那边扫了一眼，走出卧室去了厨房。

冰箱里没有冰块，不过有酸奶，他拿了一罐出来按在了眼角，没回卧室，坐在客厅的沙发上发呆。

陈庆其实来得挺快的，半个小时，门铃就被按响了，但程恪去开门的时候，还是觉得时间过得太慢。

“三哥！”门刚开了一条缝，陈庆的声音就挤了进来，“你没事儿吧？”

卧室里的江予夺没有回答。

“积家你没事……”陈庆进来之后看到了程恪的脸，愣了愣，立马压低声音，“眼睛怎么……疼吗？要不要去看看？我开了车来的。”

“你先看看你三……”程恪往卧室指了指。

本来还有点儿担心陈庆看到江予夺被裹成老北京鸡肉卷会大惊小怪，结果他一回头，发现江予夺不知道什么时候已经从床单里出来了，正坐在床沿上，除了头发有点儿乱之外，一切如常。

程恪愣住了。

“三哥？”陈庆走了过去，“你怎么样？”

“没事儿。”江予夺用右手托着自己的左手腕。

“他手腕大概脱臼了，”程恪看着江予夺，“我刚……劲儿可能使大了。”

陈庆低头看着他的手：“脱臼了？”

“嗯。”江予夺应了一声。

没等程恪说去诊所看看，他已经用右手抓住了左手，然后猛地往外一拉。

“你！”程恪只觉得自己手腕都跟着一阵剧痛，迅速地转开了头。

他知道江予夺是在给自己脱臼的手腕复位，但医生帮着复位跟自己就这么拽着手腕复位，给人的视觉感受是完全不同的。

他用余光看到陈庆似乎比他镇定，站在江予夺面前没有动，只是盯着江予夺还在使劲的手。

“好了吗？”过了一会儿陈庆问了一句。

“嗯，”江予夺站了起来，“你去楼下等我。”

陈庆看了程恪一眼，转身走了。

程恪感觉江予夺是想说点儿什么——解释，或者道歉。

但他俩就这么面对面站了能有一分钟，江予夺却一个字也没说。

程恪也想说点儿什么，不过同样没能说出来。

又愣了一会儿，江予夺动了动，转身去床头把衣服裤子都穿上了。

程恪这时才震惊地发现江予夺身上一直只穿着一条内裤，打架的事儿大概是因为刺激太强烈，整个过程中他竟然完全没有注意到。

江予夺穿好衣服，拿过手机，低头在手机上点了几下，程恪听到自己的手机在客厅响了一声。

“我把陈庆的号码发给你了，”江予夺把手机放到兜里，“以后……他来收房租，有什么东西坏了要修要换都可以叫他。”

“哦。”程恪应着。

“你还伤着哪儿了吗？”江予夺问。

程恪摸了摸自己肿了的眼角，有点儿疼，不过身上别的位置还行，除了肩膀都没什么感觉，他摇了摇头：“没。”

江予夺点了点头，又站了两秒，从他身边走过，出了卧室，接着房门响了一声，江予夺走了。

程恪叹了口气，坐到了床上，对着地板出神。

应该说句对不起的。

江予夺进了电梯之后有些后悔。

但说对不起似乎没有什么用。

越是严重的事，“对不起”就越显得单薄无力。

而他从小到大，这三个字的使用频率，大概比“我相信你”高不了多少，没有这个习惯，没有这个意识。

而且今天他对程恪已经说过一次对不起了。

一天之内说两次对不起。

听上去非常可笑，也非常没有诚意。

也许现在最有诚意的方式，就是不再出现在程恪的生活里。

陈庆把车开到了楼下，江予夺上了车。

车门一关他就摸了摸兜，想拿根烟，但口袋是空的，烟应该是放在程恪家里了。

“你那个手还得固定一下吧？”陈庆拿了自己的烟和打火机递给他。

“嗯，”江予夺点了烟，“我回去处理一下就行。”

“积家那个眼睛没事儿吧？我看肿得厉害。”陈庆说。

“不知道，”江予夺皱了皱眉，“你有空给他打个电话再问问。”

“好。”陈庆发动了车子，往大门方向开过去。

“我把你号码给他了，”江予夺说，“以后房租什么的你去收。”

“行，”陈庆点头，想想又看了他一眼，犹豫了几秒钟还是下定决心似的问了一句，“你不是挺久没这样了吗？认错人什么的。”

“昨天晚上看鬼片儿来着，”江予夺把天窗打开了一条缝，“估计吓着了吧。”

“你俩怎么这么无聊，不是玩你画我猜就是看鬼片儿？”陈庆叹了口气，“吃吃烧烤喝点儿酒什么的多舒服。”

江予夺没说话，仰头看着天窗那条缝。

陈庆今天还算是贴心，一直把他送回家都没再说话。

进了屋之后陈庆帮着他把手腕用绷带固定了一下之后就上班去了。

江予夺站到窗边，从窗帘缝往外看着。

的确很长时间了，自从几年前把陈庆暴打了一顿之后，他就没再出现过这样的情况。

也许真是不该看鬼片。

他很少看鬼片，或者说他很少看电影。

无论什么样的片子，什么样的故事，总会有那么一两个点，甚至是完全不相干他都想不明白为什么的点，会让他回忆起以前的一些细节。

而鬼片更直接，更让他恐惧。

无论什么样的恐惧，都是恐惧。

恐惧一旦被真正勾了起来，他哪怕不断地告诉自己这不是真的，都不再管用。

一直到程恪走到他面前的时候，他都沉浸在恐惧里。

你是只狗，现在是小狗，以后会是大狗。

你有名字吗？名字是我给你起的，自然也可以拿走。

蹲下！起来！蹲下！起来！跑！跑！跑！

不要闭眼睛，不要看别的地方，盯着你的对手！

你只有一次机会出手，他不倒下，你就会倒下，不要给他机会起来……

任何时间，任何地点，都会有对手出现。

……

江予夺一直站在窗边，看着外面从灰暗变得越来越明亮，然后变得刺眼，再慢慢暗淡下去，最后变成一片昏黄。

没有看到可疑的身影，没有听到可疑的动静。

也许是因为他变得迟钝了，离开那样的日子已经很久了，高强度高压力的训练下才能保持的敏锐正在一点点地退去。

“没事了，以后你们都安全了，你们都是安全的了，不会再有任何人伤害你们，不会再有任何人伤害你。”

有人跟他说过这句话。

但他不记得这个人是谁了。

他只知道不能相信任何对他示好的人，任何让他放松警惕的行为之后，都是下一次攻击。

但他相信过这句话，非常认真地相信过。

因为这是他一直期待的。

只可惜——

他这么多年来，依旧甩不掉那些人和那些回忆，还有那些伤害。

就像当年一样，不轻不重，不致命，但很疼。

唯一的变化就是他不会再跟人说起过往，也不会再告诉任何人他们是谁，没有人会相信，他也不愿意被人当作疯子。

窗外开过来一辆车，车在窗户前停下了，司机按了一下喇叭。

这是陈庆。

江予夺过去把门打开了。

“我去听福楼要了几个菜，”陈庆拎着两个兜进了屋，“都是你平时爱吃的。”

“嗯。”江予夺点点头。

“我开灯了啊？”陈庆手放在灯开关上问了一句。

“开吧。”江予夺在桌子旁边坐下了。

陈庆开了灯，过来帮他把吃的都拿出来摆在了桌上：“吃吧，我先回家了。”

“嗯。”江予夺应了一声。

陈庆大多数时间里是个脑子不够用的，但面对眼下这种状况，每次都处理得很好，会给他留下足够的时间自己待着。

“明天 3 号楼收租，”陈庆说，“也是我去吗？”

“我去。”江予夺说，程恪那儿的房租可以让陈庆去收，这边的房租他得亲自去收，他不想让卢茜有什么想法。

“好。”陈庆给他倒了杯水，然后开门走了。

江予夺没什么食欲，哪怕能闻出菜很香，也都是他平时爱吃的那些，还是没有食欲。

不过他照样拿起筷子，一口不剩地把饭菜都吃光了。

最后还打了个饱嗝。

手机在客厅里响着，程恪站在燃气灶前看着灶上的锅，完全不想去接。

他现在一肚子郁闷外带半肚子火，本来觉得煮锅白粥应该很容易，没承想用了一个小时，只煮出一锅开水泡饭。

今天他才感觉厨房里没个电饭锅实在是非常不方便，虽然他住了这么久就煮了这一次粥。

早知道直接叫外卖了，真是高估了自己的厨艺。

手机第二次响的时候，他才转身去客厅看了一眼，有些意外的是，电话是陈庆打过来的。

他接起了电话：“喂？”

“积哥，”陈庆的声音传了出来，“吃饭了吗？”

程恪对这个新名字无力纠正，只是应了一声："没呢，正在做。"

"你做饭？"陈庆非常吃惊，"不太安全吧？"

程恪没有说话，不知道陈庆是觉得他会把厨房炸了还是觉得他会毒死自己。

"要不我给你带点儿过去？"陈庆说，"我刚去听福楼买了饭菜，拿了点儿给三哥，还有多的。"

"不用不用，"程恪赶紧说，"我已经做好了。"

"刚不还说正在做吗？"陈庆说。

"是，现在做好了。"程恪回答。

"……哦，那挺快啊，"陈庆说，"那什么，我就问问啊，你那个伤怎么样了？影响视力吗？"

其实那一拳没砸着眼睛，但程恪还是下意识地眨了眨眼睛，又往四周看了看，然后才回答："不影响。"

"要不你去医院看看吧？"陈庆不太放心，"这种情况……三哥手肯定重。"

陈庆提到江予夺的时候，程恪顿了顿，犹豫了一下："你要不还是把菜拿过来吧。"

"啊？"陈庆愣了愣。

"我这儿有酒，"程恪说，"一块儿吃吧。"

陈庆半天才说了一句："你想干吗？"

"……我能干吗？"程恪说。

陈庆又沉默了一会儿才开口："行吧，我现在过去。"

程恪把那锅开水泡饭里的水倒掉了一半，然后把锅放回了灶上，继续煮着，也许把水熬干了还能得到一锅白米饭？

不过陈庆过来之后第一句话就让他的梦想破灭了。

"你还真是个大少爷啊，"陈庆叹着气把火关了，"你就是给它跪下，它也不会再变成米饭了。"

"哦。"程恪也叹了口气。

"我那儿有米饭呢，三盒，"陈庆说，"管够。"

程恪有些郁闷地拿了几个盘子到客厅，把陈庆带来的饭菜倒进了盘子里。

"真讲究，"陈庆坐下了，"餐盒装着不是一样吃吗？"

"看着舒服，"程恪拿了瓶红酒放到桌上，"喝得惯吗？我这儿没有白酒。"

"都一样，"陈庆倒了两杯，"喝了白的我还不敢开车了呢。"

"……喝了这个你也不能开车了。"程恪看着他。

"不影响。"陈庆说，"算上我以前无证驾驶，我都多少年的老司机了。"

"这是酒驾。"程恪按住了他的杯子。

"真服了你，"陈庆看着他，好一会儿才摆了摆手，"行行行，我不喝了行吧？"

"你喝了打个车回去也行啊，"程恪说，"明天再过来拿车。"

陈庆没说话，看样子像是在心里做着激烈的斗争，想喝酒，但是不想明天跑一趟来拿车。

"这样吧，"程恪想了想，"你把地址给我，我明天帮你开过去。"

毕竟今天叫陈庆过来，并不只是喝酒吃饭。

"那行！"陈庆顿时一拍腿，拍完了又看着他，"你有本儿？"

"我拿的 A2 的本儿。"程恪说。

"你考个大货本儿干吗啊？"陈庆非常吃惊。

"好玩。"程恪说。

"是挺好玩的……"陈庆把车钥匙拿出来放到了桌上，"小心点儿开，这车是客户的，昨天刚喷完漆。"

"嗯。"程恪点了点头。

陈庆拿过杯子喝了口酒，又夹了一块排骨咔咔咬着。

程恪正琢磨着要怎么开口才不会显得太突兀，陈庆看着他笑了笑："其实我知道你今天这是为什么。"

"嗯？"程恪看了他一眼。

"你要不是想问我三哥的事儿，"陈庆说，"这辈子都不可能叫我上你家吃饭。"

"别说得这么绝对。"程恪说。

"就是这么绝对，"陈庆说，"我也没别的意思，就是吧，我跟你，不是一路人，你嘴上不说是你有教养，但心里头肯定看不上我，你跟三哥也不是一路人。"

程恪没出声。

“不过你不会看不起他，”陈庆说，“他跟我们不同，严格来说，也不是一路人，只是不小心碰上了。”

程恪笑了笑，陈庆并不是所有时候都傻。

“所以你就直说吧，不用绕弯，我们有话都明说，”陈庆说，“但能不能说到一块儿去，我就不保证了。”

“江予夺总这样吗？”程恪问。

“哪样？突然打人吗？”陈庆皱了皱眉，“我不是说了嘛，他好几年都没这样了，以前也就打过我一次。”

“他打你了？”程恪问。

“嗯，”陈庆点点头，“那天他不知道在想什么，我以为他玩手机呢，就过去拍了他一下，结果就被打了，不过打了几下他就停了。”

程恪想起来江予夺今天胳膊砸在床垫上的那一下，如果没有这个空当……

“他这是……为什么？”程恪又问。

陈庆看了他一眼，没说话，埋头吃菜。

“我今天一大早就被他一顿揍，”程恪说，“我总得知道为什么吧！”

“有什么为什么的？”陈庆叹了口气，“他每天都绷着神经，不然有什么危险没发现怎么办？太紧张了就会误伤呗。”

程恪没有说话，感觉陈庆这解释说合理也没有哪儿不对的，但又觉得肯定不是这么回事。

“会有什么危险？”程恪问，“跟他小时候的事儿有关吗？”

陈庆抬起了头：“他跟你说过他小时候的事儿吗？”

“提过几句，”程恪说，“没说太详细。”

陈庆盯着他看了一会儿：“那我也不能多说。”

“你知道很多吗？”程恪又问。

“我跟他认识都多少年了，”陈庆说，“从他来这儿我就认识他了。”

程恪给他杯子里倒满了酒：“那他小时候……”

“我不会告诉你的，”陈庆说，“真的，别问我，我一个字儿也不会告诉你。”

程恪叹了口气，过了一会儿才又问了一句：“那‘他们’是谁？他是不是觉得有人在跟踪他？”

“觉得？”陈庆皱了皱眉，“什么叫觉得啊？本来就是啊！”

程恪愣住了，真的有人在跟踪江予夺？

他一直觉得江予夺在这件事上不太正常，是自己判断失误了？

“你看到过吗？”程恪问，“那些跟踪他的人？”

陈庆看着他，又夹了一块排骨，一边嚼一边像是在沉思，一直到把排骨咽下去了，才说了一句：“没有。”

程恪再次愣住了。

“你也知道，我这人，不是这块料，”陈庆说，“要没有三哥，我被人打了都不知道多少回，我根本发现不了什么危险。”

“你从来没看到过有人跟踪他，”程恪说，“那你为什么会相信有人跟踪他？”

“你是不是傻子啊？”陈庆瞪着他。

“……大概是吧。”程恪对自己被陈庆下了这么一个结论感觉非常无奈。

“他身上的伤！你看不到吗？”陈庆继续瞪着他，“每次他发现不对，都会受伤！你没见过吗？！这片儿还有谁敢这么没完没了地找他麻烦？又有几个人这么随便就能伤他啊？！”

程恪沉默了一会儿：“那他受伤，你看到过吗？”

“废话，看到过啊。”陈庆说。

“被跟踪他的人伤着，你看到过吗？”程恪又问了一遍。

“没有，”陈庆有些不耐烦，“我都说了我没见过那些人……不是，你到底想说什么？”

“我是想说……”程恪咬了咬牙，“江予夺是不是精神上有什么问题？”

“什么？”陈庆看着他，好一会儿才把筷子一摔，“我看你才有神经病！而且病得不轻！”

30

说实在的，看到陈庆摔筷而起时真心实意地愤怒，程恪是很感动的。

江予夺说过，朋友是很重的。

陈庆是他的朋友，果然对得起他的这份“重”。

程恪没有体会过这样的分量，他没有这样的朋友，在他最难的时候，他曾经的朋友没有一个人站在他这边，而是整齐划一地成了程怿的朋友，唯一还跟他维持着以前的关系没有变化的，只有一个严格来说不算朋友的许丁。

所以就算现在江予夺认下了他这个朋友，在跟陈庆面对相同的情况时，他都不知道自己能不能做到陈庆这样为了江予夺拍案而起。

“我发现你这人挺逗的，”陈庆指着他，“就那么不盼人好吗？你才认识他多久？我认识了他多少年？你倒好，张嘴一句神经病就这么轻松？你骂谁呢？！”

“不是神经病，”程恪纠正陈庆，“是……”

“我管你是不是神经病，”陈庆打断他，“我看你就特别像个神经病！”

“对不起。”程恪只能道歉，陈庆这样的情绪之下，什么解释估计都听不进去了。

“三哥拿你当朋友，”陈庆还是指着他，对不起这三个字对陈庆这样的人来说大概都比不上谁咳嗽一声引人注意，“怕你出事，还专门让大斌那几个跟着你，你背地里就这么看他？”

“我不是这个意思，”程恪叹了口气，“我只是想弄清到底怎么回事儿，毕竟我今天差点儿让他打废了。”

“那你废了吗？！”陈庆说。

“他要没停下呢？”程恪也把筷子拍到了桌上，“你被他打过，你知道他下手有多重！我就是把他当朋友才会问你！这要换一个人，我直接报个警就完事了！我才不管这么多！”

陈庆皱着眉又盯了他一会儿，语气没有了之前的冲劲儿，但依旧不太爽：“我发现你们这些有钱人平时吃饱了挺闲的，就这么简单一件事儿，愣能想出一套十万个为什么来。”

程恪给陈庆倒了酒：“就当我们关心朋友的方式不同吧。”

“我提醒你一句，”陈庆说，“你可别在三哥跟前这么关心他，你这种关心方式属于找抽型。”

“嗯，”程恪点点头，“你俩多大的时候认识的？”

“他十岁还是十一岁吧，”陈庆喝了口酒，“我大他两岁，不过那会儿我还没他高呢。”

“……你现在也没他高。”程恪说。

“你会不会聊天儿啊？”陈庆“啧”了一声，“你比他高吗？”

“差不多吧，反正我没比他矮。”程恪笑了笑。

“很了不起吗？”陈庆说，“你有本事跟八撇比比去啊，他一米九多，你们一米八几算什么啊？”

“嗯，也是，”程恪为了阻止陈庆继续跑题，点了点头，把话题拉了回来，“他说他是孤儿？”

“没错，他来的时候就一个人，也没行李，”陈庆说，“不过带着钱，得有个两三百的，那会儿算巨款了，比你强，就现在这年代了还为了一百块钱掏垃圾桶。”

滚蛋！

“啊。”程恪拿起杯子喝了一口酒，“那是挺有钱的。”

“知道我为什么这么死心塌地跟着他吗？”陈庆说。

“为什么？”程恪问。

“他救了我一条命，”陈庆说，“我俩第一次认识就是他从河里把我捞上来。”

“这样啊……”程恪愣了愣。

“我跟你说，我小时候挺没用的……当然，现在也没多大用，”陈庆拿了块骨头啃着，“小时候我总被欺负，比我大点儿的小混混，我打不过吧，嘴还挺欠，反正就总挨打。”

“你就不能闭嘴老实点儿吗？”程恪说。

“不能，我也是有血性的！”陈庆咔地咬碎了骨头，“那天他们玩大了，拿块石头拴我身上把我扔河里了。”

程恪有些不敢相信：“不怕出人命吗？”

“不怕！”陈庆说，“你是本地人吧？你不知道这片儿就这七八年才发展起来的吗？以前这片儿有个屁，老码头那块儿听说以前还是坟场呢。”

“那是几十年前的事儿了。”程恪说。

“反正就是真死了，也没人知道，大晚上的，”陈庆说，“那时又没监控，好儿起死了人的案子现在都没破呢。”

这个程恪倒是知道，而且其中一起还是个灭门惨案，老妈每次提起来都会“阿弥陀佛”。

“那是江予夺把你捞起来的？”程恪问。

“嗯，”陈庆点头，“那会儿刚入秋，还不是特别冷，他就睡桥边，看见了。”

程恪没说话，刚入秋的晚上，不是特别冷，但也挺冷的了，一个十岁的小孩儿，睡在桥边。

“我那时就特别佩服他两点，”陈庆竖起两根手指，“一是镇定，那帮人把老子‘沉塘’以后还在边儿上看我冒泡呢，换个人肯定又喊又叫要不就是跑了，他是从岸边悄悄下水潜过去的，愣是没让人发现。”

程恪看着他点了点头。

“二，”陈庆晃了晃两根手指，夹起一块排骨放到嘴里，“他真能憋气啊！这辈子我见过的最能憋气的就是他了。”

“你不也挺能憋的吗？”程恪说。

“不，他在水底下把石头解开了，然后把我顶到水面上，”陈庆说，“我能喘气儿，在水面上能扑腾，他一直在下头，跟放风筝一样把我往下游扯了能有几百米才上的岸。”

“一般溺水的人容易乱抓，这样他也安全一些，”程恪说，只是一想到那时的江予夺只有十岁，就觉得有些不可思议，“而且这样他不会被岸上的人发现吧？”

“你说对了，”陈庆指了指他，“聪明，难怪三哥喜欢你，他那时就特别小心了，怕有人发现他。”

程恪轻轻叹了口气。

“我从那次起，就认定这个老大了，”陈庆说，“三哥是我见过的最有范儿的老大。”

“为什么叫他三哥？”程恪问。

“他姓江嘛，三工江，懂吧，跟二马冯一样，”陈庆说，“我就叫他三哥了。”

程恪笑了笑。

陈庆酒量一般，喝了点儿红酒也能兴奋起来，说了不少江予夺小时候的事儿，他怎么跟人斗狠，怎么去了卢茜那儿干活，怎么帮了一个又一个小兄弟。

但不得不说，陈庆并不是个完整的傻子，他嘴很严，哪怕是在说兴奋了的状态下，江予夺遇到他之前的那些事，他依然一个字儿都没有提。

“那时这片儿挺乱的，”陈庆啧啧着，“百家争鸣，朝花夕拾……三哥也没说自己是老大，但就是谁也不敢惹他，论单挑，没有人是他对手。”

“嗯。”程恪点点头，听得出来陈庆对江予夺佩服得五体投地。

“那时还有个说法，传得还挺神，”陈庆笑得“嘎嘎”的，“他们说，老三没有痛觉神经，不怕疼。”

“真的吗？”程恪问。

“胡说，不过他很能忍疼是真的，非常能忍。”陈庆说。

也许不仅是能忍，有时候疼痛是会被忽略的。

一桌菜基本都被陈庆吃了，程恪看着把最后一口菜汤都喝光的陈庆，有些想不通他是怎么保持劈柴一般的身段的。

“行了，我今天也说了不少，”陈庆抹抹嘴，“三哥说了，这阵儿你有什么事儿就找我，他估计不好意思见你，毕竟弄伤你了。”

“没事儿。”程恪说。

“我走了，”陈庆拿出手机，“加个好友，我把地址发给你，你明天把车帮我开过去吧，九点之前啊，晚了我会被领班骂成渣子。”

“嗯。”程恪拿起手机，跟陈庆加了好友，看了看陈庆发过来的地址，“汽车美容店啊？我说你怎么成天换着车开呢。”

陈庆笑了起来：“你要想开个什么车过瘾就跟我说，我跟客户都熟，借用个一天两天没问题的。”

“我没有开车的瘾。”程恪笑笑。

“我走了，”陈庆起身穿上外套往门口走，“有句话我还得说一下。”

“嗯。”程恪应着。

“三哥不是神经病，”陈庆说，“他要真是神经病，这片儿的人还能这么怕他吗？”

“嗯。”程恪点了点头。

“好好休息，”陈庆打开门，又指了指眼角，“那个伤你注意着点儿，如果有什么不对的你跟我说，我妈在医院有熟人，带你去看看。”

“好的。”程恪说。

陈庆走的时候依旧是一甩门，震得窗户都跟着响。

程恪叹了口气，站在桌子旁边，愣了一会儿之后拿了个最大号的垃圾袋，把餐盒什么的都扫了进去，然后有些后悔，要是没用盘子把菜再装出来，这会儿就算收拾完了。

瞎讲究什么呢？还得洗碗。

他慢吞吞地把盘子收拾到厨房水池里，看来应该买台洗碗机了。

就算要买台洗碗机，也不能马上解决眼前这几个盘子。

程恪从早上起就提不起什么劲，又听陈庆没什么重点地说了一晚上江予夺，只觉得更乱更没头绪更提不起劲了。

他看了一会儿，把盘子扔进了垃圾袋里。

行了，收拾完了。

反正盘子还有多的，而且平时就吃个方便面，根本用不上盘子。

程恪洗了个澡，肩膀上已经结痂的伤口被水一冲，又有些刺痛，他往上面随便喷了点儿酒精，回到客厅沙发上坐下。

漫漫长夜，如何打发？

他拿起投影仪的遥控器，想看个电影，但在按下开关的一瞬间又把遥控器放下了，他想起了昨天晚上的《山村老尸》，后背有些发凉。

这屋子不算大，但在想起蓝衣女鬼的时候，一个人待在屋里就会觉得旷得慌，再加上肩膀上有伤，跟扶肩膀的那个镜头一联系……

程恪躺倒在沙发上，拉过还没收起来的被子把自己裹好了。

其实让他有些害怕的，不仅是楚人美。

因为陈庆的存在而变得热闹的气氛消失之后，他慢慢从混乱里再次想起了早上江予夺向他狠狠挥来的拳头。

有些后怕。

陈庆坚持江予夺没有精神上的问题，程恪能感觉出来他是真的这么相信，不是在维护三哥的形象。

程恪有些动摇，陈庆的某些话也有道理，如果江予夺真的有精神问题，他又怎么能在这么多年里，让这片儿的人都怕他三分？

混混是混混，混混不是傻子，他们会怕一个打架厉害能服众的老大，但不会害怕一个打架厉害能服众的……精神病人。

也许情况并没有他想的那么严重，江予夺童年吃过不少苦，所以会小心过头，也会因为紧张而误伤别人。

程恪皱了皱眉。

问题就在这里了。

这种状态本身就是不正常的。

而且始终无法解释，跟他好得可以随便进屋的陈庆，为什么居然从来没有见过“他们”，更没有亲眼见过“他们”伤害江予夺。

程恪点了根烟叼着，对着没有打开的电视发愣。

抽完这根烟之后他进了卧室。

睡觉。

不想了。

他连程怿为什么以及怎样把他挤出家门的都没琢磨得这么细，为什么要对一个只认识了这么短时间的街头混混如此上心？

反正早上的事并没有给他带来什么严重的后果，而江予夺不会再出现。

……不会再出现?

陈庆的车得在早上九点之前送回去，根据导航给出的参考时间，程恪七点多起的床，泡了碗方便面就出门了。

平时这个时间他还在迷糊着睡回笼觉，今天倒是能起来，因为一夜都没睡踏实。

除去不受控制地会去琢磨江予夺到底有没有精神问题之外，就是琢磨那顿揍了。

江予夺揍他的事儿，他不愿意多想，也不会去怪江予夺，毕竟他还把江予夺的手腕拧脱臼了。

他从小到大虽然也跟人打过架，跟程怿更是差不多每星期都会打架，但没有哪一次是打成这样的。

他不得不承认，他这种从小娇生惯养的大少爷，受到了惊吓。

在导航给出的路线中，他挑了最近的那一条。

开到一半的时候他发现，会经过江予夺家门口的那条小街。

这种感觉非常神奇，程恪以前经常来这片儿玩，吃饭泡吧什么的，却从来没有走过这条小街，但住到这里认识了江予夺之后，他发现只要往那个方向去，这条街就是必经之地，仿佛一个交通要塞。

他想拐个弯到大街上，过了这条街再拐回来。

不过一直到看见江予夺家的窗户，他也没拐出去。

甚至在经过窗户的时候，他还往里看了一眼。

窗帘依旧是拉着的。

他忍不住还想象了一下，江予夺此时此刻站在窗户那边，从窗帘缝里往外看着。

“三哥，不是我不交钱，”702 的一个小姑娘顶着一脸彻夜未卸的妆，靠在门边看着他，“你总得提前跟我说一声，我好准备钱啊，这一清早的你就过来了，我哪有钱给你啊？”

“你手机呢？”江予夺问。

“干吗？我手机可比房租值钱！”小姑娘瞪了一下眼睛。

“我看看。”江予夺说。

小姑娘犹豫了一会儿，把手机递了过来。

“解锁。”江予夺没接。

“干吗啊？！”小姑娘很不情愿。

“让你解锁你就解锁！”大斌在后头不耐烦地说了一句，“不想解锁就交房租！我们又不是来抢劫，交个房租怎么跟要就义了一样？”

小姑娘“啧”了一声，把手机解了锁。

江予夺拿过来，点开了短信，往下翻了翻，找到了几天前自己发过来的收租通知，然后把屏幕转过去对着她：“我不是来找麻烦的，我就是来收个房租，你要想给我找麻烦，我是不看脸的。”

“哎呀！”小姑娘一把抢下手机，转身往屋里走，顺手把门一关，“烦死了，等着！”

江予夺伸脚挡了一下，门没关上，她又回头看了一眼。

“快点儿。”江予夺看着她。

几分钟之后，小姑娘终于磨磨叽叽地把房租交了。

江予夺把钱收好，又踢了踢旁边的门。

越便宜的租金，收起来就越难。

很多只能选择这种档次租金的人，哪怕是拿出去一分钱，都很难做到干脆利索，能拖一天哪怕能拖十分钟，也会让他们觉得值得。

江予夺没有体会过拖租是什么感觉。

没钱的时候他什么地方都睡过，手头有一点儿钱的时候，卢茜问他要租金，他连一秒都没有犹豫就交了。

他害怕那种被人逼迫的感觉。

3 号楼里这一堆租房的，交房租最干脆的，就是这一户了——住小姑娘隔壁的一个瘦大叔。

瘦大叔在这儿住了几个月，每次收租，都是开门，递过钱，拿走收据，一气呵成，连话都不用多说。

不过今天瘦大叔一直没有开门，江予夺在门外等了好几分钟，里面也没有动静。

“这人不是不出门的吗？”大斌也有些奇怪，上前又敲了几下，还喊了一声，“开门！收房租！”

旁边的门打开了，那个小姑娘探出头：“我两天都没听见他出来扔垃圾了。”

江予夺看着她。

“死里头了吧？”她又说，“他好像本来就有病。”

江予夺皱皱眉，转头看了一眼大斌。

大斌拿出钥匙，过去把门打开了，推开门的时候又冲里头喊了一声：“人呢？！”

屋里的窗户开着一条缝，门打开之后空气对流，一股陈旧而颓败的气息卷了出来。

以前收租时间短，所以这是江予夺第一次闻到他屋里的味道，他实在想不通瘦大叔是怎么把一间收拾得干干净净的屋子住出这种气味来的。

但这种气味，他非常熟悉。

不见光，不通风，不收拾，不打扫，也没有人气儿。

他有很多年，就生活在这样的气息里。

这就是一点希望也看不到的气息。

“三哥！”大斌进了屋没两秒钟就退了出来，一脸惊慌。

江予夺一眼就看明白了里头发生了什么事，没有再进去，关上门之后让大斌报了警。

警察很快就来了，平时躲租都躲得跟消失在人间了一样的租户们，这会儿全都出来了，挤在这一层看热闹。

江予夺有些喘不上来气。

死了一个人。

没有人知道他叫什么。

卢茜那里有记录，但只是登记一下，登记本那一页翻过去之后，甚至在写下下一个人的信息之后，就不会再有人记得这个人是谁，叫什么，从哪里来，要干什么。

现在这个人死了。

消失在很多人的身边。

却没有人看到。

江予夺没有见过谁死。

但他想象过无数次。

无声无息存在。

无声无息消失。

离开 3 号楼之后，江予夺没有回家，而是去了商场。

商场人很多，声音也很多，如果有危险，不容易被发现。

但商场灯光明亮，色彩斑斓，每一眼都能让他发闷的心情稍稍上扬。

他坐在了商场楼梯边的休息椅上，静静看着眼前的人群。

程恪从大门口进来的时候，被棉帘子砸了一下脸，看上去有些不爽。

江予夺把帽檐往下拉了拉，遮住了自己的脸，但目光还是忍不住跟着程恪移动。

程恪进来之后，站在商场地图前看了好半天，估计是不知道自己要买的东西在哪一层。

程恪在地图前站了快一分钟都没有移动，江予夺叹了口气，身后的小偷已经快贴着他站了，呼吸再重一些气儿都能吹到他脖子上，他愣是一点儿感觉都没有。

果然是个有钱人，不惧小偷。

小偷往程恪外套兜里伸手的时候，他终于看完了地图，转身往电梯走了过去，小偷收回了手，但没有收回想偷的心，估计这么好下手的人平时也不多见。程恪上电梯的时候，小偷又跟了过去。

江予夺站了起来，快步也上了电梯。

图书在版编目（CIP）数据

解药 / 巫哲著 . — 广州 : 广东旅游出版社 ,2020.12
ISBN 978-7-5570-2322-5

Ⅰ . ①解… Ⅱ . ①巫… Ⅲ . ①长篇小说 — 中国 — 当代 Ⅳ . ① I247.5

中国版本图书馆 CIP 数据核字 (2020) 第 172859 号

解药
JIE YAO

出版人：刘志松
责任编辑：梅哲坤

广东旅游出版社出版发行
地址：广州市荔湾区沙面北街 71 号首、二层
邮编：510130
电话：020-87347732
印刷：嘉业印刷（天津）有限公司
（地址：天津市静海经济开发区北区银海道 48 号）
开本：700 毫米 ×980 毫米 1/16
字数：343 千
印张：21
版次：2020 年 12 月第 1 版
印次：2020 年 12 月第 1 次印刷
定价：49.80 元